KATHERINE CENTER

A GUARDA-COSTAS

Tradução
Marcia Blasques

essência

Copyright © Katherine Center, 2022. Publicado originalmente em acordo com o St. Martin's Publishing Group.
Copyright © Editora Planeta do Brasil, 2023
Copyright da tradução © Marcia Blasques, 2023
Todos os direitos reservados.
Título original: *The Bodyguard*

Preparação: Ligia Alves
Revisão: Fernanda Costa e Ricardo Liberal
Projeto gráfico e diagramação: Nine Editorial
Capa: Olga Grlic
Adaptação de capa: Camila Senaque
Ilustração de capa: Katie Smith

CIP-BRASIL. CATALOGAÇÃO NA PUBLICAÇÃO
ANGÉLICA ILACQUA CRB-8/7057

Center, Katherine
  A guarda-costas / Katherine Center; tradução de Marcia Blasques. - São Paulo: Planeta do Brasil, 2023.
  320 p.

  ISBN 978-85-422-2070-4
  Título original: The Bodyguard

  1. Ficção norte-americana I. Título II. Blasques, Marcia

  23-0393   CDD 813

Índice para catálogo sistemático:
1. Ficção norte-americana

Ao escolher este livro, você está apoiando o manejo responsável das florestas do mundo

2023
Todos os direitos desta edição reservados à
Editora Planeta do Brasil Ltda.
Rua Bela Cintra 986, 4º andar – Consolação
São Paulo – SP – 01415-002
www.planetadelivros.com.br
faleconosco@editoraplaneta.com.br

Para meus avós, Herman e Inez Detering

Vamos levar para sempre os presentes que vocês nos deixaram, e sou grata por todos eles – em especial aqueles dias: seus abraços, o carinho, a gentileza e todas as minhas lembranças de uma infância passada correndo pelo seu rancho no Texas.

Tenho saudade de vocês dois – mas da melhor e mais grata maneira.

CAPÍTULO 1

O DESEJO DA MINHA MÃE EM SEU LEITO DE MORTE FOI QUE EU TIRASSE FÉRIAS.

— Faça isso, sim? — disse ela, colocando uma mecha de cabelo atrás da minha orelha. — Agende uma viagem e vá. Como as pessoas normais fazem.

Eu não tirava férias fazia oito anos.

Mas respondi:

— Tudo bem. — Do jeito que se faz quando sua mãe doente pede alguma coisa a você. Então, como se estivéssemos negociando, acrescentei: — Vou viajar no feriado.

Claro, na época eu não tinha percebido que ela estava morrendo. Pensei que estivéssemos apenas tendo uma conversa no meio da noite, no hospital. Mas de repente era a noite depois do funeral dela. Eu não conseguia dormir, e ficava virando de um lado para o outro na cama, e me lembrando daquele momento. O jeito como ela me olhara nos olhos e apertara minha mão para selar o acordo – como se tirar férias fosse uma coisa que importasse.

Agora eram três da manhã. As roupas que usei no funeral estavam dobradas sobre uma cadeira. Eu estava tentando dormir desde a meia-noite.

— Tudo bem. Tudo bem — falei em voz alta, na cama, para ninguém.

Então me arrastei de barriga pelas cobertas para pegar meu notebook no chão e, sob a luz azul da tela, com os olhos semicerrados, fiz uma pesquisa rápida por "passagem de avião mais barata para qualquer lugar" e encontrei um site que tinha uma lista de destinos sem escala por setenta e seis dólares. Rolei a lista como se estivesse jogando na roleta, chegando aleatoriamente em Toledo, Ohio – e cliquei em "comprar".

Duas passagens para Toledo. Não reembolsáveis, pelo que eu entendi. Algum tipo de pacote para apaixonados no Dia dos Namorados.

Feito.

Promessa cumprida.

O processo todo durou menos de um minuto.

Agora, eu só precisava me obrigar a ir.

■■■

Mesmo assim, eu não conseguia dormir.

Às cinco da manhã, quando o céu começou a se iluminar, desisti. Peguei todos os lençóis e cobertas da cama, enfiei tudo dentro do closet, me encolhi de lado nesse ninho improvisado no chão e finalmente apaguei na escuridão sem janelas.

Quando acordei, eram quatro da tarde.

Dei um pulo, em pânico, e saí cambaleando pelo quarto – abotoando a camisa errado e batendo com a canela no estribo da cama –, como se estivesse atrasada para o trabalho.

Mas eu não estava atrasada.

Meu chefe, Glenn, tinha dito para eu não ir. Na verdade, tinha me *proibido* de aparecer. Por uma semana.

— Nem pense em vir trabalhar — ele dissera. — Fique em casa e chore.

Ficar em casa? E chorar?

Sem chance de eu fazer isso.

Sobretudo porque – agora que eu tinha comprado aquelas passagens para Toledo – eu precisava encontrar meu namorado, Robby, e obrigá-lo a viajar comigo.

Certo?

Ninguém vai sozinho para Toledo. Especialmente no Dia dos Namorados.

Tudo parecia muito urgente no momento.

Em outro estado mental, eu teria simplesmente enviado uma mensagem pedindo que Robby passasse em casa depois do trabalho, e o convidaria de maneira bem agradável para vir comigo. Depois de um jantar e bebidas. Como uma pessoa sã.

Talvez esse tivesse sido um plano melhor.

Ou teria levado a um resultado melhor.

Mas eu não era uma pessoa sã naquele momento. Eu era uma pessoa que tinha dormido dentro do closet.

Quando cheguei ao escritório naquela tarde – bem quando o expediente estava terminando –, meu cabelo estava só meio penteado, minha camisa meio dentro da calça e, no bolso do blazer que eu usara no funeral, ainda guardava o programa da cerimônia com a foto da formatura do ensino médio da minha mãe dobrado ao meio.

Acho que é estranho ir trabalhar no dia seguinte ao funeral da sua mãe.

Eu tinha pesquisado, e a licença mais comum por falecimento de parente era de três dias, embora Glenn tivesse me obrigado a tirar cinco. Outras coisas que eu pesquisei na minha noite insone tinham sido: "como vender a casa de seus pais", "coisas divertidas para fazer em Toledo" (uma lista surpreendentemente longa) e "como vencer a insônia".

Tudo isso para dizer: eu não devia estar ali.

Foi por isso que hesitei na porta de Glenn. E foi como acabei bisbilhotando sem querer – e escutei Robby e Glenn falando sobre mim.

— Hannah vai ficar P da vida quando você contar para ela. — Foi a primeira coisa que ouvi. A voz de Robby.

— Talvez eu obrigue você a contar para ela. — Aquele era Glenn.

— Talvez você queira repensar tudo isso.

— Não há nada a repensar.

E foi o suficiente. Abri a porta.

— O que você vai repensar inteiramente? Quem vai me dizer o quê? Por que, exatamente, eu vou ficar P da vida?

Mais tarde, eu me olhei no espelho e consegui ver exatamente o que os dois viram naquele momento em que se viraram ao ouvir minha voz – e vamos dizer que envolvia olhos vermelhos, metade do meu colarinho amassado embaixo do blazer e uma quantidade significativa de maquiagem do dia anterior borrada nos olhos.

Alarmante.

Mas Glenn não ficava alarmado facilmente.

— O que está fazendo aqui? — disse ele. — Vá embora.

Ele tampouco era muito acolhedor.

Marquei meu território na porta com uma postura agressiva.

— Preciso falar com Robby.

— Você pode fazer isso fora do trabalho.

Ele não estava errado. Estávamos praticamente morando juntos. Quando não estávamos trabalhando, quero dizer. O que era a maior parte do tempo.

Mas o que eu devia fazer? Esperar no estacionamento?

— Cinco minutos — barganhei.

— Não. Vá para casa — ordenou Glenn.

— Preciso sair de casa — falei. — Preciso de alguma coisa para fazer.

Mas Glenn não se importava.

— Sua mãe acabou de morrer — lembrou ele. — Vá ficar com sua família.

— Ela *era* minha família — respondi, com cuidado para manter a voz estável.

— Exatamente — falou Glenn, como se eu tivesse dado razão para ele. — Você precisa passar pelo luto.

— Não sei como fazer isso — confessei.

— Ninguém sabe — Glenn rebateu. — Quer um manual?

Olhei bem para ele.

— Se você tiver um.

— Seu manual é: *Dê o fora daqui*.

Mas neguei com a cabeça.

— Eu sei que você acha que eu preciso... — hesitei por um segundo, sem saber exatamente o que ele achava que eu precisava fazer — ficar sentada e pensar na minha mãe, ou seja lá o que for... Mas, honestamente, estou bem. — Então, acrescentei: — Nem éramos tão próximas. — E nem era mentira.

— Vocês eram próximas o bastante — Glenn respondeu. — Cai fora.

— Só me deixe... arquivar coisas. Ou algo assim.

— Não.

Eu gostaria de poder dizer que Glenn – com a constituição de um tanque e a careca cheia de sardas, como se alguém tivesse salpicado alguma coisa nela – era um desses chefes que pareciam mal-humorados, mas que, lá no fundo, tinham boa intenção.

Mas, em geral, Glenn só tinha boa intenção para com Glenn.

E Glenn claramente havia decidido que eu não estava em condições de trabalhar naquele momento.

Eu entendia.

Tinha sido um período estranho. Eu mal chegara em casa depois de uma missão em Dubai quando recebi a ligação do pronto-socorro, dizendo que minha mãe havia desmaiado enquanto atravessava a rua.

De repente eu estava chegando ao hospital, e descobri que ela não conseguia parar de vomitar e que não sabia em que ano estávamos ou quem era o presidente. Então chegou o diagnóstico de uma médica com batom nos dentes de que minha mãe estava no estágio terminal da cirrose – e tentei argumentar com ela:

— Ela não bebe mais! Ela não bebe *mais*!

Naquela noite, fui até a casa dela para pegar suas meias felpudas e sua manta favorita, e descobri o estoque secreto de vodca. Esvaziei freneticamente até a última garrafa na pia da cozinha e abri a torneira para disfarçar o cheiro, pensando o tempo todo que meu maior desafio seria fazê-la mudar de vida.

De novo.

Presumindo que ela tivesse mais tempo. Como todos nós sempre temos.

Mas ela se foi antes que eu pudesse compreender completamente que perdê-la era uma possibilidade.

Era demais. Até mesmo Glenn, que tinha a inteligência emocional de uma britadeira, entendia isso.

Mas a última coisa que eu queria era *ficar em casa e pensar a respeito*.

Eu ia convencê-lo a me deixar voltar ao trabalho mesmo que isso matasse a nós dois.

E então eu ia convencer Robby a viajar comigo para Toledo.

Depois, talvez, apenas talvez, eu conseguisse dormir um pouco.

Em um movimento agressivo que desafiava os dois a me impedirem, entrei no escritório e me sentei na cadeira vazia diante da mesa de Glenn.

— Sobre o que vocês estão falando? — perguntei, mudando um pouco de assunto. — Estão em reunião?

— Estamos conversando — disse Glenn, como se soubesse que eu tinha escutado.

— Você não conversa, chefe — comentei. — Só faz reuniões.

Robby, bonito como sempre, com os cílios negros emoldurando os olhos azuis, me encarou como se eu tivesse destacado um bom ponto.

Durante um segundo, fiquei apreciando sua beleza. Minha mãe tinha ficado tão impressionada no dia em que o apresentei para ela.

— Ele parece um astronauta — disse ela. E estava totalmente certa. Ele também tinha o cabelo bem curto, dirigia um Porsche e era extremamente confiante. Tudo o que um astronauta tinha de melhor e de mais sexy. Minha mãe ficou impressionada por eu namorá-lo. Para ser honesta, eu também estava impressionada comigo mesma.

Robby não era só a pessoa mais descolada com quem eu já tinha namorado – ele era a pessoa mais descolada que eu já *conhecera*.

Mas não era essa a questão. Eu me voltei para Glenn.

— O que, exatamente, você ia fazer Robby me contar?

Glenn suspirou, como se dissesse *Acho que vamos ter que fazer isso*. Então falou:

— Eu ia esperar até que você... — ele me analisou — ... pelo menos tivesse tomado um banho... mas estamos abrindo uma filial em Londres.

Franzi o cenho.

— Uma filial em Londres? — perguntei. — E como isso pode ser uma notícia ruim?

Mas Glenn continuou falando.

— E vamos precisar de alguém para...

Ergui a mão.

— Eu vou! Eu consigo! Estou dentro!

— ... organizar o escritório e estabelecê-lo no mercado — completou Glenn. — Por dois anos.

Alô? Londres? Ir para Londres com um projeto imenso que exigiria tanta dedicação ao trabalho que nada mais importaria durante dois anos inteiros?

Danem-se as férias. Estou dentro.

Só de pensar nisso, o alívio tomou conta de mim como ondas: *Um projeto de trabalho que apague minha vida de um jeito que possa me distrair de todos os meus problemas para sempre.*

Sim, por favor.

Mas foi quando notei que Robby e Glenn estavam me olhando de um jeito estranho.

— O que foi? — perguntei, olhando entre os dois.

— Vai ser um de vocês dois... — disse Glenn e, então, gesticulou entre mim e Robby.

Claro que ia ter que ser. Eu era a protegida que Glenn vinha treinando havia anos, e Robby era o figurão sexy que ele tinha roubado da concorrência. Quem mais estaria na disputa?

Eu ainda não entendia qual era o problema.

— E isso quer dizer que — Glenn prosseguiu —, aquele que não for vai precisar ficar aqui.

Mas esse era o tanto que eu amava meu trabalho: nem mesmo a perspectiva de uma separação de dois anos do meu namorado me incomodava. Tipo nadinha.

E isso também era quão desesperada eu estava para voltar a trabalhar.

— Vou anunciar a decisão sobre Londres depois do Ano-Novo — disse Glenn. — Até lá, vocês dois considerem que estão competindo pelo posto.

Não havia competição. Eu ganharia o posto.

— Está tudo bem — falei dando de ombros, tipo *E daí?* — Já competimos antes. — Acenei com a cabeça na direção de Robby. — Nós gostamos de competir. E dois anos não é tanto tempo assim, não importa quem vença. Podemos dar um jeito, certo?

Se estivesse prestando mais atenção, poderia ter notado que Robby estava menos ansioso em relação a tudo aquilo do que eu. Mas eu estava um pouco desesperada demais naquele momento para pensar em qualquer outra pessoa que não fosse eu mesma.

Eu tinha medo de sentir o impacto total de perder minha mãe. Estava apavorada de ficar presa em casa sem nada para me distrair. Eu tinha concentrado toda a minha atenção em uma rota de escape – preferivelmente em um país distante – o mais rápido possível.

Na semana seguinte, Robby e eu teríamos uma missão de três semanas em Madri juntos, mas eu não nem tinha certeza de como conseguiria aguentar até lá.

Primeiro eu tinha que sobreviver aos dias restantes da minha licença por luto.

— Pelo que eu tinha escutado — falei, gesticulando na direção da porta —, pensei que fossem más notícias.

— Essa não era a má notícia — disse Robby, olhando de relance para Glenn.

Olhei para Glenn também.

— Qual é a má notícia?

Glenn se recusou a hesitar.

— A má notícia é que vou tirar você de Madri.

Em retrospecto, o fato de eu aparecer no escritório daquele jeito – toda desequilibrada, sem dormir e desesperada – provavelmente não estava ajudando. Talvez eu devesse ter imaginado que isso aconteceria.

Mas não imaginei.

— Me tirar de Madri? — perguntei, pensando que devia ter ouvido errado.

Robby estava olhando fixo pela janela.

— Tirar você de Madri — confirmou Glenn e acrescentou: — Você não está no estado de espírito adequado.

— Mas... — Eu nem sabia como protestar. Como eu poderia dizer *Essa é a única coisa que tenho pela qual esperar?*

Glenn enfiou as mãos nos bolsos. Robby ficou olhando pela janela.

Por fim, perguntei:

— Quem você vai mandar no meu lugar?

Glenn olhou para Robby. E então disse:

— Vou mandar Taylor.

— Você vai mandar... Taylor?

Glenn assentiu.

— Ela é a nossa segunda melhor — disse ele, como se isso pudesse pacificar a questão.

Não pacificou.

— Você vai mandar minha melhor amiga e meu namorado em uma viagem e vai me deixar sozinha por três semanas? *Dias* depois da morte da minha mãe?

— Eu pensei que você tivesse dito que vocês duas não eram tão próximas.

— Eu pensei que você tivesse dito que nós éramos próximas o suficiente.

— Olhe — acrescentou Glenn —, isso é o que as pessoas chamam de decisão profissional.

Balancei a cabeça negativamente. Isso não ia dar certo.

— Você não pode me tirar do trabalho de campo e desfazer todo o meu sistema de apoio. Essa viagem é minha. São meus clientes.

Glenn suspirou.

— Você vai da próxima vez.

— Quero ir dessa vez.

Glenn deu de ombros.

— Eu quero ganhar na loteria. Mas não vai acontecer.

Glenn era o tipo de cara que acreditava que a adversidade só torna a pessoa mais forte.

Precisei de um minuto para respirar. Então falei:

— Se Taylor vai na minha viagem, para onde eu vou?

— Para lugar nenhum.

— *Lugar nenhum?*

Ele confirmou com a cabeça.

— Você precisa descansar. Além disso, todos os outros lugares estão ocupados. — Ele verificou no notebook. — Jacarta está ocupada. Colômbia está ocupada. Barein. Aqueles executivos de empresas petrolíferas nas Filipinas. Todos ocupados.

— Mas... o que eu vou fazer?

Glenn deu de ombros.

— Ajudar aqui no escritório?

— Estou falando sério.

— Começar a tricotar? Fazer um jardim de suculentas? Se preocupar com seu crescimento pessoal? — Glenn prosseguiu.

Não, não, não.

— Você precisa de um tempo de folga. — Ele se manteve firme.

— Eu odeio folga. Não quero folga.

— Não se trata do que você quer. Trata-se do que você precisa.

O que ele era? Meu terapeuta?

— Preciso trabalhar — falei. — Eu me saio melhor quando estou trabalhando.

— Você pode trabalhar aqui.

Mas eu também precisava fugir.

Agora eu sentia uma vibração de pânico na garganta.

— Ei. Você me conhece. Sabe que eu preciso me mexer. Não posso ficar sentada aqui e... e... e *marinar* em toda a minha tristeza. Preciso estar em movimento. Preciso ir a algum lugar. Sou como um tubarão, sabe? Sempre tenho que me mover. Preciso de água nas brânquias. — Minhas mãos gesticularam na altura da caixa torácica, como se eu estivesse mostrando onde minhas brânquias ficavam. — Se eu ficar aqui — disse, por fim —, vou morrer.

— Bobagem — rebateu Glenn. — Morrer é muito mais difícil do que você pensa.

Glenn odiava quando as pessoas imploravam.

Eu implorei mesmo assim.

— Me mande para algum lugar. Qualquer lugar. Preciso sair daqui.

— Você não pode passar a vida toda fugindo — comentou Glenn.

— Sim, eu posso. Posso completamente.

Eu podia dizer pela expressão dele que tínhamos chegado a um impasse. Mesmo assim, eu ainda tinha como brigar.

— E aquela coisa em Burkina Faso? — perguntei.

— Vou mandar Doghouse.

— Tenho três anos a mais do que Doghouse!

— Mas ele fala francês.

— E aquele casamento na Nigéria?

— Vou mandar Amadi.

— Ele está aqui há menos de seis meses!

— Mas a família dele é da Nigéria. E ele fala...

— Tudo bem. Esquece.

— ... iorubá e um pouco de ibo.

Essa era a questão crucial. Glenn tinha uma reputação a proteger.

— Vou mandar você — disse ele, como se o assunto estivesse encerrado — quando for uma missão adequada. Vou mandar você quando for o melhor para a agência. Nunca vou mandar você em vez de alguém mais qualificado.

Estreitei os olhos na direção de Glenn, como se o desafiasse a lutar comigo.

— Não tem ninguém mais qualificado do que eu — falei.

Glenn olhou para mim, usando seus poderes bem afiados de observação como uma arma.

— Talvez sim, talvez não — ele concluiu. — Mas você enterrou sua mãe ontem.

Eu o encarei.

Ele prosseguiu.

— Sua pulsação está elevada, seus olhos estão vermelhos e sua maquiagem está borrada. Seu discurso está acelerado e sua voz está rouca. Você não penteou o cabelo, suas mãos estão trêmulas e você está sem fôlego. Você está acabada. Vá para casa, tome um banho, coma alguma coisa reconfortante, lamente a morte da sua mãe e depois arranje algum maldito hobby... porque eu garanto uma coisa: nem por cima do meu cadáver você vai a algum lugar enquanto não der um jeito na sua vida.

Eu conhecia aquele tom de voz. Não discuti.

Mas como, exatamente, eu devia voltar ao trabalho se ele não me deixava voltar ao trabalho?

CAPÍTULO 2

EU JÁ EXPLIQUEI COMO GANHO A VIDA?

Em geral, tento adiar isso o máximo possível. Porque, assim que souber – depois que eu realmente falar o nome da profissão –, você vai presumir um monte de coisas a meu respeito... e todas elas estarão erradas.

Acho que não faz sentido evitar.

Minha vida não faz muito sentido se você não souber qual é o meu trabalho. Então, aqui vai: sou uma Agente de Proteção Executiva.

E ninguém nunca sabe o que é isso.

Vamos dizer que sou uma guarda-costas.

Muitas pessoas entendem errado e me chamam de "segurança", mas vamos deixar claro: isso não é nem remotamente o que eu faço.

Não fico sentada em um carrinho de golfe no estacionamento de um supermercado.

O que eu faço é trabalho de elite. Exige anos de treinamento. Exige habilidades altamente especializadas. É difícil de fazer. É uma estranha combinação de vida glamorosa (viagens de primeira classe, hotéis de luxo, pessoas ricas que ninguém conhece) e completamente mundana (planilhas, checklists, contar passos no carpete de corredores de hotéis).

Em geral, nós protegemos pessoas muito ricas (e ocasionalmente famosas) de todos que querem feri-las. E somos muito bem pagos para fazer isso.

Sei o que você está pensando.

Você está pensando que eu sou uma mulher de um metro e sessenta e cinco, e nem de perto corpulenta. Você está conjurando o estereótipo de um guarda-costas – talvez um segurança de boate, com uma camiseta de manga justinha apertando os bíceps – e percebeu que sou exatamente o oposto disso. E está se perguntando como eu posso ser boa no que faço.

Vamos deixar claro.

Caras grandões, inflados de esteroides, *são* um tipo de guarda-costas: um guarda-costas para pessoas que querem que o mundo todo saiba que elas têm um guarda-costas.

Mas a questão é que a maioria das pessoas não quer isso.

A maioria dos clientes que precisam de proteção executiva não quer que ninguém saiba disso.

Não estou dizendo que os caras grandões não têm seu valor. Eles têm um efeito dissuasor. Mas também podem causar o efeito oposto.

Tudo depende do tipo de ameaça, para ser honesta.

Na maior parte do tempo, você está em mais segurança se a sua proteção passa despercebida. E eu sou fantástica em não ser notada. Todas as agentes de PE são mulheres, e é por isso que a nossa demanda é alta. Ninguém jamais suspeita de nós.

Todo mundo sempre pensa que nós somos a babá.

Eu faço o tipo de proteção que a maior parte das pessoas nunca sabe que está ocorrendo – nem o cliente. E sou a pessoa menos letal do mundo. Você pensaria que eu sou uma professora de jardim de infância antes de suspeitar que sou capaz de matar você com um saca-rolhas.

A propósito: eu *poderia* matar você com um saca-rolhas.

Ou com uma caneta. Ou um guardanapo.

Mas não vou fazer isso.

Porque, se as coisas algum dia chegarem ao ponto de eu precisar matar você, ou qualquer outra pessoa, quer dizer que não fiz meu trabalho. Meu trabalho é antecipar o perigo antes que ele se materialize – e evitá-lo.

Se eu tiver que furar seu olho com uma faca de jantar, eu já terei fracassado.

E eu não fracasso.

Não na minha vida profissional, pelo menos.

Tudo isso para dizer que meu trabalho não tem a ver com violência, mas com evitar a violência. Uso muito mais o cérebro do que os músculos. Tem a ver com preparação, observação e vigilância constante.

Tem a ver com previsões, padrões e ler o ambiente antes mesmo que você esteja nele.

Não é uma coisa que você simplesmente faz, é uma coisa que você é – e meu destino foi provavelmente definido na quarta série, quando fui recrutada pela primeira vez como monitora de caronas e ganhei uma faixa e um distintivo fluorescentes (eu ainda tenho esse distintivo na minha mesinha de cabeceira). Ou talvez tenha sido na sétima série, quando nos mudamos para um apartamento perto de uma esquina que tinha um estúdio de jiu-jítsu, e eu convenci minha mãe a me deixar fazer aulas lá. Ou talvez tenha sido definido por todos aqueles namorados horríveis que minha mãe nunca conseguiu parar de levar para casa.

O que quer que tenha sido, quando vi um estande de recrutamento perto do quiosque de emprego do campus, durante meu primeiro ano de faculdade, com uma placa azul-marinho e branca que dizia: o FBI É SUA ROTA DE FUGA, foi basicamente um negócio fechado. Fugir era minha atividade favorita. Quando fiz os testes de nível de consciência, reconhecimento de padrões, habilidades observacionais, retenção de aprendizado e altruísmo, eles me recrutaram imediatamente.

Quero dizer, até que Glenn Schultz apareceu e me roubou deles.

E o resto é história. Ele me ensinou tudo o que sabia, e comecei a viajar pelo mundo. Esse trabalho se tornou a minha vida, e nunca olhei para trás.

A questão é que eu amo o que faço.

Você precisa amar. Precisa dar tudo de si. Precisa estar disposto a se colocar diante de uma bala... E não é uma escolha simples, porque algumas dessas pessoas não são exatamente adoráveis – e levar um tiro dói. O risco e o estresse são altos, e, se você vai fazer direito, precisa ser algo maior do que você.

É por isso que as pessoas que amam esse trabalho, amam esse trabalho: tem a ver com quem você escolhe ser, repetidamente, a cada dia.

As viagens de luxo também são muito boas.

Mas, principalmente, é muito trabalho. Um monte de papelada, um monte de visitas antecipadas a lugares, um monte de anotações de procedimentos. Você precisa anotar tudo. Estar constantemente alerta. Não é exatamente relaxante.

Mas você fica viciado.

Essa vida faz uma vida normal parecer monótona.

Até o tédio nesse trabalho é, de certa forma, excitante.

Você está em movimento. Nunca está parado. E fica ocupado demais para se sentir solitário.

O que sempre me serviu muito bem.

Quer dizer, até que Glenn me deixou presa em Houston – no exato momento em que eu mais precisava de uma fuga.

No mesmo dia em que Glenn me tirou da missão em Madri, meu carro não funcionou – então Robby acabou me levando para casa em seu Porsche vintage debaixo de chuva.

O que foi bom. Muito bom, na verdade. Porque eu ainda não o convidara para ir a Toledo.

Talvez fosse a chuva – que caía com tanta força que os limpadores de para-brisa, mesmo na velocidade mais alta, mal conseguiam dar conta –, mas foi só quando chegamos que percebi que Robby tinha estado estranhamente quieto durante o caminho até em casa.

Estava chovendo muito para que saíssemos imediatamente, então Robby desligou o carro e nós ficamos observando a água cobrir o carro como se estivéssemos em um lava-rápido.

Foi quando eu me virei para ele e disse:

— Vamos viajar.

Robby franziu o cenho.

— Como é?

— Foi para isso que eu fui ao escritório hoje. Para convidar você para viajar comigo.

— Viajar para onde?

Agora eu lamentava a escolha aleatória. Como, exatamente, vender a ideia de Toledo?

— Comigo — respondi, como se ele tivesse feito outra pergunta.

— Não estou entendendo — disse Robby.

— Decidi tirar alguns dias de férias — falei, tipo *Isso não é difícil*. — E eu gostaria que você viesse comigo.

— Você nunca tira férias — comentou Robby.

— Bem, agora eu tiro.

— Eu convidei você para três viagens diferentes, e você se esquivou de todas elas.

— Isso foi antes.

— Antes do quê?

Antes de minha mãe morrer. Antes de eu ser tirada do trabalho de campo. Antes de eu perder Madri.

— Antes de eu comprar passagens não reembolsáveis para Toledo.

Robby olhou para mim.

— Toledo? — Se ele já estava confuso antes, agora estava completamente perdido. — As pessoas não passam férias em Toledo.

— Na verdade, eles têm um jardim botânico com fama internacional.
— Não tem como nós irmos para lá. — Robby suspirou.
— Por que não?
— Porque você vai cancelar.
— Qual parte do "não reembolsável" você não entendeu?
— Você realmente não se conhece muito bem, não é?
— Não estou vendo o problema — falei. — Você queria fazer isso, e agora nós vamos fazer. Não dá para dizer *Maravilha* e aceitar?
— Na verdade, eu não posso.

A voz dele tinha uma intensidade estranha. E, na sequência dessas palavras, ele se inclinou para a frente e passou os dedos nas ranhuras do volante de um jeito que chamou minha atenção.

Eu mencionei que leio linguagem corporal do mesmo jeito que as outras pessoas leem livros? Posso falar a linguagem do corpo melhor do que inglês. De verdade. Eu podia colocar no meu currículo como idioma nativo.

Crescer como filha da minha mãe me obrigou a aprender o oposto da linguagem: todas as coisas que dizemos sem palavras. Eu havia transformado isso em uma grande carreira, para ser honesta. Mas, se alguém me perguntasse se era uma bênção ou uma maldição, eu não saberia dizer.

Coisas que li em Robby naquele instante: ele não estava feliz. Temia o que estava prestes a fazer. Mas faria mesmo assim.

Sim. Tudo isso com base nos dedos dele no volante.

E na tensão em sua postura. E na força de sua inspiração seguinte. E na inclinação de sua cabeça. E no jeito como seus olhos pareciam usar os cílios como escudo.

— Por quê? — perguntei na sequência. — Por que você não pode aceitar?

Robby abaixou os olhos. Então uma meia respiração, um aperto rápido de mandíbula, um enrijecer dos ombros.

— Porque — disse ele — acho que nós devíamos terminar.

Impossível, mas verdade: ele me surpreendeu.

Eu me virei para olhar para o painel. Tinha uma textura semelhante a couro.

Não tinha previsto isso.

E eu sempre previa tudo.

Robby continuou a falar.

— Nós dois sabemos que não está dando certo.

Nós dois sabíamos o quê? Alguém por acaso *sabe* que um relacionamento não está dando certo? Isso é uma coisa que *dá* para saber? Ou todos os relacionamentos exigem certa quantidade de otimismo irracional para sobreviver?

Falei a única coisa em que consegui pensar:

— Você está terminando comigo? Na noite seguinte ao enterro da minha mãe?

Ele agiu como se eu estivesse me apegando a um detalhe técnico.

— Meu timing é a coisa mais importante neste caso?

— Seu timing *pavoroso*? — perguntei, ganhando tempo para que meu cérebro voltasse a me acompanhar. — Não sei. Talvez.

— Ou talvez não — disse Robby. — Porque, não esqueça: vocês nem eram tão próximas.

Só porque aquilo era verdade, não tornava certo.

— Isso não é relevante — falei.

Acho que o momento realmente importa. Eu havia passado dias dormindo em um hospital, acordando cinco vezes por noite enquanto minha mãe vomitava em um balde de plástico. Eu a vi murchar até se transformar em um esqueleto, naquela frágil camisola de hospital.

Eu vi a vida que me dera a vida se esvanecer diante dos meus olhos.

Depois disso, fiz os preparativos para o funeral. Todos os detalhes. A música, a comida. Banquei a anfitriã o dia todo para amigos do ensino médio, colegas de trabalho, ex-namorados, amigos dos Alcóolicos Anônimos e companheiros de bebedeira. Encomendei as flores e fechei sozinha o zíper nas costas do meu vestido preto, e até preparei um slideshow.

Robby tinha entendido mal.

Porque, apesar de tudo, eu a amara.

Eu não *gostava* dela, mas a amava.

E ele me subestimava também. É muito mais trabalhoso amar uma pessoa difícil do que amar uma pessoa fácil.

Eu era mais forte do que jamais soube. Provavelmente.

Mas acho que estava prestes a descobrir.

Porque, quando a chuva começou a diminuir, eu pressionei as pontas dos dedos no vidro da janela e me ouvi dizer, em uma voz insegura, que mal reconheci:

— Não quero terminar. Eu te amo.

— Você só diz isso porque não sabe o que é o amor — respondeu Robby, e sua voz estava tingida com uma certeza da qual jamais vou esquecer.

▪▪▪

Glenn nos advertira a esse respeito havia um ano – quando tudo começara.

Assim que ele ouviu a fofoca, nos chamou na sala de reuniões, fechou a porta e abaixou as persianas.

— Isso está acontecendo mesmo? — ele exigiu saber.

— O que está acontecendo mesmo? — perguntou Robby.

Mas aquele era o lendário Glenn Schultz. Ele não ia cair nessa.

— Me diga você.

Robby manteve a expressão impassível, então Glenn se virou para mim.

E a minha era ainda melhor.

— Não vou impedir vocês — disse Glenn. — Mas nós precisamos ter um plano pronto.

— Para quê? — perguntou Robby, e aquele foi o primeiro erro dele.

— Para quando vocês terminarem — respondeu Glenn.

— Talvez não terminemos — disse Robby, mas Glenn se recusou a insultar todos nós respondendo.

Em vez disso, como um homem que já vira tudo e mais um pouco, ele simplesmente olhou para nós dois e suspirou.

— Foi a missão de resgate, não foi?

Robby e eu nos olhamos nos olhos. Será que tínhamos nos apaixonado depois de uma missão de resgate de uma vítima de sequestro no Iraque? Tínhamos sobrevivido a um tiroteio, a uma perseguição de carro e a uma travessia de fronteira à meia-noite, desafiando a morte, só para acabarmos juntos na cama no fim – se não por outro motivo, para celebrar o fato de estarmos, contra todas as previsões, ainda vivos? E será que a adrenalina daquela missão ainda estava alimentando nosso romance semissecreto no trabalho todos aqueles meses depois?

Obviamente.

Mas não admitimos nada.

Glenn estava nesse negócio havia tempo demais para precisar de algo tão banal quanto uma confirmação verbal.

— Sei que é bobagem impedir — disse ele. — Então só vou fazer uma pergunta para vocês. É a coisa mais fácil do mundo agentes acabarem juntos... e é a coisa mais difícil eles *permanecerem* juntos. O que vocês vão fazer quando isso terminar?

Eu devia ter mantido o contato visual. Era uma das regras da negociação. *Nunca abaixe os olhos.*

Mas eu abaixei os olhos.

— Sério? — Glenn se inclinou um pouco na minha direção. — Você acha que isso vai *durar*? Você acha que vai comprar uma casa com uma cerca de madeira e ir à feira aos fins de semana? Comprar um cachorro? Comprar suéteres no shopping?

— Você não sabe do futuro — falou Robby.

— Não, mas conheço vocês dois.

Glenn estava bem irritado, e não era sem motivo. Nós éramos seus investimentos, seus pupilos, seus favoritos e seu portfólio para a aposentadoria, tudo em um.

Glenn esfregou os olhos e olhou para o teto, respirando daquele jeito barulhento que lhe fizera receber o apelido de "Javali".

Ele nos encarou.

— Não posso impedir vocês — repetiu ele. — E nem vou tentar. Mas vou dizer uma coisa. Não vou aceitar nada de "vou sair da empresa" quando isso terminar mal. Não vou ter pena de vocês, e vocês também não vão receber uma carta de recomendação. Se tentarem procurar emprego em outro lugar, vou detonar vocês com as piores referências de todos os tempos. Vocês são meus. Eu fiz vocês, eu sou o dono de vocês, e ninguém nesta sala vai se demitir. Nem mesmo eu. Entendido?

— Entendido — respondemos os dois, em uníssono.

— Agora, saiam da minha vista — ordenou Glenn. — Ou vou mandar os dois para o Afeganistão.

...

Isso foi há um ano.

É engraçado pensar em como senti pena do pessimismo de Glenn na época. Sua terceira esposa tinha acabado de deixá-lo – nada incomum nesse trabalho, já que você passa mais tempo fora do que em casa. Lembro de balançar a cabeça mentalmente para ele, enquanto me afastava da conversa. Lembro de pensar que Robby e eu provaríamos que ele estava errado.

Corta para um ano depois: Robby terminando comigo na chuva, como se estivesse fazendo um favor para nós dois.

— É o melhor — disse ele. — E, de um jeito ou de outro, você precisa lidar com a tristeza.

— Você não merece a minha tristeza.

— Eu estava falando da morte da sua mãe.

Ah. Ela.

— Não me diga o que eu preciso fazer.

Robby teve a cara de pau de parecer magoado.

— Vamos ser civilizados com isso.

— Por que eu deveria?

— Porque nós somos adultos. Porque nós sabemos o que está em jogo. Porque nós nunca gostamos tanto assim um do outro.

Isso doeu como uma bofetada. Encarei os olhos dele pela primeira vez, e tentei não parecer surpresa.

— Nunca gostamos, né?

— É justo dizer isso, concorda?

Hum, não. Não era justo dizer aquilo. Era incrivelmente grosseiro. E errado. E provavelmente uma mentira também – um jeito de Robby absolver a si mesmo. Claro, ele tinha me largado no dia seguinte ao funeral da minha mãe, mas será que isso importava, já que "nós nunca gostamos tanto assim um do outro"?

Mas tudo bem. Que fosse.

Embora eu pudesse pensar em um quarto de hotel na Costa Rica que era capaz de afirmar o contrário.

Na humilhação daquele momento – *Eu tinha mesmo falado para um homem que o amava enquanto ele terminava comigo?* –, era como se Robby não estivesse levando embora apenas o seu amor... mas todo o amor.

Era assim que parecia.

O que eu posso dizer? É difícil pensar direito em uma crise, e a conclusão a que cheguei foi a de que meu único jeito de seguir em frente era voltar ao trabalho. Eu não precisava de hobbies. Não precisava aprender crochê. Precisava voltar ao escritório, e receber uma nova missão, e ganhar aquela posição para administrar a filial de Londres. Era tão claro quanto o fato de eu precisar de ar para respirar. Eu precisava fazer alguma coisa. Ir a algum lugar. Fugir. Agora mais do que nunca.

No entanto, antes que eu pudesse descer do carro, na chuva, e me esquecer inteiramente dele, havia uma pergunta que eu ainda precisava fazer.

Olhei bem dentro dos olhos de Robby. Então, em um tom de voz que parecia calmamente curioso, falei:

— Você disse que as coisas entre nós não estavam dando certo. Por que mesmo?

Ele assentiu, como se fosse uma pergunta justa.

— Andei pensando nisso nos últimos meses...

— *Meses?*

— ... e decidi, por fim, que se resume a uma coisa.

— E o que é?

— Você.

Balancei a cabeça de forma involuntária.

— Eu?

Robby confirmou com um gesto de cabeça, como se dizer em voz alta tivesse confirmado.

— É, você. — Então, no tom de quem dá um conselho útil, ele prosseguiu: — Você tem três defeitos que são intransponíveis.

As palavras ecoaram em minha mente enquanto me preparei para ouvi-las. *Três defeitos intransponíveis.*

— Um — disse Robby —, você trabalha o tempo todo.

Ok. Ele *também* trabalhava o tempo todo. Mas tudo bem.

— Dois — Robby prosseguiu —, você não é divertida, sabe? Você é séria o tempo todo.

Hum. Puta merda. Como argumentar contra isso?

— E três — disse Robby, com ar de suspense, como se estivéssemos chegando ao ponto decisivo —, você beija mal.

CAPÍTULO 3

UM MÊS DEPOIS, EU AINDA ESTAVA COM RAIVA DAQUILO.

Eu beijo mal? *Beijo mal?*

Quero dizer, "workaholic"? Tudo bem. Não é vergonha alguma ser fantástica em seu trabalho.

"Não ser divertida"? Que seja. Diversão é superestimado.

Mas "beijar mal"?

Esse era o tipo de insulto que me assombraria até o túmulo.

Inaceitável.

Assim como o estado da minha vida toda.

Minha mãe estava morta. Eu tinha sido retirada dos trabalhos de campo. Então, o relacionamento mais longo da minha vida acabara com o insulto mais ofensivo do mundo. E não havia nada que eu pudesse fazer a respeito disso. Minha mãe continuava morta, meu ex-namorado e minha melhor amiga tinham ido viajar por três semanas na minha missão em Madri, e eu fiquei em casa. Em Houston. Com nada para fazer e ninguém para fazer nada comigo.

Nem consigo dizer como sobrevivi.

Na maior parte do tempo, fiz qualquer coisa para me manter ocupada. Reorganizei a sala do arquivo no escritório. Participei de pequenas missões locais. Repintei meu banheiro em tom mexerica sem pedir permissão para o senhorio. Esvaziei a casa da minha mãe e coloquei tudo à venda. Comecei a correr dez quilômetros depois do trabalho, na esperança de me cansar. Contei os segundos como se estivesse no purgatório, até poder sair da cidade.

Ah, e dormi todas as noites no chão do closet.

Aquelas quatro semanas duraram mil anos. E, durante todo aquele tempo, eu só consigo me lembrar de uma coisa verdadeiramente boa que aconteceu.

Quando mexi no porta-joias da minha mãe, encontrei uma coisa que pensei estar perdida – uma coisa que teria parecido lixo para qualquer outra pessoa. Enterrado embaixo de um colar todo enroscado, achei um pequeno alfinete prateado com miçangas que eu tinha feito na escola quando tinha oito anos.

As cores eram exatamente como eu me lembrava: vermelho, laranja, amarelo, verde-claro, azul-claro, violeta e branco.

Alfinetes da amizade, feitos com miçangas, eram o grande sucesso na escola naquele ano – todos faziam e prendiam nos cadarços do tênis –, então, no dia em que nossa professora trouxe os alfinetes e as miçangas, ficamos em êxtase. Ela nos deixou passar todo o intervalo fazendo os alfinetes, e eu guardei meu favorito para dar à minha mãe. Eu tinha adorado a ideia de surpreendê-la em um dia em que ela me daria presentes com um presente meu para ela. Mas, no fim, nunca consegui fazer isso.

De algum modo, antes da manhã seguinte, o alfinete tinha desaparecido.

Eu o procurei por semanas. Verifiquei mais de uma vez o chão do meu closet, os bolsos da mochila, embaixo do tapete do corredor. Foi um dos maiores mistérios da minha vida, sem solução – uma pergunta que levei comigo por muito tempo: Como eu tinha perdido uma coisa tão importante?

No entanto, vinte anos depois, ali estava ele, guardado em segurança no porta-joias da minha mãe, esperando por mim como uma resposta escondida havia muito tempo. Como se ela o estivesse mantendo em segurança para mim por todo esse tempo.

Como se talvez eu a tivesse subestimado um pouco.

E a mim mesma também.

Bem ali, procurei entre seus colares e encontrei uma corrente grossa de ouro. Então prendi o alfinete nela como um pingente.

E passei a usá-lo. Todos os dias depois disso. Como um talismã. Até dormia com ele.

Eu me pegava tocando nele o tempo todo, girando as miçangas com as pontas dos dedos para sentir seu pequeno chocalhar alegre. Algo naquilo era reconfortante. Me fazia sentir que talvez as coisas nunca estivessem tão perdidas quanto pareciam.

Na manhã em que Robby e Taylor estavam voltando de Madri – uma manhã em que teríamos uma reunião na qual Glenn prometera me dar uma nova missão, finalmente –, toquei tanto aquele alfinete que me perguntei se poderia gastá-lo.

O ponto era: eu estava prestes a receber uma missão. Estava prestes a fugir. Não importava para onde iria. A simples ideia de partir transformava meu coração em um campo ondulante de alívio.

Eu iria desaparecer dali.

E então, pela primeira vez em muito tempo, eu me sentiria bem.

Tudo o que eu precisava fazer era sobreviver a ver Robby novamente.

Somos muito desdenhosos, como cultura, em relação a um coração partido. Falamos sobre isso como se fosse engraçado, ou bobo, ou bonitinho. Como se pudesse ser curado com um pote de Häagen-Dazs e um pijama de flanela.

Mas, é claro, um rompimento é um tipo de luto. É a morte não de um relacionamento qualquer, mas do mais importante da sua vida.

Não há nada de bonitinho nisso.

"Largada" é também uma palavra que fica aquém de seu verdadeiro significado. Parece tão rápido – como um momento no tempo. Mas ser largada dura para sempre. Porque *a pessoa que você amava decidiu que não amava mais você.*

Será que isso passa mesmo?

Enquanto eu esperava na sala de reuniões, de longe a primeira pessoa a chegar, foi isso o que me atingiu: Robby me deixar parecia ser a confirmação do meu pior, mais profundo e jamais confessado medo.

Talvez eu simplesmente não fosse digna de ser amada.

Quero dizer, sim, eu era uma boa pessoa. Tinha muitas qualidades. Era competente, tinha uma bússola moral forte... e vamos acrescentar: eu cozinhava bem. Mas como alguém simplesmente assume que seria a primeira escolha de outra pessoa? Eu era melhor do que todas as outras ótimas pessoas do mundo? Era especial o bastante para que alguém *me escolhesse* em detrimento de todos os demais?

Não para Robby, acho.

Eu não queria vê-lo novamente. Ou pensar naquilo. Ou ter uma crise de autoestima.

Eu só queria dar o fora do Texas.

■■■

A primeira pessoa a chegar na sala de reuniões foi Taylor. Minha melhor amiga. Recém-chegada de Madri com meu ex. Embora não fosse culpa dela.

O cabelo dela estava mais curto – um tipo de corte europeu – e preso atrás das orelhas, e ela estava usando rímel, o que era novidade, e isso fazia seus olhos verdes se destacarem. Gritei ao vê-la e levantei correndo, me jogando em seus braços.

— Você voltou! — Abracei-a com força pelo pescoço.

Ela me abraçou de volta.

— Matei todas as plantas da sua casa — falei —, mas esse é o preço que você paga por me deixar.

— Você matou minhas plantas?

— Você não viu os cadáveres?

— De propósito?

— Sem querer — confessei. — Uma combinação de negligência e atenção exagerada.

— Isso parece letal.

Taylor me deu aquele grande sorriso pelo qual era famosa.

Tínhamos conversado por telefone muito mais dessa vez do que normalmente fazíamos durante as missões. Principalmente porque eu ficava chorando e ligando para ela.

Ela era boa nisso, era mesmo. Tinha me deixado processar, desabafar e agonizar por todo o conteúdo do meu coração – mesmo quando eu a acordava.

Ao vê-la agora, percebi que fazia muito tempo que não perguntava *por ela*.

— Como foi a viagem? — perguntei.

— Tudo bem — respondeu ela.

Não era exatamente uma resposta.

Quando nos sentamos, não pude conter o impulso de abaixar a voz e perguntar:

— E como ele está?

— De quem você está falando? — perguntou Taylor.

— Da pessoa que rima com "Bobby".

— Ah — disse Taylor, o rosto se contraindo de um jeito que me fez sentir que ela torcia por mim. — Acho que ele está bem.

— "Bem" é sua palavra do dia.

— Quer dizer que ele não está... mal.

— Que pena.

— Mais importante — falou ela —, como *você* está?

— Estou presa aqui há um mês. Estou morrendo.

Taylor concordou com a cabeça.

— Porque você precisa de água nas brânquias.

— Obrigada! — falei, querendo dizer *Finalmente*. — Obrigada por acreditar nas minhas brânquias.

Nesse instante, Glenn entrou.

— Pare de falar sobre suas brânquias — disse ele.

— Ela é um tubarão — lembrou Taylor, em minha defesa.

— Não a encoraje.

Outras pessoas chegaram, e a sala de reuniões se encheu. Amadi – sempre simpático com seu nariz redondo e sorriso largo – tinha voltado da Nigéria. Doghouse, de volta de Burkina Faso, havia deixado crescer a barba para cobrir a cicatriz de queimadura na mandíbula. Kelly estava recém-chegada de Dubai usando brincos dourados de argola que combinavam exatamente com seus cachos loiros.

Tentei não olhar para a porta, à espera de Robby.

Mantive uma boa postura. Arrumei o rosto em uma expressão agradável, bem-obrigada-e-você, com tamanha precisão que os músculos das minhas bochechas começaram a tremer. Ignorei o barulho de fundo que apitava em meus ouvidos.

Por fim, bem quando Glenn estava limpando a garganta para começar, Robby chegou.

Seu cabelo estava mais comprido. Ele usava um terno novo, de corte ajustado, uma gravata que eu nunca tinha visto e seus famosos óculos Vuarnet – embora estivéssemos em um ambiente interno. Ele os tirou assim que entrou na sala.

Maldição. Ele sabia fazer uma aparição.

Ele sempre fora muito melhor no estilo do que na substância.

Doeu vê-lo? Tirou todo o ar do meu peito? Me incapacitou de emoção? Era como se eu tivesse tomado uma garrafa inteira de coração partido?

Não, na verdade.

Isso é bom, pensei.

Espere. Isso é bom?

Isso queria dizer que eu já tinha superado, certo? Meu tempo infinito em Houston-barra-purgatório tinha servido para alguma coisa. Dizem que o tempo cura tudo. Era isso? Será que eu estava curada?

Ou será que o mês anterior tinha destruído toda a minha capacidade de sentir qualquer coisa?

Enquanto Glenn começava a reunião, segurei a respiração.

Por favor, por favor, por favor, me peguei pensando. *Só dessa vez, me deixe sair fácil dessa.*

Às vezes me pergunto se eu me amaldiçoei naquele momento.

Porque, quando Glenn começou a reunião – iniciando com minha nova missão –, percebi bem rápido que não seria a fuga pela qual eu segurava a respiração.

— Primeiro, o mais importante — disse Glenn quando a sala ficou em silêncio, apontando para mim. — Vamos falar sobre a nova missão da Brooks. — Glenn sempre me chamava de "Brooks". Eu nem sequer podia garantir que ele sabia meu primeiro nome. — É uma bem suculenta — prosseguiu. — Fora dos nossos padrões normais. Deve ser bem intensa. Na verdade, é uma nova missão para todos aqui. Meio que uma situação na qual vamos precisar de todo mundo. Mas Brooks será a agente principal.

Glenn fez um pequeno aceno de cabeça para mim.

— Ela mereceu.

— Onde é? — perguntei.

— Acho que o que você quer saber é *"quem é"*.

— Não — respondi. — Definitivamente, quero saber *onde*.

— Porque esse cliente — Glenn prosseguiu, e seu tom de voz me lembrou o jeito como as pessoas falam com seus cães antes de dar petiscos a eles — é muito, muito famoso.

Não protegíamos muita gente famosa na Glenn Schultz Proteção Executiva. Se nossa sede fosse em Los Angeles, seria diferente. Mas ficávamos em Houston – então a maioria dos nossos clientes eram executivos do petróleo e gente de negócios. Um artista ocasional que passava pela cidade. Uma vez fiz algumas avaliações de localizações remotas para Dolly Parton, e ela me mandou um adorável bilhete de agradecimento.

Mas era só isso.

Olhei para o rosto de Glenn. Ele estava reprimindo um sorriso.

Ele estava animado de verdade. E Glenn nunca se animava com nada. Ele seguiu em frente:

— Acontece que essa missão em particular vai acontecer no grande estado do Texas...

— No Texas?! — perguntei.

Glenn me ignorou.

— Bem aqui na nossa amigável cidade natal de Houston, então...

— Houston?! — Empurrei minha cadeira para trás.

Em oito anos recebendo missões, eu nunca havia reclamado de uma localidade. É assim que esse trabalho funciona. Você não se importa com o lugar para onde vai. Vai para onde é mandado. E está tudo bem.

Mas...

Tinha sido um mês difícil.

Vamos dizer que eu estava a ponto de fazer uma coisa não profissional.

Então Glenn nos disse quem era o cliente.

Repuxando os lábios em um sorriso muito satisfeito consigo mesmo, como se essas boas-novas pudessem cancelar qualquer má notícia que aparecesse dali para a frente, Glenn fez a grande revelação.

— O principal cliente desta missão — disse ele, apertando o botão do controle remoto do painel de exposição e mostrando um pôster de filme para que todos víssemos — é Jack Stapleton.

A sala toda se surpreendeu.

Robby teve um ataque de tosse.

Kelly soltou um grito como se estivesse em um show dos Beatles.

E foi quando, apesar de tudo o que tinha decidido sobre como conseguir o posto em Londres ser a resposta para todos os meus problemas, eu falei:

— Quer saber? Eu me demito.

CAPÍTULO 4

CLARO QUE NÃO PRECISO DIZER PARA VOCÊ QUEM É JACK STAPLETON.

Você provavelmente se surpreendeu também.

Minha tentativa de me demitir se perdeu totalmente no caos.

Não tenho certeza se alguém chegou a me ouvir – exceto Glenn, que desprezou aquela declaração me olhando de relance, como se eu fosse um inseto irritante.

— Você nunca vai se demitir. Já te falei isso.

Eu estava esperando para sair do Texas como uma pessoa se afogando espera por uma corda. A decepção de *continuar presa aqui* me fez perder o fôlego.

Mas vou dizer uma coisa. Ouvir o nome de Jack Stapleton não passou totalmente despercebido.

Proteger o duas vezes eleito Homem Vivo Mais Sexy do Mundo aqui no Texas era melhor do que proteger algum executivo do petróleo de dentes acinzentados, olhos lacrimejantes e corpo em formato de pera em qualquer outro lugar?

Tudo bem. Talvez.

Glenn certamente achava que sim.

— Esse aqui vai ser difícil, pessoal — anunciou Glenn, retomando o controle da reunião. — Ainda bem que Brooks teve tempo para descansar, porque essa missão vai mantê-la ocupada.

Claro que eu ainda não tinha dito que sim.

Mas, novamente, eu nunca disse não.

Glenn apertou o controle remoto do painel digital e mostrou uma foto de Jack Stapleton no tapete vermelho, com todo o seu um metro e noventa de homem dos sonhos, na tela da sala de reuniões.

— Presumo, pela reação coletiva, que todos saibamos quem é este homem.

Ele começou a mostrar as fotos. Fazíamos isso com todo novo cliente, mas digamos que, em geral, não era tão... cativante. As primeiras fotos eram profissionais: Jack Stapleton com uma camiseta tão justa que parecia embalado a vácuo. Jack Stapleton com um jeans rasgado. Jack Stapleton com um smoking e a gravata desfeita, encarando a câmera como se estivéssemos todos prestes a segui-lo até seu quarto de hotel.

— Esse é o cliente mesmo? — perguntou Doghouse, só para ter certeza.

Obviamente que sim. Mesmo assim, todos nós esperávamos ouvir de novo. Porque era tão inacreditável.

— Afirmativo — confirmou Glenn. Então olhou para Kelly. — Você não tem uma queda por ele?

— O que você acha que eu sou? — perguntou Kelly. — Uma adolescente?

— Parece que já ouvi o nome dele por aí.

— Adultos funcionários não têm "quedas" por atores — Kelly declarou para a sala.

Foi quando Doghouse, bem ao lado dela, colocou a bota sobre a mesa de reuniões e deu um sorriso malicioso para Kelly.

— Tenho certeza de que ela tem uma meia com a cara do Stapleton.

— Ganhei de *presente* — garantiu Kelly.

— Mas você usa — observou Doghouse.

— É estranho você saber disso.

Aquilo só fez o sorriso de Doghouse crescer.

— Você não tem uma foto dele na tela de fundo do celular?

— Isso é sigiloso. E é ainda mais estranho você saber *disso*.

— A questão é... — continuou Glenn, apontando para Kelly em sinal de advertência — seja profissional. Qualquer coisa que você tiver com o rosto do cliente...

Doghouse começou a contar os exemplos:

— Camisetas, tatuagens, biquínis...

— Se livre de tudo — orientou Glenn.

Kelly olhou zangada para Doghouse, mas ele só lhe deu uma piscadela.

Mas Glenn não estava ali para brincar. Aquele era um cliente importante e um trabalho importante. Ele prosseguiu com as fotos, mostrando algumas tiradas por paparazzi, e vimos Jack Stapleton de camisa xadrez fazendo compras na feira. Jack Stapleton de boné atravessando um estacionamento. Jack Stapleton de – *Santa Maria, doce mãe de Deus* – sunga na praia, saindo das ondas e reluzindo como uma divindade romana.

Taylor falou por todas as mulheres na sala quando soltou um assobio longo e baixinho.

Senti Robby olhar para ela ao ouvir isso, mas não olhei. Mantive os olhos no prêmio, por assim dizer.

— Senhoras, não vamos objetificar o cliente — advertiu Glenn.

Os homens ao redor da mesa murmuraram sua concordância.

E, logo depois disso, Glenn colocou em um slide que fez a outra metade da sala assobiar.

— E esta é a namorada dele.

Era Kennedy Monroe, é claro – correndo no estilo Baywatch ao longo de uma praia perfeita, sem uma única celulite visível, como se tivesse a capacidade de se photoshopar ao vivo, em tempo real. Todo mundo sabia que eles estavam namorando, e, olhando com admiração para a tela, o motivo não era nenhum mistério.

Ela tinha um tipo de beleza que dobrava qualquer um às suas próprias regras.

Um casal – desde que coestrelaram o filme *Os destruidores*. Eles tinham acabado de aparecer juntos na capa da *People*.

Quer dizer, eu sempre achei que os dois eram um casal estranho. Ela era, afinal, mais famosa pelo escândalo no qual afirmara falsamente ser neta de Marilyn Monroe e fora processada pelos herdeiros de Marilyn. E Jack Stapleton tinha sido citado em uma entrevista da *Esquire* dizendo: "Ela é como uma teórica da conspiração... sobre si mesma".

Uau. Como eu sabia tudo isso sobre eles sem nem mesmo tentar?

Kelly parecia ter tido a mesma reação visceral a ela que eu.

— Ela vai vir aqui? — perguntou, com as narinas dilatadas.

— Não — Glenn falou. — Só coloquei esta foto por diversão. — Ele passou para o próximo slide. Era a foto de um cara que se parecia tanto com Jack Stapleton que fazia você querer esfregar os olhos.

— Esse é o cliente? — perguntou Amadi, como se estivéssemos sendo enganados.

— Este é o irmão mais velho dele, Hank — explicou Glenn. Então colocou uma foto de Jack, e nós analisamos os dois, lado a lado, como se fosse um jogo dos sete erros.

Foi quando Glenn parou o slideshow.

— Não consigo imaginar que haja uma pessoa nesta sala que não tenha visto *Os destruidores* — comentou ele. — E vocês todos provavelmente sabem por alto que, logo após o fim de semana de estreia, o irmão caçula de Jack Stapleton, Drew, morreu em um acidente. Isso foi há dois anos. Jack saiu dos holofotes, se mudou para as montanhas remotas de Dakota do Norte e não fez mais nenhum filme desde então.

Sim, todos sabíamos disso. Todo mundo nos Estados Unidos sabia. Os bebês sabiam. Os cachorros sabiam. Talvez até as minhocas.

— O acidente foi abafado. Quero dizer — Glenn balançou a cabeça em admiração —, fizeram um trabalho fantástico. Não há detalhes em parte alguma, e deixei Kelly nisso o dia todo.

Nós assentimos para Kelly. Ela era a melhor escarafunchadora que tínhamos.

— Se eu soubesse por que você me queria nisso, teria trabalhado com mais afinco — disse Kelly.

Glenn manteve o foco. E prosseguiu:

— Em toda parte, só foi possível encontrar o básico: acidente de carro. Jack e seu irmão caçula estavam juntos. Só Jack sobreviveu.

Glenn mostrou uma foto de Jack e de seu irmão Drew em alguma première, de terno, sorrindo para as câmeras com os braços ao redor um do outro. Todos fizemos um momento de silêncio.

— Mas há rumores — Glenn continuou —, rumores que dizem que Jack estava dirigindo... e que pode ter havido álcool envolvido. Kelly está trabalhando para confirmar isso.

Como quem não estava gostando, Kelly enrugou o nariz e balançou a cabeça enquanto Glenn foi em frente.

— O que já sabemos é que, logo depois do acidente, a família se desentendeu. Em particular, parece haver uma grande desavença entre Jack e seu irmão mais velho. Não conseguimos encontrar relatos que expliquem a rixa.

Glenn mostrou uma foto da família antes do acidente – pai e mãe de aparência doce e três garotos crescidos –, uma foto de paparazzi tirada na arquibancada de um estádio.

— Além disso, apesar da intenção declarada de Stapleton de se aposentar das telas, ele ainda é obrigado por contrato a fazer a continuação de *Os destruidores*. Ele está lutando na justiça para romper, e não está claro que lado vai prevalecer, mas ele não deixou a Dakota do Norte por vontade própria desde então. Até agora. Ele chega em Houston hoje. — Glenn olhou para seu relógio de pulso. — Aterrissou há vinte e três minutos.

— Ele finalmente sai da toca e escolhe *Houston*? — perguntou Robby.

— Ei! — exclamou Kelly, como se estivesse ofendida. — Não somos tão ruins assim.

Robby balançou a cabeça.

— Ninguém vem para cá por vontade própria.

Glenn retomou o assunto da reunião.

— Jack Stapleton não veio para cá por vontade própria mesmo.

— Ele é *daqui* — sugeriu Doghouse, orgulhoso de saber a resposta da charada.

— Correto — confirmou Glenn. — Ele é daqui. E os pais dele moram em um rancho perto de Katy, no rio Brazos. E a mãe dele acaba de ser diagnosticada com câncer de mama, e então ele veio passar um tempo em casa.

— É por isso que está acontecendo tão rápido — disse Doghouse.

Era rápido. Em geral, levávamos semanas, pelo menos, nos preparando para algo assim.

— Sim — respondeu Glenn. — Ela recebeu o diagnóstico na segunda, e a cirurgia está marcada para sexta de manhã.

— Protocolo agressivo — Amadi disse. O pai dele era oncologista.

Glenn confirmou com a cabeça.

— Pelo que entendi, não seria sua primeira escolha de tratamento. Mas não é incurável.

Todos nós notamos a dupla negativa.

— Qual a duração da missão? — perguntei então.

— Não está claro. Mas meu entendimento é que Stapleton pretende ficar aqui durante todo o tratamento.

— Semanas? — questionei.

— Pelo menos. Vamos saber mais quando a família souber.

Era tão estranho pensar em Jack Stapleton como alguém que tinha uma família – ou tendo qualquer tipo de vida fora de seu papel principal de dar a todos nós algo para cobiçar a respeito da humanidade.

Mesmo assim, ali estava. Jack Stapleton era uma pessoa de verdade. Com uma mãe. Que estava doente. E uma cidade natal. E agora estava em Houston.

Glenn mudou o slideshow para uma série de fotos de uma casa moderna com três andares.

— Ele alugou uma casa na cidade, perto do centro médico. Só vamos ter acesso a partir de hoje, mas aqui estão algumas fotos do site da imobiliária.

Pessoas normais veriam naquelas fotos uma casa novinha em folha, moderna, luxuosa, com pé-direito alto, janelas imensas e paisagismo exuberante. A porta da frente era azul-clara, com um fícus-lira em um vaso logo ao lado. Parecia algo saído direto da *Architectural Digest*.

Mas todos nós olhamos para aquelas imagens com lentes distintas.

O fícus-lira ficava muito bem na foto, mas não era relevante para ninguém naquela sala. A menos que pudéssemos esconder uma câmera de segurança nele. O muro alto ao redor do jardim significava que seria difícil para um stalker tentar escalá-lo. O passeio circular na frente era um pouco próximo demais da estrutura. Aquele arbusto imenso de oleandro precisaria ser podado. O pátio coberto seria um acesso fácil para um sniper. Nas fotos noturnas, dava para ver que a iluminação da frente era muito mais para criar um clima do que para garantir a visibilidade.

Glenn nos apresentou os recursos de segurança.

— Câmeras de segurança em abundância, mesmo no interior, acionadas por movimento, no hall de entrada. Sistema de alarme de última geração e travas eletrônicas com acesso remoto. Ainda que o representante do cliente diga que ele costuma esquecer de usá-la.

Sinal vermelho. Cliente não cooperativo.

Levantei a mão.

— Ele nos contratou? Ou foi o empresário dele ou coisa assim?

Glenn fez uma pausa. E, com isso, todos soubemos a resposta.

— Um pouco dos dois. Tecnicamente, foi o empresário quem nos contratou, por insistência exaustiva da equipe. E do estúdio, que está prestes a fazer a continuação de *Os destruidores*.

Não era incomum que nossos clientes tivessem "equipes".

— Por que a equipe dele "insistiu exaustivamente" que ele contratasse segurança? — perguntei.

— Ele já teve alguns stalkers — disse Glenn. — E uma delas mora na cidade agora.

A mesa fez um aceno coletivo com a cabeça.

— Então, a primeira estratégia, é claro, é esconder o fato de que ele está aqui durante o maior tempo possível. Mas é um fator imprevisível. Ele é fácil de ser reconhecido...

Kelly soltou um: "Rá!".

— Mas — prosseguiu Glenn — ele está sumido faz um tempo, então pode não ser a primeira coisa que vai passar pela cabeça das pessoas. E ele parece evitar os holofotes muito bem ultimamente.

Isso era bom. Quanto menos holofotes, melhor.

— Ele já avisou que vai acompanhar a mãe na cirurgia e nas consultas. Fora isso, ele planeja ficar na surdina.

Eu estava tentando não me comprometer, mas meu cérebro já começava a trabalhar e a elaborar uma estratégia. Precisávamos conseguir a planta baixa do hospital. Fazer uma visita in loco com antecedência. Encontrar as melhores opções de entrada e saída. Garantir uma área de espera privativa.

— Qual é a situação com a antiga stalker? — perguntou Doghouse.

Glenn assentiu e projetou uma foto. Uma imagem de uma mulher de meia-idade com cabelo comum, batom rosa-claro fora das linhas dos lábios e, o que mais chamava a atenção, usando brincos com o rosto de Jack neles.

— Você não tem um par de brincos desses? — Doghouse perguntou para Kelly.

Ela jogou a caneta nele, que estava sentado ao lado dela. Quando a caneta caiu na mesa, ela a pegou de volta.

Todos relaxamos. Uma stalker mulher era uma boa notícia. Mulheres não costumavam matar pessoas.

— Houve muita atividade nos dois anos anteriores ao lançamento de *Os destruidores* — comentou Glenn. — Mas diminuiu desde que o irmão morreu e Stapleton sumiu. — Ele projetou uma lista na tela e gesticulou em sua direção. — Em cinco anos, ela mandou centenas de cartas, algumas delas ameaçadoras. Muito assédio na internet também... a maioria tentando assustá-lo para que ele namorasse com ela.

— O truque mais velho do mundo — falei.

Ouvi Robby rir.

Glenn continuou:

— Ela foi para Los Angeles e descobriu onde ficava a casa dele. Ele acordou uma manhã e a encontrou dormindo em sua banheira, agarrada a uma boneca com o rosto dele colado.

— O normal de uma stalker mulher — disse Taylor.

— Correto — concordou Glenn, com um gesto de cabeça. — Ela fez de tudo, desde tricotar suéteres até ameaçar suicídio se ele não a engravidasse.

— Ela meio que... já não passou da idade de engravidar?

— Segundo ela, não.

— Alguma ameaça de morte? — perguntou Amadi.

— Não que nós saibamos. Não dela, de qualquer forma. Houve uma série recente de insultos descontrolados em um site de fãs, feita pelo usuário WilburOdeiaVoce321. Estamos de olho nisso. — Glenn verificou suas anotações.

— Acho que nós sabemos como Wilbur se sente — comentou Kelly.

— Por que o nome Wilbur parece tão pouco ameaçador? — perguntou Taylor.

— Porque Wilbur é o porquinho do livro *A teia de Charlotte* — respondi.

— Aaah — verbalizou Kelly.

— Senhoras, foco, por favor — pediu Glenn.

— Se você quisesse que a gente tivesse foco — disse Kelly —, não teria começado as coisas com esse pedaço de mau caminho no slideshow.

— Elas estão embriagadas pelos hormônios — comentou Doghouse.

Kelly deu uma cotovelada nele.

— Bem que você gostaria.

A reunião foi muito mais... breve... do que o normal, porque tínhamos acabado de receber o caso. Compensar o atraso e fazer nossas diligências normais seria uma correria. Glenn nos dividiu em equipes e nos colocou para trabalhar.

Glenn designou Robby para analisar a cobertura de mídia de Jack, incluindo seu Instagram, e descobrir quanto de sua vida pessoal estava disponível. Colocou Doghouse para fazer uma avaliação física da casa alugada na cidade – incluindo plantas baixas e características arquitetônicas, informações sobre criminalidade na vizinhança e um mergulho profundo no sistema de segurança. Pediu para Amadi reunir tudo o que pudesse sobre o rancho dos pais. Designou Kelly para compilar um dossiê sobre a governanta recém-contratada, e Taylor para criar um portfólio abrangente sobre todas as atividades anteriores da stalker.

E quanto a mim?

Glenn tentou me mandar para o salão de beleza.

— Mas que diabos? — perguntei, bem ali na reunião.

— Você é a principal agente neste caso, Brooks. Precisa ter a aparência adequada.

— Antes de mais nada — falei —, não concordei em ser a principal.

As narinas de Glenn se dilataram.

— Você vai concordar.

Olhei para meu terninho. Eu parecia bem. Não parecia?

Glenn prosseguiu.

— Se precisar de uma burca, vamos arrumar uma burca para você, e, se precisar de um sári, conseguimos um sári para você... então, já que está indo para uma mansão alugada toda chique de um astro de Hollywood, vamos ter que dar um trato no seu visual.

— Não preciso de trato no visual — falei, mas me arrependi no mesmo instante.

A sala inteira caiu na gargalhada.

— Você vai ser a sombra de Jack Stapleton *desse jeito*? — perguntou Robby.

Toquei meu cabelo castanho comum, que já estava caindo do coque baixo, e então olhei para meu terninho Ann Taylor.

— Talvez — respondi.

Em missão, eu vestia o disfarce que fosse necessário. Já tinha usado de tudo, desde vestidinhos pretos até jaquetas de couro, passando por roupas de jogar tênis. Já tinha me vestido como adolescente, como fã de punk rock e como uma professora desleixada. Eu ficava feliz em ser incógnita. Faria qualquer coisa para interpretar bem o papel.

Mas, não importava o que eu usasse nas missões, sempre voltava ao ponto de partida, que eram os terninhos Ann Taylor – com sapatos baixos, sem saltos, porque era importante ser capaz de correr.

Os sapatos são realmente cruciais.

Eu ainda estava reagindo à ideia do trato no visual quando Robby disse para Glenn:

— Você devia dar esse trabalho para Kelly.

Kelly deu um gritinho de alegria só de pensar na ideia – embora Robby tivesse zero autoridade para tomar aquela decisão.

Glenn, que não era muito fã de ser desafiado, virou-se para Robby.

— E por quê?

Robby olhou de relance na minha direção, para que todos soubéssemos exatamente de quem ele estava falando.

— Ela não é a pessoa certa para isso.

— Essa decisão não é sua.

Robby meio que deu de ombros.

— Só estou comentando. — E, antes mesmo que eu tivesse tempo de considerar que talvez ele tivesse razão, ele foi em frente: — Olhe para ela — disse ele. — Ela nunca vai parecer como alguém que faz parte daquele mundo.

Por Deus, Robby.

Era assim que ele ia competir comigo pela vaga em Londres? Me sabotando?

Desviei minha atenção do rosto petulante de Robby – que, de repente, pareceu tão mais socável do que eu jamais notara antes – e virei para a direita até encarar Glenn.

— Você está dizendo que sou a agente principal nisso quer eu queira quer não?

— É exatamente o que estou dizendo.

— Por quê?

— Porque, se você quer uma chance no emprego de Londres, precisa fazer isso, e precisa fazer direito. Se não arrasar nessa missão... então Robby vai para Londres, e você vai ficar aqui no Texas, fazendo serviço de escritório para sempre.

Ele sustentou meu olhar em um pequeno impasse. Então acrescentou:

— Você devia me agradecer.

— Eu passo.

— Você vai fazer — disse Glenn. — E não vai reclamar, nem fazer de qualquer jeito, nem se sentir vitimizada, nem fazer biquinho porque a vida é injusta. A vida é injusta. Isso não é novidade. Eu sei exatamente o que Robby fez com você, e sei que não é bem a fuga que você estava procurando...

— Isso não é fuga alguma — interrompi.

— ... mas é a melhor oportunidade que você vai ter. Então você vai aproveitar ao máximo. E isso começa com um maldito novo guarda-roupa para que você não fique parada ao lado do Homem Vivo Mais Sexy do Mundo como uma empregada temporária triste que precisa de um banho.

Ele achou que eu fosse me intimidar com esses insultos? Eu comia insultos no café da manhã. Endireitei os ombros.

— Por que você está me obrigando a provar minha capacidade mesmo sabendo do que eu sou capaz?

— Eu sei do que a sua antiga versão era capaz. Essa nova você? Ainda não tenho certeza.

Tudo bem, pensei. Nem eu tinha muita certeza.

Era tudo o que eu queria? Não.

Mas era alguma coisa?

E eu estava desesperada o bastante para fazer qualquer coisa?

— Tudo bem — falei.

— Tudo bem o quê?

— Tudo bem, vou aproveitar o máximo possível.

Glenn me olhou por sobre os óculos de leitura.

— Pode ter certeza que vai.

— Mas... — acrescentei, erguendo as duas sobrancelhas e fazendo uma pausa, para que ele soubesse exatamente onde eu estava impondo o limite. — Nem pensar que eu vou dar um maldito trato no visual.

■■■

Eu queria dizer que era uma pessoa muito tranquila, que não me incomodava com a fama. Uma vez, Taylor deu de cara com Tom Holland em um bar em Los Angeles e acendeu um cigarro para o amigo dele com um isqueiro Zippo como um cara durão. Nada demais.

Eu não teria ficado tão calma.

Enquanto revisava o arquivo de Jack Stapleton, tive que admitir para mim mesma, se não para mais ninguém, que eu estava o oposto de calma.

No papel, ele não era nada diferente de qualquer outro cliente. Tinha conta em banco e cartão de crédito como todo mundo. Tinha dois carros em Dakota do Norte – uma Wagoneer antiga e uma picape –, mas alugara uma Range Rover para o tempo que pretendia passar em Houston. Ele tinha tido asma quando criança, e tinha uma receita médica atual para remédios para dormir. Classificados como "Inimigos desconhecidos", ele tinha várias páginas de fãs malucos que apareceram e desapareceram ao longo dos anos, mas era só isso. Entre "Associados/amantes conhecidos", estava Kennedy Monroe – e alguém, provavelmente Doghouse, escrevera "Oba!" ao lado do nome dela.

Nenhuma surpresa.

Um arquivo normal. Um arquivo normal, caramba.

Tudo bem. Ok. Eu não estava alheia ao charme de Jack Stapleton.

Quero dizer, eu não era tão fã quanto Kelly. Não tinha o rosto do cara nas minhas *meias*.

Eu vira a maior parte dos filmes dele – exceto *Medo da escuridão*, que era um filme de terror, e eu não curtia muito essas coisas. Eu também deixara de lado *Trem para Providence*, porque tinha ouvido dizer que no final ele se sacrificava para os zumbis, e por que eu iria querer ver isso?

Mas eu tinha visto todos os outros, incluindo *Os imperfeitos* tantas vezes que, sem querer, tinha decorado a cena na qual ele confessava: "É tão exaustivo fingir odiar você". A atuação dramática dele em *Fagulha de vida* era tragicamente subestimada. E, embora *Bem que você gostaria* fosse amplamente criticado por conter todos os clichês de comédias românticas da história – incluindo, entre todas as coisas, uma corrida enlouquecida no aeroporto –, aquelas banalidades ainda funcionavam bem, e por isso esse filme era um dos meus favoritos quando eu ficava deprimida.

Além disso, o jeito como ele beijara Katie Palmer em *Perder para ganhar*? Digno de um Oscar. Por que não havia uma categoria Melhor Beijo entre os prêmios do Oscar? Ele devia entrar para a história só por causa daquele beijo. Na primeira vez que vi, aquilo quase me matou.

Tipo, eu quase morri de prazer.

Então *não* era uma coisa não importante que eu tivesse acabado de ser designada para protegê-lo.

Note a dupla negativa.

Ele não deixava de estar no meu radar. Eu *não* era não afetada por pensar nele.

Eu nunca admitiria – pelo menos não para mim mesma –, mas tinha o que alguém podia definir como uma quedinha perfeitamente normal, nada patética, confortavelmente mediana, nem um pouco assustadora, por ele.

Você sabe, do jeito que alguém tem uma quedinha pelo capitão do time de futebol do ensino médio. Você não vai *sair* com o capitão do time de futebol. Você sabe qual é o seu lugar – e o seu lugar é: um redator da associação estudantil. Um representante dos alunos nos serviços comunitários. O vice-presidente do clube das planilhas.

É só um lugar ensolarado para suas fantasias vagarem. Às vezes. Ocasionalmente. Entre as várias outras coisas importantes que você precisa fazer.

Nenhum mal nisso, certo?

Não era, no fim das contas, *o motivo* pelo qual as estrelas de cinema existiam? Para serem fantasias para o restante de nós? Para adicionar um granulado imaginário ao cupcake metafórico da vida?

Mas agora a realidade ia colidir com a fantasia.

Era o motivo pelo qual eu queria dizer não.

Eu *gostava* da fantasia. Eu não queria que Jack Stapleton se tornasse algo real.

Além disso, como proteger uma pessoa que te deixa nervosa? Como ficar concentrada com um deus-vivendo-entre-humanos de verdade a poucos metros de distância? Glenn tinha uma reputação profissional a manter, mas eu também tinha. Supostamente, eu devia causar uma impressão muito boa para conseguir o trabalho em Londres, mas o que eu faria se Jack Stapleton aparecesse na minha frente um dia com a mesma camiseta de beisebol azul-marinho e centáurea que tinha usado em *O otimista*?

Santo Deus. Eu bem que podia me demitir agora mesmo.

Eu tinha visto Jack Stapleton beijar pessoas fictícias, enterrar um pai fictício, implorar perdão fictício e chorar lágrimas fictícias. Eu o vira tomar banho, escovar os dentes, entrar embaixo das cobertas na hora de dormir. Eu o vira descer um penhasco de rapel. Eu o vira abraçar o filho havia muito perdido e depois encontrado. Eu o vira assustado, nervoso, zangado e até mesmo nu na cama, com o amor da sua vida.

Nada daquilo era real, claro. Eu sabia disso. Quer dizer, eu não era *louca*.

Não era real, mas parecia real. Era como se *fosse* real.

Eu já me importava com ele, é o que estou dizendo. Sabe aquela distância que mantemos com os clientes? Ele já abrira uma brecha nisso – embora eu nunca tivesse me encontrado com ele.

Além disso, havia algo em Jack Stapleton de que eu gostava. O formato de seus olhos – meio doces e sorridentes. O jeito franco como dizia suas falas nos filmes. O modo como olhava para as mulheres que amava.

Ah, seria uma longa missão.

Mas – e aqui vinha o discurso de incentivo – não impossível.

O cara na tela não era a mesma pessoa na vida real. Não podia ser. O cara na tela dizia coisas engraçadas porque roteiristas engraçados escreviam suas falas. O cara na tela parecia perfeito porque o departamento de produção arrumava seu cabelo, fazia sua maquiagem e escolhia suas roupas. E aquele abdome tanquinho? Ninguém tinha aquilo de graça. Ele provavelmente passava horas e mais horas para manter aquela coisa. Horas que seriam muito mais bem aproveitadas, digamos, para combater a pobreza, resgatar cãezinhos abandonados ou, não sei, ler um livro.

Talvez, se houvesse misericórdia no universo, ele não fosse nada como eu sempre imaginara.

Talvez ele fosse tão desagradável quanto a maioria dos meus clientes.

Ser desagradável poderia ajudar.

Mas eu também aceitaria que ele fosse burro. Mal-educado. Preguiçoso. Pomposo. Narcisista. Qualquer coisa que pudesse rebaixá-lo a uma pessoa comum, real, meio irritante, como todo mundo... e que me deixasse fazer meu trabalho.

Quero dizer, claro. Eu teria preferido manter a fantasia.

Mas a realidade também tinha sua utilidade.

CAPÍTULO 5

CORTA PARA: EU TOCANDO A CAMPAINHA ELEGANTE DE JACK STAPLETON NO MUSEUM DISTRICT.

No meu terninho de sempre. Sem o trato no visual que eu recusara tão corajosamente.

Meio que lamentando essa vitória agora.

Essa era uma reunião de admissão, e eu fizera dezenas delas. Em geral, a equipe toda participava – tanto os agentes primários quanto os secundários – para conhecer a pessoa e reunir informação. Mas a equipe estava trabalhando duro demais agora para ter tempo.

Então, hoje era só eu.

Sozinha, e tentando convencer a mim mesma. *Você consegue.*

Assim que você aprende a olhar o mundo da perspectiva de um segurança pessoal, é impossível olhar de outra forma. Eu não conseguia entrar em um restaurante, por exemplo, sem avaliar o nível de ameaça do ambiente – mesmo quando não estava em serviço. Não podia evitar notar pessoas suspeitas, ou veículos que circulavam o quarteirão mais de uma vez, ou vans vazias em estacionamentos ou "equipes de manutenção" que podiam ou não estar fazendo alguma atividade de vigilância. Honestamente, eu não conseguia nem mesmo entrar no meu carro sem um processo em três etapas: verificar sinais de arrombamento, verificar se havia bloqueios no escapamento e verificar embaixo do chassi se havia algum explosivo.

Em oito anos, eu nunca simplesmente cheguei perto do meu carro e entrei.

Devo parecer a pessoa mais louca de todas.

Mas, assim que você sabe o quanto este mundo é terrível, não dá para *não* saber.

Não importa o quanto você queira.

Eu não tinha certeza do quanto Jack Stapleton sabia sobre o mundo, mas parte do meu trabalho hoje, e daqui para a frente, era educá-lo. Era fundamental ter a cooperação do cliente principal, porque é impossível fazer isso sozinho. Tornar claro que a proteção é necessária sem apavorar ninguém é uma tarefa crucial no início.

É preciso calibrar exatamente com quanto o cliente consegue lidar.

Ao chegar à porta de Jack Stapleton, eu levava comigo uma lista de coisas que deviam ser estabelecidas para que ele pudesse fazer sua parte no acordo de segurança. Também tinha algumas tarefas pessoais básicas que sua secretária em Los Angeles não podia fazer por ele: digitais, amostra de sangue, uma amostra de sua caligrafia. E uma lista de questões que Glenn chamava de QMP – Questionário Muito Pessoal –, que reunia informações sobre tatuagens, pintas, medos, hábitos estranhos e fobias. Em geral, fazíamos uma gravação em vídeo também, mas, obviamente, para esse cara isso não era necessário.

De todo modo, era tudo o que eu precisava fazer. Me ater ao roteiro.

Mas, uau, como eu estava nervosa.

E isso foi antes de ele me surpreender pra caramba ao abrir a porta.

Sem camisa.

Simplesmente abriu a porta da frente. Para uma total desconhecida. Completamente nu da cintura para cima. Que tipo de performance era aquela?

— Jesus Cristo! — falei, dando as costas para ele e cobrindo os olhos. — Vá vestir uma roupa!

Mas aquela imagem já estava gravada nas minhas retinas: pés descalços. Levi's rasgada. Um colar simples de couro trançado circundando a base do pescoço, logo acima da clavícula. E não tenho nem palavras para o que acontecia no meio do corpo.

Apertei os olhos com força.

Como diabos alguém esperava que eu trabalhasse com aquilo?

— Desculpe! — disse ele na porta, atrás de mim. — Calculei mal o tempo. — E então: — Está tudo bem.

Me obriguei a abaixar a mão e me virar novamente...

E dei de cara com Jack Stapleton no meio do processo de vestir uma camiseta – os músculos abdominais ondulando como se quisessem me deixar em transe.

Vou parar o relógio aqui por um segundo, porque não é todo dia que você fica na porta de Jack Stapleton, olhando fixamente para sua magnificência, enquanto ele faz uma coisa completamente normal e, mesmo assim, totalmente assombrosa, como vestir uma camiseta.

Você deve estar se perguntando: como foi que eu passei por isso?

Isso ajude, talvez: *meu cérebro travou.*

Tipo, perdi o poder da fala.

Eu sei que ele me fez uma pergunta em algum momento. Mas não sei dizer qual foi.

Nem consegui responder para ele.

Simplesmente fiquei parada ali, boquiaberta, como uma idiota.

Ele é só uma pessoa, você está pensando. *Só uma pessoa que, por acaso, é famosa.*

Certo. Tudo bem.

Mas *tente* se colocar no meu lugar e não *emudecer de espanto*.

É um desafio que te faço.

Posso acrescentar também que eu jamais esperei que ele fosse atender a porta? Presumi que seria um assistente ou uma secretária, ou um mordomo britânico chique usando fraque – qualquer pessoa, menos ele próprio.

Acrescente-se a isso o fato de que ele era maior do que parecia.

Sendo que, para começar, ele já parecia bem grande.

Eu me senti realmente minúscula na comparação. O que não era minha dinâmica de poder favorita.

Vale acrescentar – e talvez não precisasse dizer isso –, ele estava... *vivo.*

Ao contrário de uma representação em celuloide de si mesmo.

Ele era uma criatura tridimensional viva, que respirava.

O que era uma novidade.

Eu estava dando uma boa olhada agora, e ele não era nem de perto tão musculoso quanto em *Os destruidores*. E é claro que não – certo? –, porque quem consegue manter um regime de exercícios físicos cinco horas por dia indefinidamente? Então, em vez de testemunhar um monstro agitado e confuso, eu estava diante de um levemente menos definido, mais sutil, porém, de algum modo, mais sofisticado, abdome tanquinho comum de todo dia.

Um abdome tanquinho que não tinha nem que se esforçar demais.

O que o tornava mais humano. O que devia ser uma boa coisa.

Mas mais humano o tornava mais real.

E ele não devia ser real.

O Jack Stapleton real era menos bronzeado do que nos cartazes de seus filmes. A versão verdadeira tinha as íris mais cinzentas do que azuis. A versão real tinha um pequeno ferimento no ponto onde ele se cortou ao se barbear. Seus lábios pareciam meio secos, como se precisassem de um pouco de hidratante labial. Seu cabelo estava mais despenteado do que eu jamais vira – *Faz quanto tempo que ele não corta o cabelo?* – e caindo sobre a testa de um jeito que simplesmente implorava para alguém empurrá-lo para o lado. Ele tinha um band-aid nas costas da mão, usava um relógio de pulso esportivo barato e surrado e estava de óculos, entre todas as coisas. Não óculos Prada, de caras descolados – só o tipo de óculos ligeiramente torto que as pessoas normais usam para enxergar.

Foi como eu soube que não estava sonhando, a propósito. Porque nunca teria me ocorrido colocar óculos tortos e comuns em Jack Stapleton.

E isso, de algum modo, tornava sua aparência melhor e pior.

Exaustivo.

■■■

Ok, vamos voltar ao momento.

Onde estávamos? Ah, sim:

Puta merda.

Amigos e vizinhos, eu tinha acabado de conhecer Jack Stapleton.

Descalço. De Levi's. Usando um colar de couro que me fez redefinir toda a minha opinião sobre colares de couro.

— Você chegou cedo — disse ele, interrompendo meu olhar cobiçoso. — Eu estava acabando de me vestir.

Eu ainda estava muda. Abri a boca, mas nada saiu. Eu podia me ouvir querendo dizer:

— Estou exatamente no horário. — Em uma voz profissional, ainda que imperceptivelmente irritada.

Mas, na verdade, eu não conseguia orquestrar o aperto necessário no diafragma para que isso ocorresse.

Usando cada grama de força de vontade que tinha, consegui fechar a boca.

Pelo menos era alguma coisa.

Ele franziu o cenho por um segundo, e então falou:

— Espere. *Você* chegou cedo? Ou eu estou atrasado? — Ele verificou seu relógio. — Sabe o que é? Ainda estou no horário da montanha.

Tudo o que consegui fazer foi não ficar boquiaberta.

— Você acha que Dakota do Norte fica no horário padrão central?

Não respondi, mas mantive contato visual.

Ele prosseguiu.

— Porque eu ouço muito isso. Dakota do Norte *fica* no horário padrão central, em grande parte. Exceto o canto sudoeste. Onde, por acaso, eu moro.

Ele não se incomodava com conversas unilaterais.

Isso devia acontecer muito com ele.

Mas agora ele tinha se virado, e acenava para que eu entrasse.

— Venha — chamou, dirigindo-se para dentro de casa.

Fechei a porta atrás de mim e o segui até a cozinha. *Controle-se*, eu me repreendi. *Ele é só uma pessoa! Ele se cortou ao fazer a barba! Nem está mais tão bronzeado!*

— Gostei do pingente do colar, a propósito — ele comentou enquanto caminhava.

Como um reflexo, toquei meu alfinete com miçangas. Hum. Observador.

E o alfinete devia funcionar mais como um talismã do que eu imaginava, porque só então me lembrei magicamente como se faz para falar.

— Obrigada? — falei, ainda que soasse mais como uma pergunta do que como uma resposta.

Na cozinha, Jack Stapleton se curvou e começou a revirar um armário embaixo da pia, como pessoas normais às vezes fazem.

Imagine só. Ele é como nós.

— Sou novo por aqui — ele estava dizendo, enquanto eu observava —, então não sei realmente o que a gente tem, mas me avise sobre qualquer coisa que precisar, eu providencio para você.

Ele se virou e se levantou com uma caixa de plástico cheia de produtos de limpeza, escovas, esponjas e sacos de lixo, que colocou no balcão diante de mim.

Franzi o cenho para ele.

— Para a limpeza — disse ele.

Neguei com a cabeça.

Ele franziu o cenho novamente.

— Você não é a...

E então, tão recentemente grata pelo poder da fala, respondi com:

— Agente de Proteção Executiva.

No mesmo momento em que ele disse:

— A faxineira?

Sério? Aqui estou eu no meu melhor terninho, e ele pensando que eu sou a faxineira?

Talvez Robby estivesse certo. Talvez eu não convencesse.

— Não sou a faxineira — garanti.

Tornou a franzir o cenho.

— Ah. — E então esperou, como se dissesse *Quem é você, então?*

— Sou a Agente de Proteção Executiva primária da sua equipe de segurança pessoal.

Ele parecia realmente perplexo.

— Você é o que do quê?

Suspirei.

— Sou a responsável pela sua equipe de segurança.

— Não tenho equipe de segurança.

Bem, isso era novidade.

— Tenho certeza que tem, sim.

Ao ouvir isso, ele fechou a mão ao redor do meu braço, logo acima do cotovelo – não com força suficiente para machucar, mas com força suficiente para que eu não confundisse sua intenção –, e me levou de volta para a porta da frente. Na verdade, eu sabia que conseguiria me livrar daquele aperto, mas estava tão perplexa com o que estava acontecendo que simplesmente segui como um cordeirinho.

Do lado de fora, ele fechou a porta atrás de nós e a trancou.

Então, voltou aos negócios.

— Está me dizendo que não é a faxineira?

— Eu pareço a faxineira?

Jack Stapleton deu de ombros, tipo *Por que não?*

Eu devia deixar pra lá.

— Quantas faxineiras aparecem para trabalhar usando blusa de seda?

— Talvez você estivesse planejando se trocar?

Ok. Chega disso. Dei um suspiro profundo.

— Não sou a faxineira.

Foi quando ele ergueu o indicador, como se dissesse *Só um segundo*, deu meia-volta e se afastou um pouco da casa, tirando o celular do bolso.

Depois de alguns passos, eu o ouvi dizer:

— Oi. Uma pessoa apareceu aqui afirmando ser segurança pessoal.

Espere. Ele estava desconfiado de mim?

Não consegui ouvir a resposta.

Mas pude ouvir Jack Stapleton em alto e bom som.

— Já decidimos não fazer isso. Duas vezes.

Ele estava chutando os cascalhos soltos do caminho.

— Mas isso aconteceu há anos.

Uma pausa.

— Não vai dar certo. Vai ser um desastre. Deve ter outro jeito.

Outra pausa.

Jack Stapleton e quem quer que estivesse do outro lado da linha – Seu empresário? Seu agente? Seu guru? – ficaram dando voltas e mais voltas. Eu não sabia se ele percebia que eu podia ouvi-lo ou se não se importava, mas ele vociferou contra minha presença em sua vida, para quem quisesse escutar.

Magoava um pouco. Para ser honesta.

Ele discutiu por tanto tempo que eu finalmente me sentei em um banquinho perto do vaso de fícus, notando que poderia ser usado para arrebentar a janela logo ali atrás e que devia ser tirado dali, ou então vendido ou jogado fora. Sem nada para fazer, avaliei a propriedade sem muito entusiasmo – distância da rua: *adequada*; falta de portão de entrada: *abaixo do ideal*; dano potencial no crânio causado por uma daquelas pedras usadas no paisagismo: *letal* –, mais por hábito do que por qualquer outra coisa.

Eu já tinha aparecido para uma reunião de admissão com um cliente que nem sequer sabia que tinha me contratado?

Não. Era a primeira vez.

Era inquietante pensar que ele nem sequer me queria ali.

A maioria das pessoas pelo menos era, de algum modo, grata pela ajuda.

Quando ele terminou de discutir, quinze minutos haviam se passado. Ele caminhou de volta, parecendo zangado – uma expressão facial que, estranhamente, eu já reconhecia. Eu tinha visto aquela expressão em *Alguma coisa para nada*, bem depois que os traficantes de drogas o confrontaram. Também vira em *O otimista*, depois que ele foi trapaceado e não ganhou o concurso de cookies. Eu tinha acabado de conhecer esse homem, mas já conhecia a covinha engraçada que aparecia inevitavelmente em seu queixo quando ele estava irritado de verdade.

E ali estava ela.

Quando levantei, eu não estava exatamente tranquila. Já poderíamos ter terminado a reunião. Eu podia estar em casa, já pronta para encerrar o dia.

— Você não sabia que iam nos contratar? — perguntei quando ele se aproximou.

— Achei que tivéssemos decidido contra essa ideia — ele comentou.

— Acho que não — falei.

— Quero dizer, eu decidi contra. Mas o estúdio decidiu a favor — concluiu.

— Achei que você quisesse romper o contrato.

— Eu quero — confirmou ele. — Mas o que você quer e o que você consegue nem sempre são a mesma coisa.

Não deixava de ser verdade.

— De qualquer forma, os advogados deles querem proteger os seus ativos.

— É isso o que você é?

Jack assentiu com a cabeça.

— Claro. Eles não querem problemas. E querem que eu continue vivo.
— Tenho certeza de que todo mundo quer isso — falei.
— Nem todo mundo — respondeu. — Não é por isso que você está aqui?

Era bem verdade.

Quando confirmei com a cabeça, Jack Stapleton olhou para mim de verdade pela primeira vez desde que cheguei: senti seu olhar fisicamente – como raios de sol na minha pele. Eu já tinha olhado tantas vezes para ele. Era inacreditavelmente estranho que ele me olhasse de volta de verdade.

Ele soltou um suspiro longo e derrotado.

— Vamos conversar lá dentro.

...

Lá dentro, como sua covinha zangada testemunhava, ele permaneceu irritado por um tempo.

Embora eu esperasse que fosse mais com o estúdio do que comigo.

Nos sentamos à mesa de jantar, e abri a pasta sanfonada que eu segurava de encontro ao peito desde que chegara. Eu me sentia estranhamente nua ao soltá-la.

Agora Jack Stapleton se largava derrotado em uma cadeira.

— Vamos fazer o que você faz normalmente — disse ele.

Respirei fundo.

— Ok.

O que eu normalmente faço. Assim era melhor. Eu estava de volta ao controle.

— Sou Hannah Brooks — comecei. — Já protegi muitas pessoas em todo tipo de situação que você pode imaginar.

Aquele era um parágrafo introdutório que eu tinha decorado. Eu o usava do mesmo jeito, toda vez, quando conhecia um cliente. Era reconfortante recitá-lo, como cantar uma música antiga favorita.

— Proteção executiva é uma parceria — prossegui. — Estamos aqui para ajudar você, e você está aqui para nos ajudar. O que você precisa de nós é orientação competente e experiente, e o que nós precisamos de você é honestidade e colaboração.

Jack Stapleton não estava olhando para mim. Estava verificando suas mensagens de texto.

— Você está mandando mensagem? — parei para perguntar.

— Eu consigo fazer as duas coisas — disse ele, sem olhar para mim.

— Hum. Na verdade, não. Mas tudo bem.

Não me restava nada a fazer a não ser continuar falando. Enquanto me lembrava de quem eu era, ganhei impulso. Empurrei o folheto que tinha trazido para ele pelo tampo da mesa. Impresso na capa estava nosso princípio-guia. Li em voz alta:

— O objetivo da segurança pessoal é reduzir o risco de atos criminosos, sequestro e assassinato contra um cliente, por meio da aplicação de procedimentos direcionados à vida cotidiana normal.

Jack Stapleton ergueu os olhos.

— Assassinato? Sério? Eu tenho uma stalker de cinquenta anos que cria corgis para exposições.

Mas ele não podia me atrapalhar agora.

— A atenção constante é a pedra angular de uma boa segurança pessoal — prossegui. — Além disso, as medidas de segurança sempre devem corresponder à ameaça. Com base no nosso nível de conhecimento atual, seu nível de ameaça é relativamente baixo. Dos quatro níveis... branco, amarelo, laranja e vermelho... nós enquadramos você neste momento como "amarelo". Mas a nossa expectativa é a de que a notícia da sua visita a Houston se espalhe em algum momento, e, quando isso acontecer, vamos mudar sua classificação para "laranja". A estratégia é ter sistemas instalados para fazer essa transição rapidamente.

Jack Stapleton franziu o cenho. Era muito jargão especializado vindo da faxineira.

Segui em frente:

— Toda segurança é um compromisso entre as exigências do nível de ameaça e as esperanças razoáveis do cliente de levar uma vida, de certa forma, normal.

— Desisti da vida normal há anos.

— Nós gostaríamos que você lesse este manual cuidadosamente e se familiarizasse com as suas responsabilidades em relação à sua segurança.

Tudo o que você puder fazer para impedir que seja um alvo vai nos ajudar a mantê-lo seguro.

— Vou repetir — disse Jack —, essa mulher basicamente faz suéteres de Natal de tricô com meu rosto neles. São bem impressionantes.

Endireitei um pouco as costas.

— Todos os sequestros e assassinatos bem-sucedidos acontecem por causa de um fator final e apenas um: o elemento surpresa.

— Não estou preocupado em ser assassinado.

— Então a primeira coisa que nós precisamos de qualquer figura protegida é a consciência. A maioria das pessoas caminha alheia pela vida, quase sem reconhecer os perigos que existem em toda parte. Mas as pessoas que estão sob ameaça não têm esse luxo. Você precisa ser treinado para perceber pessoas e objetos ao seu redor... e questioná-los.

— Você é meio como um livro didático falante, sabia?

— Eu trabalho com Glenn Schultz há oito anos e cheguei aos mais altos escalões da organização. Tenho certificado de Planejamento, Proteção e Organização, assim como treinamento avançado em contravigilância, direção evasiva, medicina de emergência, armas de fogo avançadas e combate corpo a corpo. Se eu fizer meu trabalho direito, nunca vamos precisar de nada disso. Você, eu e a equipe, trabalhando juntos, anteciparemos ameaças e vamos dispersá-las antes de ocorrer qualquer crise.

— Acho que eu gostava mais de você como faxineira.

Eu o encarei nos olhos.

— Você não vai dizer isso quando acontecer uma ameaça nível laranja.

Ele afastou o olhar.

Respirei fundo.

— Estou percebendo, com base na sua linguagem corporal, que você não está muito interessado em ler o panfleto, então vou resumir as diretrizes mais importantes para os VIPs. — Marquei os itens da lista nos dedos, indo mais rápido que o necessário só para me exibir:

- Não se encontrar com estranhos em localizações desconhecidas.
- Não reservar restaurantes em seu nome.
- Não viajar à noite.

- Não frequentar os mesmos restaurantes e boates.
- Andar em grupo sempre que possível.
- Não dirigir um veículo que possa ser reconhecido.
- Alertar a polícia diante de qualquer nova ameaça.
- Manter o tanque de combustível pelo menos na metade o tempo todo.
- Sempre manter as portas do carro travadas.
- Evitar parar em semáforos, controlando a velocidade.
- Estabelecer palavras-código especiais para indicar que está tudo bem.

Havia mais, mas ele estava sorrindo para alguma coisa no Instagram.

Parei de falar e esperei que ele percebesse.

Depois de uma longa pausa, ele ergueu os olhos.

— Qual foi o último item?

Citei a mim mesma:

— "Estabelecer palavras-código especiais para indicar que está tudo bem".

— Qual é a palavra-código?

Decidi naquele momento.

— A palavra-código é "joaninha".

Os ombros de Jack caíram.

— Não podíamos ter uma palavra um pouco mais durona? Tipo "cobra"? Ou "modo animal"?

— O cliente não escolhe a palavra-código.

Os clientes escolhiam o tempo todo, mas é isso que se ganha por ficar mandando mensagem enquanto estou falando.

Jack franziu o cenho.

— Como vou lembrar de todas essas regras? — ele perguntou na sequência.

— Leia o manual — falei. — Muitas vezes. Use um marca-texto.

É possível que meu tom de voz tenha sido um pouco hipócrita.

Jack deixou o celular de lado com um suspiro.

— Olhe — disse ele —, eu não vou frequentar clubes ou restaurantes... nem me encontrar com estranhos em localizações desconhecidas. Só vou ficar em casa... ou acompanhar minha mãe nas consultas. — Ele suspirou. — Também vou... sob pressão... fazer algumas viagens ao rancho dos meus pais, mas, se Deus quiser, essas viagens vão ser curtas e raras. E é isso. Não estou aqui para me divertir, procurar encrenca ou *ser assassinado*. Sou estou aqui para ser um bom filho e ajudar minha mãe.

— Ótimo — falei. — Isso vai tornar nosso trabalho mais fácil.

Ele ameaçou pegar o celular novamente.

Acrescentei:

— Só preciso das suas digitais, uma amostra da sua caligrafia e um frasco de sangue, e podemos encerrar o dia. — Eu estava esquecendo do Questionário Muito Pessoal. Mas estava me saindo muito bem, considerando tudo.

— Um frasco de sangue? — ele perguntou.

Confirmei com a cabeça.

— Sou treinada em flebotomia. — Então olhei para seus antebraços. — Aliás, você tem veias que parecem mangueiras de jardim.

Ele colocou os braços atrás das costas.

— Para que você precisa de sangue?

— Exame de sangue básico. E para confirmar seu tipo sanguíneo.

Agora ele estava pestanejando, sem acreditar. Gostei de surpreendê-lo um pouco.

Isso era muito melhor do que ser a faxineira.

— Sua assistente preencheu o formulário dizendo que você é tipo AB negativo — expus. — Se isso for confirmado, você tem sorte, porque é meu tipo sanguíneo também.

— Por que isso me torna sortudo?

— Sempre gostamos de manter pelo menos uma pessoa da equipe que possa agir como doador para nosso cliente — falei, pegando um torniquete de borracha e esticando-o. — Então, talvez você tenha acabado de conhecer seu banco de sangue pessoal.

CAPÍTULO 6

DEZ MINUTOS DEPOIS, EU TINHA TUDO DE QUE PRECISAVA E ESTAVA GUARDANDO MINHAS COISAS, MAIS DO QUE pronta para dar o fora dali.

Havia algo tão exaustivo em toda aquela beleza. É sério. Era inabalável. Implacável. *Cansativo*.

E eu nem estava olhando para ele! *Ele* estava olhando para *mim*.

Por fim, parei para olhar de volta.

— O que foi?

— Você não é nada como eu pensei que seria — concluiu.

Eu lhe dei um olhar irônico.

— Digo o mesmo.

— Eu esperava que você fosse maior, por exemplo — disse ele.

— Você nem sabia que eu vinha.

— *Hoje* eu não sabia. Mas estávamos pensando em contratar você antes. Depois mudei de ideia.

— E então o estúdio mudou de novo.

— Alguma coisa assim.

Jack ainda estava me avaliando, e não dá para começar a descrever como era estranho ser a observada em vez de a observadora.

Ele prosseguiu.

— Acho que pensei que você seria um cara durão.

Eu não era um cara durão. Era o oposto de um cara durão. Mas não ia falar isso para ele.

— Nada neste trabalho exige que você seja um cara durão.

— O que o trabalho exige?

— Foco. Treinamento. Atenção. — Dei um tapinha na cabeça como se estivesse apontando para meu cérebro. — Não se trata de ser durão. Trata-se de ser preparado.

— Mas uma *guarda-costas*, sabe? Eu achava que você devia ser maior. Você é, tipo, minúscula.

— Não sou tão pequena — falei. — Acontece que você é enorme.

— Qual é sua altura? Um metro e sessenta?

— Tenho um e setenta, obrigada. — Eu tenho um e sessenta e cinco.

— Então, o que você faria se um cara imenso tentasse me espancar?

— Isso jamais aconteceria — garanti. — Teríamos antecipado a ameaça e tirado você de cena antes que chegasse a esse ponto.

— Mas e se chegasse?

— Não chegaria.

— Mas só... hipoteticamente?

Suspirei.

— Tudo bem. Hipoteticamente, se isso acontecesse... o que não aconteceria... eu simplesmente... derrubaria o cara.

— Mas como?

— Pratico jiu-jítsu desde os seis anos de idade, e sou faixa preta de segundo grau.

— Mas e se ele fosse grande de verdade? — Jack ergueu os braços como um urso.

Apertei os olhos na direção dele.

— Acho que você não entende como o jiu-jítsu funciona.

Ele apertou os olhos em resposta.

— Não acredita em mim? — perguntei. — Você percebe como isso é sexista?

— Não é sexista... — ele protestou. — É só... física. Como é que alguém do seu tamanho derruba alguém do meu tamanho?

— Isso não é física — respondi. — É ignorância.

— Me mostre — pediu ele.

— O quê?

— Me dê um golpe de jiu-jítsu.

— Não.

— Sim

Suspirei.

— Você quer que eu te derrube? Agora?

— Quero dizer, não de verdade. Mas acho que eu iria dormir melhor se tivesse certeza de que você é capaz.

— Está dizendo que quer que eu machuque você? De verdade? Porque, se eu fizer o que você está sugerindo, vou fazer você perder o fôlego e possivelmente deslocar seu ombro também.

Essa era uma ideia genuinamente ruim.

Mas acho que Jack realmente queria que eu o machucasse, porque ele agarrou minha mão e me puxou pela porta dos fundos, atravessando o pátio, até uma faixa de grama perto da piscina.

— Péssima ideia, péssima ideia, péssima ideia — eu dizia, enquanto ele me puxava atrás de si.

— Mas viu como foi fácil para mim trazer você até aqui? — ele respondeu.

E acho que foi quando cedi. Nunca fui muito fã de ser subestimada. Em especial por um cara que tinha pensado que eu era a faxineira.

Ele queria que eu o machucasse?

Tudo bem. Eu o machucaria.

Quando chegamos ao gramado, ele soltou minha mão e deu uma corridinha para longe. Então deu meia-volta e voltou correndo na minha direção.

Acho que íamos mesmo fazer isso.

Suspirei.

Nesse ponto, não havia decisão a ser tomada. Assim que um cara de um metro e noventa começa a correr na sua direção, não sobra decisão alguma. Você simplesmente faz o que foi treinada para fazer.

Assim que ele me alcançou, agarrei seu pulso esquerdo com as duas mãos, puxei para baixo e empurrei meu quadril contra o dele. O truque aqui é conseguir um momento de rolamento. Você puxa o braço e os ombros dele para baixo enquanto empurra a metade inferior do seu corpo para cima – e então força uma virada tendo o traseiro como eixo.

Parece mais complexo do que é.

Em resumo: você enfia a cabeça e ele sai voando por cima de você.

Isso é física.

Em menos de um segundo, ele estava caído de costas.

Gemendo.

— Você pediu, amigo — falei.

Quando olhei para ele, seus olhos encontraram os meus. Então, pela primeira vez desde que eu cheguei, ele sorriu. Um grande sorriso, saturado de admiração.

— Ah, Deus, isso dói — disse ele.

— Eu falei — respondi.

Ele passou um braço pelo meio do corpo, ofegando. Ou, espere – ele estava gargalhando?

— Você é durona demais!

— Não sou, não.

— Você é incrível — disse ele.

— Isso nunca esteve em questão.

Na sequência, ele abriu os dois braços na grama, encarando o céu.

— Obrigado, Hannah Brooks! Obrigado!

Por que diabos ele estava me agradecendo?

Então ele gritou para as nuvens.

— Você está contratada!

Mas me recusei a ficar admirada com ele por algo que eu já fizera mil vezes. Não era incrível. Era apenas treinamento.

— Eu já estava contratada — lembrei.

— Está contratada de novo! Está duplamente contratada! Está contratada com uma grande fanfarra!

Balancei a cabeça e entrei em casa para buscar um pouco de gelo para ele.

■■■

Quando conseguiu voltar à cozinha minutos mais tarde, ainda ofegante, ainda radiante de satisfação, ele parecia, podíamos dizer, que tinha acabado de aprender alguma importante lição de vida.

Prendi uma bolsa de gelo em seu ombro com panos de prato amarrados, me recusando a ficar nervosa agora, em um momento mais tranquilo, pela proximidade de seu corpo.

— Seu ombro vai doer de verdade por alguns dias — comentei.

— Valeu a pena — garantiu ele.

— Tome um comprimido de ibuprofeno antes de dormir.

— Ok, doutora.

— E, da próxima vez que eu disser que sou boa em alguma coisa, não me obrigue a te machucar só para provar isso.

— Entendido.

Peguei minhas coisas e me virei para me despedir, agarrando a pasta com a papelada perto do peito como fizera antes – mas me sentindo uma versão inteiramente nova da garota que chegara aqui.

Nada como derrubar um homem no chão para aumentar sua autoestima.

Recomendo.

— Então parece que nós começamos logo cedo amanhã. — Verifiquei a proposta de agenda que Glenn me dera. — Você quer ir de carro até a casa dos seus pais bem cedo, certo?

Jack confirmou com a cabeça.

— Temos uma equipe analisando o trajeto agora — falei. — O prazo está muito mais apertado do que nosso tempo normal de preparação, mas vamos dar um jeito.

Jack estava olhando para o chão. Não respondeu.

— Podemos levar uma equipe remota conosco amanhã, e eles avaliarão o rancho enquanto estivermos lá... instalarão algumas câmeras, analisarão o layout. — Parecia um bom plano.

Mas então Jack falou:

— Na verdade, isso não pode acontecer.

Balancei a cabeça.

— O que não pode acontecer?

— Não podemos levar uma equipe de segurança para a casa dos meus pais.

— Por que não?

Ele respirou fundo.

— Porque meus pais não podem saber nada sobre isso.

— Nada sobre o quê?

Ele gesticulou ao redor, como se dissesse *Tudo isso*.

— Ameaças, stalkers, segurança pessoal.

— E como isso deveria funcionar?

Ele balançou a cabeça.

— Minha mãe está doente, sabe? Está doente. E, se souber disso, ela vai se preocupar. Mesmo que não haja nada com o que se preocupar. Tenho stalkers há anos... sou totalmente imune a todos eles a esta altura. Mas nunca contei nada assustador para ela... e tenho certeza de que não vou começar a fazer isso na semana em que ela vai operar um câncer.

— Mas... — falei. E então não tinha certeza do que dizer.

— Ela é preocupada — explicou Jack. — Tipo campeã mundial da preocupação. E está encarando resultados de exames que são... não muito bons. E desde que o meu irmão morreu... — Jack encarou as próprias mãos, como se não soubesse como terminar a frase. — Para mim, reconheço... um guarda-costas é uma boa coisa. Mas para minha mãe? Nada bom. Eu estava lendo na internet sobre tratamentos, e o estresse realmente pode impactar nos resultados das pessoas. Não posso tornar as coisas mais difíceis para ela do que já são. O único jeito de fazer isso é garantir que os meus pais nunca saibam quem você é.

— Mas... como?

— Seu site diz "Soluções inovadoras para cada cenário". — Ele virou o celular na minha direção para me mostrar a tela como prova.

— Era *isso* o que você estava fazendo no celular? — Eu quis saber.

Jack deu de ombros.

— É uma das coisas que eu estava fazendo no celular.

Eu lhe dei um olhar cauteloso.

— O web designer escreveu isso.

— Seu chefe... como é o nome dele? Frank Johnson?

— Nem de perto. Glenn Schultz.

— Ele disse que muito da vigilância pode ser feito remotamente.

Glenn já sabia disso e não me contou nada?

Jack prosseguiu.

— Ele disse que você pode ficar perto de mim e que um segundo grupo pode monitorar de longe.

— Mas, se você ficar levando um agente para todo lado, isso não vai alertar sua família?

— De jeito nenhum.

Coloquei as mãos nos quadris.

— Por que não?

— Primeiro — começou —, meus pais são doces e inacreditavelmente crédulos. E meu irmão mais velho mal fala comigo. Segundo, você não se parece em nada com um guarda-costas. — Ele inclinou um pouco a cabeça e me deu um sorriso capaz de derreter meu coração. — E por fim, mas não menos importante... Vamos dizer para eles que você é minha namorada.

...

De volta ao escritório, Glenn ainda estava na sala de reuniões, e metade da equipe estava com ele. Todos envolvidos para colocar o projeto de Jack Stapleton em funcionamento.

Eu não me importava.

— Não — falei para Glenn, seguindo direto para a cabeceira da mesa de reuniões. — É cem por cento não.

Glenn nem sequer ergueu os olhos.

— Estamos falando da história da "namorada"?

— Temos que falar sobre mais alguma coisa?

— Isso não é um empecilho. Já fizemos coisas mais estranhas para os clientes.

— *Você* fez coisas mais estranhas para os clientes — falei.

— Você viu o cara. Vai ser mesmo tão horrível?

— Eu não acredito que você sabia e não me contou.

— Achei que seria melhor vir direto da boca notadamente maravilhosa dele.

— Bem, não foi melhor. Foi pior. Eu estava totalmente despreparada. Nunca entrei na casa de um cliente dessa maneira.

— Isso é problema seu.

— Não, é seu. Você não me avisou.

Ele manteve um tom de voz razoável.

— Eu não avisei porque, ao contrário do que parece pela sua reação, não é nem de perto uma coisa muito importante. O nível de ameaça é fraco. Ele está fora do radar. A imprensa nem sabe que ele está aqui. O dinheiro é bom. É a definição de fácil.

— Então você pode ser a namorada dele! — falei.

As narinas de Glenn se abriram.

— Ou qualquer outra pessoa aqui.

Kelly levantou a mão.

— Eu me ofereço para o sacrifício.

— Perfeito. Envie a Kelly! — sugeri. — Ou a Taylor.

— Você é a melhor que eu tenho — lembrou Glenn. — E vai ser complicado.

— Você acabou de dizer que era a "definição de fácil".

— As duas coisas! É fácil e é complicado! E eu preciso da melhor pessoa. E essa pessoa é você.

— Não me bajule — pedi.

Glenn se inclinou na minha direção.

— Olhe — disse ele. — Ele está afastado da família. Mal vai vê-los. Então, qual o problema de trabalhar um pouco disfarçada enquanto eles estiverem por perto? Pelo andar da carruagem, não vai ser muito frequente.

— A família é o único motivo pelo qual ele está aqui.

Glenn balançou a cabeça.

— Até onde nós descobrimos, o relacionamento dele com o irmão mais velho é completamente inexistente.

— E quanto aos pais?

— Isso está menos claro. De qualquer modo, ele não passa muito tempo com nenhum deles.

Eu não sabia mais como protestar.

— Tudo nessa história me parece errado.

Glenn manteve os olhos em mim.

— Você já trabalhou com uma incógnita antes.

— Para o *mundo exterior*. Não para o cliente.

— A família não é o cliente. Jack Stapleton é o cliente.

— É a mesma coisa.

— Você não vai mais sentir tédio, disso eu tenho certeza — comentou Glenn.

— Olá? — disse Kelly, acenando para a sala. — Já disse que faço. Estou me voluntariando. Você nem precisa me pagar. Eu pago *você*.

— Isso é antiético — falei, me voltando para ela.

Mas Kelly fez um gesto com o braço na direção da foto de Jack Stapleton que ainda estava no painel de exibição.

— Quem se importa?

Era mesmo antiético? Era um pouco difícil avaliar a ética nesse ramo de negócios. O problema da segurança privada era que ela tinha explodido nos últimos anos – em parte porque o mundo estava mais perigoso para os ricos e também porque essas mesmas pessoas estavam mais paranoicas. Os agentes vinham de todas as origens, com diferentes tipos de treinamento – ex-militares, ex-policiais, até mesmo ex-bombeiros, como Doghouse. A maioria dos agentes era freelancer. Nada era padronizado. Era bem como o Velho Oeste, na verdade – com pessoas fazendo qualquer coisa achando que poderiam se safar. Significava mais liberdade, mas também mais riscos – e muito mais trapaças.

Em última instância, só prestávamos contas aos clientes. Tínhamos que mantê-los felizes, e, em grande parte, fazíamos tudo o que pediam. Uma vez um cliente me pediu para pagar sua conta de sete mil dólares no bar. Em outra, tive que saltar de paraquedas com uma princesa belga. E também já passei a noite vigiando a pantera de um cliente.

Essa coisa com Jack Stapleton era mesmo muito mais esquisita?

Você servia ao prazer do cliente, é o que estou dizendo. Pelo menos se quisesse ser pago.

É provável que todo mundo naquela sala de reuniões visse a situação com clareza, exceto eu. Se Jack Stapleton queria uma namorada de mentirinha, ele teria uma namorada de mentirinha. E, se eu queria trabalhar para Jack Stapleton, era o que tinha que fazer.

— A questão é que — prosseguiu Glenn — essa é uma ótima oportunidade para você.

Eu ainda estava balançando a cabeça.

— Não podemos fazer um trabalho adequado com esses parâmetros.

— Vai ser mais difícil, sim — ele concordou. — Mas mantenha isso em mente: o nível de ameaça dele é quase branco.

Olhei bem para ele.

— É amarelo.

Kelly se intrometeu.

— Mas um amarelo bem clarinho. Quase como um sorbet de limão.

Glenn apontou o dedo para Kelly.

— Pare de inventar tons fofinhos para os níveis de ameaça.

Glenn não estava me levando a sério. Então, falei:

— Acho que estou vendo cifrões nos seus olhos.

Era um teste. Para ver como ele reagia.

Já disse que podia ler as expressões, certo? Do jeito que a mandíbula dele se retesou, dava para ver que Glenn se sentiu ofendido. Foi quando comecei a ceder.

Ele acreditava verdadeiramente que podíamos dar conta daquilo.

— Você acha que vou jogar todos nós embaixo do ônibus? — perguntou Glenn. — A reputação de todos nós está nessa, em especial a minha. Estou dizendo que é factível. Estou dizendo que existem estratégias para fazer isso dar certo.

Suspirei.

— Quais exatamente?

— Uma equipe reserva remota, por exemplo. Tecnologia de vigilância remota de ponta. Colocar você como olhos e ouvidos internos, com equipes de reserva vinte e quatro horas do lado de fora.

Acho que eu conseguia ver aonde ele queria chegar.

Então Glenn aumentou a aposta:

— O ponto é: se você quer alguma chance de conseguir o posto em Londres, precisa embarcar nessa.

— Então vou fazer isso, gostando ou não.

— Basicamente. Mas seria melhor se você gostasse.

Olhei ao redor da sala. Todo mundo estava me observando. Por que eu *estava* fazendo tanto escarcéu?

— Que tal o seguinte… — sugeriu Glenn na sequência, ainda que nós dois estivéssemos cientes de que ele tinha todo o poder. — Faça isso sem reclamar, e eu te mando para onde você quiser na próxima missão. Pode escolher o lugar. Aquela coisa na Coreia está para sair. Você quer? É sua.

Eu estava esperando por outra missão na Coreia desde que a última fora cancelada.

— Eu quero a Coreia — falei.

— Feito — garantiu Glenn. — Seis semanas em Seul. Tigelas infinitas de noodles com molho de feijão-preto.

Comecei a analisar a situação.

— Isso é um sim? — perguntou Glenn. — Estamos combinados? Nada mais de resmungar ou bater o pé?

Eu estava prestes a dizer que sim, e estávamos prestes a fazer um acordo... quando ouvi a voz de Robby atrás de mim.

— Está falando sério? — perguntou Robby. — Isso nunca vai dar certo.

Todo mundo se virou para encará-lo. Timing nunca foi o forte dele. Robby olhava para o grupo como se todo mundo estivesse louco.

— Todo mundo está brincando? Isso tem que ser uma piada.

Será que ele estava preocupado com a minha segurança? Estava protestando contra o jeito como Glenn estava forçando a mão? Será que estava – quem sabe – com ciúme?

Analisei as camadas de ultraje de sua expressão.

E foi quando Robby esclareceu tudo. Ele estendeu as mãos na minha direção, em um gesto que dizia *Olhem!*, e falou:

— Simplesmente olhem! Ninguém em um milhão de anos jamais vai acreditar que esta pessoa, bem aqui, deixou a lendária Kennedy Monroe para trás e se tornou namorada de Jack Stapleton.

...

O mais importante primeiro. Podemos resolver a questão de Jack Stapleton depois.

Eu voei pelos dez passos que me separavam de onde Robby estava parado, agarrei-o pelo nó da gravata com tanta força que o fiz engasgar com toda a babaquice pomposa e crítica de sua expressão, e o arrastei pelo pescoço até a recepção.

Na esperança de gritar sozinha com ele.

Mas é claro que todo mundo nos seguiu.

Eu estava zangada demais para me importar.

— Qual é o seu problema, cara? — eu quis saber, soltando seu pescoço enquanto ele tossia e arfava. — Da última vez que te vi, você estava terminando comigo. Não ouvi nada de você durante um mês inteiro, e agora você aparece aqui e age como se fosse você quem tivesse sido tratado mal? É assim eu você compete pela vaga de Londres? Com insultos e ofensas, como um valentão da quinta série? O que está acontecendo — e aqui eu pressionei o indicador na testa dele — neste cérebro do tamanho de uma noz, encharcado de testosterona, que não consegue parar de me ofender? Na frente de todo mundo! O. Quê. Há. De. Errado. Com. Você?

Toda a nossa plateia, semioculta atrás dos vasos de fícus, esperava a resposta de Robby.

Mas, antes que Robby pudesse dizer qualquer coisa, o elevador soou, e suas portas se abriram.

E Jack Stapleton saiu dele.

Você nunca vai conseguir imaginar o susto coletivo diante da visão do Destruidor em pessoa, em carne e osso, chegando no nosso escritório. Entre todos os lugares do mundo.

Eu, é claro, já tinha encontrado o Destruidor. Tinha esfregado seus dedos na almofada de tinta. Tinha obrigado ele a escrever a cópia da letra da música "Respect" de Aretha Franklin, como amostra de caligrafia. Tinha enfiado uma agulha nele. E podia ou não podia ter deslocado seu ombro.

Então não estava tão chocada em vê-lo quanto os demais. Mas até eu estava chocada.

A mesma camiseta, a mesma calça jeans – mas agora usando um boné de beisebol e tênis também. Ele parecia normal o bastante para envergonhar todas as pessoas normais. Olhei para meus colegas de trabalho que o encaravam: Amadi, o orador de sua turma de ensino médio e agora um amoroso pai de três; Kelly, que tricotava quando estava estressada e tinha feito cachecóis para todo mundo no escritório; Doghouse, o ex-bombeiro que recebera esse apelido não porque estivesse sempre no sufoco, mas porque adotava compulsivamente filhotes abandonados.

A presença de Jack Stapleton no nosso escritório fazia todos eles parecerem mais reais. E eles o faziam parecer... irreal.

Todos nós esperamos que ele fizesse alguma coisa.

Então ele viu meu indicador na testa de Robby e perguntou:

— Você está intimidando esse pobre colega de trabalho?

Abaixei a mão.

— O que você está fazendo aqui?

Ele mirou seu olhar direto em mim, com aqueles lendários olhos azuis acinzentados iluminados, e disse:

— Hannah Brooks. Eu realmente preciso de você.

Ao lado da copiadora, Kelly soltou uma exclamação de delírio em meu nome.

Jack deu alguns passos na minha direção.

— Preciso me desculpar por não te dar o contexto inteiro antes. E preciso dizer que entendo sua hesitação. E... — aqui ele ficou de joelhos no carpete industrial — ... preciso pedir que você seja minha namorada.

Toda as pessoas naquela sala estavam paralisadas.

— Levante — falei, tentando segurar Jack pelos ombros e... O quê? De alguma forma erguer mais de noventa quilos de puro músculo? — Não precisa fazer isso.

Mas ele estava inflexível. *Dã*.

— Eu realmente preciso da sua ajuda — prosseguiu ele. — Tenho que ficar aqui por causa da minha mãe, e não posso aparecer trazendo algum perigo, risco ou... você sabe... assassinatos comigo. E não posso tornar este momento mais difícil do que já é para ela. Por favor, por favor, aceite a missão. E, por favor, me ajude a protegê-la escondendo quem você realmente é.

— O que você está fazendo? — Foi tudo o que consegui pensar em dizer.

Ele segurou minhas mãos entre as suas.

— Estou implorando — respondeu. — Estou implorando para você.

Sua expressão era tão ansiosa, tão lamuriosa, tão intensa... por um segundo achei que ele pudesse chorar.

E fiquei pasma. Novamente. Pela segunda vez naquele dia. Porque ninguém chora como Jack Stapleton.

Você lembra de como ele chorou em *Os destruidores*? A maioria das pessoas lembra do momento em que ele explodiu a mina. E, claro, a cena na qual ele aceita passar por uma cirurgia sem anestesia. E o bordão "Nunca diga adeus". Mas o que realmente tornou aquele um grande filme foi ver um herói de ação, em seu momento mais sombrio, pensando que tinha perdido todo mundo que amava e que tinha falhado com eles além de qualquer reconhecimento, chorando lágrimas de dor. Você nunca vê isso, jamais. Foi o que tornou aquele filme um clássico. O que o tornou melhor do que todas as centenas de outros filmes parecidos – aquele momento sensível e humano de vulnerabilidade vindo do último cara de quem você esperava isso. Aquilo fez com que todos nós quiséssemos ser pessoas melhores. E toda a humanidade amá-lo um pouquinho mais.

Bom… Essa cena na recepção era um pouco assim.

Mas com vasos de fícus.

Ele não chorou, no final das contas. Mas a sugestão foi o suficiente.

Jack Stapleton – *o* Jack Stapleton – estava de joelhos.

Implorando.

E eis a verdade. Esse foi um momento de epifania, quando percebi que Jack Stapleton merecia toda a sua fama e muito mais. Tudo o que ele fez naquele momento deixou não só a mim encantada.

O homem realmente sabia *atuar*.

Ainda de joelhos, ele inclinou o corpo para a frente e ergueu os olhos para mim, segurando minhas mãos.

— Estou implorando que ajude minha mãe doente — disse ele.

Sabe? Por favor.

Não sou feita de pedra.

— Tudo bem — respondi, conseguindo fazer uma expressão de falsa indiferença digna de Oscar. — Pare de implorar. Vou ser sua namorada.

E então aproveitei para dar uma espiada na expressão boquiaberta do rosto vil, impertinente e deplorável do meu terrível ex-namorado.

O que, para ser honesta, pareceu uma vitória dos bons.

E da humanidade.

E especialmente, por fim, para mim.

CAPÍTULO 7

NA MANHÃ SEGUINTE, SEGUI PARA OESTE, PELA INTERESTADUAL 10, COM JACK STAPLETON EM SEU RELUZENTE Range Rover preto para conhecer seus pais – totalmente caracterizada como sua pretensa namorada.

Glenn mandara um pretenso guarda-roupa para a pretensa namorada, cortesia de uma personal shopper amiga dele. Nenhum terninho permitido.

Tudo bem.

Foi como acabei saindo com um vestido bordado com sandálias, e o cabelo preso em um coque bagunçado.

Acho que é difícil se sentir profissional em um vestido com mangas bufantes. Era fim de outubro, devo mencionar, mas isso pode querer dizer qualquer coisa no Texas quando o assunto é clima – e bem que estava uns vinte e sete graus lá fora. Mesmo assim, eu me sentia despreparada, com um pouco de frio, estranhamente desnuda e incomumente vulnerável.

Eu sentia falta do meu terninho, é o que estou dizendo.

Mesmo assim.

Dava para ver por que Jack queria fazer as coisas dessa maneira. Quando minha mãe estava doente, tudo o que eu fazia era para melhorar seu ânimo, manter suas esperanças vivas e protegê-la do desespero. A ideia de que Jack poderia estar em perigo podia ser muito estressante. Já é difícil o bastante estar doente.

Eu tinha pensado nisso na noite anterior, enquanto percorria a estrada – fazendo um reconhecimento rápido do trajeto para o rancho e de volta para casa –, e cheguei à conclusão de que estava bem com essa situação.

Na teoria, pelo menos.

Agora, hoje, enquanto tudo estava acontecendo de verdade, eu estava menos bem.

Estava no banco da frente, muito comportada, com os joelhos juntos, não me sentindo *eu*. Em *nada*.

Jack Stapleton, ao contrário, estava bem à vontade no banco do motorista, com uma mão no volante, sentado de pernas abertas como um campeão. O cabelo despenteado de forma desafiadora. Mastigando chiclete. Usando óculos de sol modelo aviador como se tivesse nascido com eles.

Estávamos indo para o rancho, então acho que eu esperava que ele usasse um look meio caubói. Mas ele mais parecia estar pronto para um fim de semana em Cape Cod – uma camisa polo azul confortável, calça com bolsos laterais cinza e mocassim sem meia.

É verdade, eu tinha crescido em Houston. Você podia achar que eu já tinha estado em um rancho antes. Mas, honestamente, não. Estive na Torre Eiffel, na Acrópole, no Taj Mahal e na Cidade Proibida, em Pequim, nas nunca estivera em um rancho texano.

Acho que estava sempre ocupada fugindo.

Até agora.

Toquei a pele dos meus joelhos e me preocupei em como eles estavam nus. Será que eu devia ter colocado um jeans? Será que eu precisava me preocupar com cascavéis? Com formigas-lava-pés? Com cactos?

Eu tinha um par de botas de caubói vermelhas que minha mãe me deu quando fiz dezoito anos, dizendo que toda garota texana precisava ter seu próprio par de botas. Nunca havia tido um bom motivo para usá-las, até agora. Não eram parte do meu guarda-roupa oficial de namorada, mas eu as colocara na mala por princípio. Se eu não as usasse em um rancho, jamais usaria em lugar algum.

Talvez eu devesse ter calçado as botas. Para me proteger de tarântulas, não pelo estilo.

Por detrás dos óculos, vi Jack olhar de relance para minhas mãos.

— Está nervosa? — ele perguntou.

Sim.

— Não.

— Ótimo. A visita não vai demorar muito. Meus pais vão ficar felizes em nos ver, mas meu irmão me odeia, então ele vai se livrar de nós bem rápido.

— Provavelmente vamos precisar conversar sobre isso.

— Meu irmão?

— Sim.

— Não.

— Só estou dizendo que, quanto mais eu souber, melhor posso ajudar você.

— Então a terapia está incluída?

— Às vezes.

— Você assinou um acordo de confidencialidade, certo?

— É claro.

Jack pensou a respeito.

— Tudo bem. Mesmo assim, não vou falar sobre isso.

— Você é quem sabe — respondi. Eu estava tão agitada na primeira vez que me encontrei com ele que esqueci de preencher o Questionário Muito Pessoal, e agora parecia um bom momento para isso. Tirei o arquivo "J.S." da bolsa. — Mas vou te fazer outras perguntas, então. — Ainda tínhamos meia hora na estrada.

Jack não concordou em responder, mas tampouco se recusou.

Peguei uma caneta.

— Você usa alguma droga da qual precisamos estar cientes?

— Não.

— Algum vício? Apostas? Prostitutas? Compulsão por compras?

— Não.

— Obsessões? Amantes secretos?

— No momento, não.

— Você se parece mais com um monge do que com um ator mundialmente famoso.

— Estou dando um tempo.

Anotado. Fui em frente.

— Problemas para lidar com a raiva? Algum segredo sombrio oculto?

— Nada diferente do que todo mundo tem.

Anotação mental: um pouco evasivo aqui.

Voltei para a lista.

— Preocupações médicas?

— Sou a imagem da saúde.

— Marcas?

Ele franziu o cenho.

— Marcas?

— No corpo — esclareci. — Tatuagens. Marcas de nascimento. Pintas... memoráveis ou não.

— Tenho uma pinta com o formato da Austrália — disse ele, levantando a camiseta para me mostrar.

— Pare! — falei. — Eu sei como é o formato da Austrália. — Escrevi "pinta no formato da Austrália", e então prossegui. — Cicatrizes?

— Algumas. Nada que mereça destaque.
— Em algum momento vou precisar fotografar tudo isso.
— Por quê?

Eu me recusei a hesitar.

— Para o caso de precisarmos identificar seu corpo.
— Meu corpo *morto*?
— Seu corpo vivo. Como em uma foto de resgate. Não que possamos chegar a tanto.
— Isso é perturbador.

Fui em frente.

— Outras anomalias físicas?
— Tipo?

A maioria das pessoas simplesmente respondia.

— Não sei. Dentes tortos? Um dente a mais? Cauda vestigial? Seja criativo.
— Não me vem nada à mente.

Ok. Próxima.

— Dificuldade para dormir?

Esperei que ele exigisse explicações, mas, em vez disso, depois de uma pausa, ele simplesmente falou:

— Pesadelos.

Assenti com a cabeça, tipo *entendo*.

— Frequência?
— Algumas vezes por mês.

Algumas vezes por mês?

— Recorrente?
— O quê?
— É o mesmo pesadelo toda vez?
— Sim.
— Pode me dizer o que é?
— Você precisa saber?
— Meio que preciso, sim.

Ele tamborilou os dedos no volante, como se estivesse pensando em suas opções. Por fim, falou:

— Afogamento.

— Ok — falei. Era só uma palavra, mas parecia muito. Próxima pergunta. — Alguma fobia?

Outra pausa.

Então um aceno curto de cabeça.

— Também afogamento.

Anotei isso no arquivo e estava prestes a seguir em frente quando ele acrescentou:

— E pontes.

— Você tem fobia de pontes?

Ele manteve a voz tensa e objetiva.

— Tenho.

— Pensar em pontes ou pontes de verdade?

— Pontes de verdade.

Hum. Ok.

— Como isso se manifesta?

Ele mordeu a parte interna do lábio enquanto pesava suas opções, decidindo quanto queria compartilhar.

— Bem, daqui a mais ou menos vinte minutos nós vamos chegar à parte da rodovia que atravessa o rio Brazos. E, quando isso acontecer, vou parar o carro no acostamento, descer e atravessar a ponte a pé.

— E o carro?

— Você vai dirigir na ponte e me esperar do outro lado.

— É assim que você sempre atravessa pontes?

— É como prefiro atravessá-las.

— Mas e se você estiver sozinho?

— Tento não estar sozinho.

— Mas e se estiver?

— Se estiver, eu prendo a respiração e sigo em frente. Mas tenho que parar no acostamento por um tempo.

— Por que você precisa parar no acostamento?

— Para vomitar.

Entendi. Então, perguntei:

— Por que você tem medo de pontes?

— Preciso contar para você?

— Não.

— Então vamos dizer que a infraestrutura dos Estados Unidos não é nem de perto tão sólida quanto nós gostamos de pensar. E vamos deixar assim.

▪▪▪

Não chegamos a terminar o questionário.

Quando nos aproximamos do rio Brazos, Jack realmente parou no acostamento um pouco antes da ponte, desceu da Range Rover e atravessou a pé.

Fiz minha parte e dirigi o carro para encontrá-lo do outro lado.

Esperei por ele, recostada no para-choque, balançando com as explosões dos veículos de dezoito rodas que passavam acelerados, observando a tensão em seu rosto e o foco em seus olhos enquanto ele seguia em linha reta de uma margem até a outra.

Uau. Quantas pessoas já não deviam ter passado por um pedestre qualquer caminhando pela ponte de uma rodovia sem perceber que era o astro Jack Stapleton?

Quando ele me alcançou, seu rosto estava pálido e havia suor em sua testa.

— Você não estava brincando — comentei.

— Nunca brinco sobre pontes.

Ele voltou para o banco do motorista, abriu a janelas e, com isso, retomou o personagem do cara relaxado e livre que tinha tudo sob controle.

— Você me fez um monte de perguntas hoje — disse Jack então. — Eu não perguntei nada.

— E devíamos manter dessa forma.

— Não posso fazer perguntas para você?

— Pode *perguntar*... — respondi, com um dar de ombros que queria dizer que não era eu quem fazia as regras.

Mas a pergunta que ele fez não era a que eu esperava.

Ele se virou e me olhou de cima a baixo.

— Você já atuou antes?

Considerando para onde íamos naquele exato momento e o contrato que eu acabara de assinar, essa era uma pergunta a que eu provavelmente precisava responder.

Era a primeira vez.

Pensei a respeito.

— Peguei alguns papéis de animais do celeiro em umas apresentações de Natal.

— Então isso é um não bem redondo.

Tentei dar alguma coisa para ele.

— Existem elementos de atuação no meu trabalho. Às vezes tenho que desempenhar um tipo de papel em determinada situação. Mas tem a ver principalmente com se misturar ao cenário, ou parecer vagamente com uma assistente pessoal.

Jack assentiu com a cabeça, pensando.

— Mas nunca nada tão... *detalhado*.

— Tudo bem — disse ele, ainda pensando. — Vou dizer para eles que você é minha namorada, e isso já deve dar conta do recado por um tempo. Assim que isso estiver estabelecido, vou fazer a maior parte do trabalho. Quero dizer, quem é que mente sobre ter uma namorada? Você só precisa ser agradável.

— Ser agradável — repeti, como se estivesse anotando.

— Sim, tipo, você não precisa decorar diálogos ou fazer um monólogo. Não é Shakespeare. Simplesmente seja normal e o contexto faz o resto.

— Então não preciso agir como se estivesse loucamente apaixonada por você?

Ele me deu uma olhadinha de lado.

— Não, a menos que você queira.

— E se eles não acreditarem em você? Se não acreditarem que eu sou sua namorada? — Eu não tinha percebido quão vulnerável parecia fazer essa pergunta até o momento em que a fiz.

Mas Jack fez um aceno de cabeça confiante.

— Eles vão acreditar em mim.

— Por quê?

— Você é totalmente o meu tipo.

Não resisti.

— Faxineiras são o seu tipo?

Ele apontou o dedo para mim.

— Aquele foi um erro honesto.

Na verdade, eu não tinha ideia de como poderia passar por namorada de Jack Stapleton. E não acreditei nem por um segundo que fosse o tipo dele. Eu tinha pesquisado o nome dele no Google e tinha visto Barbies suficientes para o resto da vida. Uma delas claramente tinha tantas cirurgias estéticas que não pude deixar de me perguntar se a mãe dela tinha saudade de seu rosto.

Sem mencionar Kennedy Monroe.

— Ei — falei, então. — E quanto à sua namorada de verdade?

— Como assim "namorada de verdade"?

Dei um suspiro marcado.

— Talvez os seus pais percebam que não sou Kennedy Monroe.

Jack deu uma gargalhada.

— Meus pais não prestam atenção nessas coisas.

— Está me dizendo que seus pais não sabem que você namora Kennedy Monroe? Vocês estavam na capa da *People*! Usando suéteres combinando!

— É possível.

— Não é, não. Ninguém não sabe daquilo.

Jack pensou a respeito. E então deu de ombros.

— Se perguntarem, vou simplesmente falar que eu terminei com ela. Mas eles não vão perguntar. Eles sabem que nada em Hollywood é real.

Será que Kennedy Monroe não era real? De repente fiquei com vergonha demais para perguntar.

Tentei imaginar alguém acreditando que Jack Stapleton tinha trocado Kennedy Monroe por mim. Quão crentes eram os pais dele? Será que tinham estado em coma?

A voz de Robby dizendo que não dava para eu passar por namorada de Jack Stapleton ecoou em minha mente, e eu odiava o fato de concordar com ele.

Mas ali estávamos nós.

Jack ainda acenava com a cabeça enquanto pensava naquilo tudo.

— Acho que nossa melhor opção é você sorrir muito.

Isso não parecia muito difícil.

— Simplesmente sorria. Para eles. Para mim. Sorria até suas bochechas doerem.

— Entendido.

— Como você se sente sobre o fato de eu tocar em você?

Como me sinto com o fato de Jack Stapleton me tocar?

— De que tipo de toque estamos falando?

— Bem, do jeito que eu costumo fazer com minhas namoradas... Eu diria que tendo a tocá-las muito. Você sabe. Se está a fim de alguém, você quer tocar essa pessoa.

— Claro — falei.

— Então, isso poderia acrescentar um pouco de autenticidade.

— Concordo.

— Tudo bem se eu segurar sua mão?

Não era uma pergunta difícil.

— Sim.

— Posso... colocar o braço nos seus ombros?

Outro sinal de positivo com a cabeça.

— Isso parece aceitável.

— Posso sussurrar coisas no seu ouvido?

— Isso pode depender do que você está sussurrando.

— Talvez seja melhor perguntar: tem alguma coisa que você *não* quer que eu faça?

— Bem, eu preferiria que você continuasse vestido.

— Isso é um fato — disse ele — enquanto nós estivermos com meus pais.

— Mas estou falando em sentido amplo — falei. — Em geral. Nada de nudez surpresa.

— De acordo. O mesmo vale para você.

— E não consigo imaginar que você precise me beijar...

— Eu já pensei nisso.

Ele já tinha pensado nisso?

— Podemos dar um beijo técnico — sugeriu. — Se formos obrigados.

— O que é um beijo técnico?

— É o que você faz quando está atuando. Parece um beijo, mas as bocas não se tocam de verdade. Tipo, eu poderia segurar seu rosto e beijar meu polegar. — Ele ergueu a mão do volante e beijou o polegar como demonstração.

Ah.

— Ok.

— Provavelmente não devíamos tentar fazer isso hoje.

— Não.

— Isso exige uma certa prática.

Praticar beijos de mentira com Jack Stapleton...

— Entendi. — E então acrescentei: — E, obviamente, é claro, se você precisar me dar um beijo de verdade por algum motivo... está tudo bem. Quero dizer, não tenho problema com isso, se for necessário. Estou dizendo que não vou ficar brava.

Deus do céu. Eu parecia uma maluca.

— Combinado. — Jack agia como se encontrasse esse tipo específico de loucura o tempo todo. O que, provavelmente, era verdade. Ele prosseguiu: — Acho que estou tentando dizer que valorizo o que você está fazendo por mim... e pela minha mãe... e não quero te deixar desconfortável.

— Obrigada.

— Vou tentar não fazer nada errado, mas, se eu ferrar com tudo, me avise.

— Peço o mesmo.

E, com isso, ele ligou o rádio, abriu o teto solar e pegou um chiclete de canela.

CAPÍTULO 8

PARA CHEGAR AO RANCHO DOS STAPLETON FOI PRECISO PEGAR MUITAS ESTRADAS COMPRIDAS, QUE MAIS pareciam labirintos, depois que deixamos a rodovia – bem dentro da área rural. Passamos por campos de milho e algodão e por pastos cheios de vacas. Havia até um campo com gado da raça Texas Longhorn. Quando chegamos, Jack entrou em uma estrada de cascalho de uns oitocentos metros, que começava em um mata-burro, cruzava um campo aberto e parecia seguir infinitamente.

— Qual o tamanho desse rancho? — perguntei, começando a suspeitar que não era pequeno.

— Duzentos hectares — respondeu ele.

Por algum motivo, o tamanho total tornava tudo mais real. Aquele era um lugar de verdade. Aquelas eram cercas de arame farpado genuínas. Humanos de boa-fé viviam aqui. Isso estava realmente acontecendo.

Mas, no final, não aconteceu.

Nunca chegamos à sede do rancho.

Vi a casa ao longe – estuque branco com um telhado de telhas vermelhas, estilo espanhol –, mas, no meio do caminho de cascalho, vimos um cara parado que só podia ser o irmão de Jack. Não quero chamá-lo de Jack Stapleton dos pobres, mas era exatamente isso. A mesma mandíbula. A mesma postura. Ele usava calça marrom, camisa xadrez e boné azul.

— Aquele é o seu irmão? — perguntei.

Jack confirmou com a cabeça.

— Sim. Conheça o administrador do rancho dos meus pais e meu inimigo pessoal, Hank Stapleton.

Jack parou o carro e colocou o câmbio na posição de estacionar ali no meio da estrada. Observamos enquanto Hank tirava um fardo de feno da traseira de uma picape e o jogava aos seus pés. Então ergueu os olhos e nos viu.

Ele ficou parado, nos encarando. Não acenou. Não caminhou na nossa direção. Tirou as luvas de trabalho e nos observou, todo cauteloso, como se estivesse olhando para um coiote ou algo assim.

E vou lhe dizer uma coisa: no instante em que esses caras se olharam, todos os músculos do corpo de Jack ficaram tensos. Foi totalmente animalesco.

Afastados? Sim, a imagem capturava exatamente esse espírito.

Pensei naqueles rumores que Kelly nunca fora capaz de confirmar. O acidente de carro. A possibilidade de que Jack estivesse dirigindo depois de beber. Será que Hank Stapleton achava que podia estar olhando para um assassino bêbado que encobrira tudo para salvar sua carreira?

Claro. Por que não?

Ele certamente não estava olhando para alguém que estava feliz em rever.

— Fique aqui — disse Jack, descendo do carro, e, enquanto começou a atravessar o campo, na direção do irmão, definitivamente a vibe era de cena de tiroteio. Eu quase conseguia escutar a música-tema de um faroeste espaguete.

Será que iam brigar aqui, com Jack sem meias, usando um mocassim italiano, como um trapaceiro da cidade?

Coloquei os dedos na maçaneta da porta, pronta para sair correndo se Jack precisasse de mim.

Então esperei, observando.

Deveria tentar escutar o que estavam falando?

Com toda a certeza.

Baixei os vidros e desliguei o motor – e, no início, achei que não seria possível ouvi-los. Até que percebi que eles não estavam falando. A menos que você considere o silêncio hostil um tipo de conversa.

Por fim, Hank falou:

— Vejo que você trouxe o seu entourage.

— Só minha namorada.

Hank olhou na minha direção.

— Ela não se parece muito com Kennedy Monroe.

Eu me encolhi. *Que merda*.

Jack balançou a cabeça.

— Pare de ler a *People*. Nós terminamos.

— Você não aparece por dois anos, e agora traz uma namorada nova qualquer?

— Estou tentando equilibrar as equipes.

— Só para constar, não quero você aqui.

— Só para constar, eu já sabia disso.

— Nossa mãe insistiu. E nosso pai quer o que a mãe quer.
— Eu também sabia disso.
— Eu não preciso que você torne isso mais difícil para ela do que já é.
— De acordo.
Um longo silêncio. O que eles estavam fazendo?
Então Hank disse:
— De qualquer forma, você pode voltar para a cidade. Ela não está para visitas hoje.
Jack olhou na direção da casa. E depois de volta para Hank.
— Essa avaliação é dela ou sua?
— Ela está na cama, com as cortinas fechadas, então espero que estejamos de acordo.
— Onde está o nosso pai?
— Ele está com ela.
Quando Jack falou novamente, sua voz era tensa:
— Você podia ter me avisado antes de eu dirigir até aqui.
Uma pausa.
— Não tenho seu número. Não mais.
Eles podem ter dito outras coisas depois disso, mas confesso... não prestei atenção. Porque nesse instante, do nada, como algo saído de um filme de horror, uma cara gigante apareceu na janela aberta do carro.
A cara gigante e branca de uma vaca.
Estava perto o bastante para que eu pudesse sentir seu hálito úmido e sobrenatural lavando minha pele. Não quero dizer que a vaca se esgueirou até mim, mas vamos dizer que o campo estava vazio até aquele ponto e de repente – *Bam*!
Quais eram as intenções da vaca? Nunca saberemos.
Mas, em um segundo, ali estava ela.
E, no segundo seguinte, sua cara veio pela janela aberta, e ela lambeu meu braço.
Com sua língua verde e áspera.
Talvez eu tenha gritado.
Ou talvez não.
É um borrão.

Definitivamente, eu fiz um barulho de algum tipo – alto o bastante para fazer aquela vaca e, aparentemente, todo o rebanho que estava logo atrás dela saírem no galope por alguns passos, antes de parecerem ficar sem energia, pararem de correr e se virarem para me encarar.

Nesse ponto, eu estava na Range Rover, cercada por um rebanho inteiro de vacas brancas, com pescoços flácidos e olhares tristes.

E não foi preciso fingir que não foi assustador.

Claro, em geral as vacas não são consideradas criaturas apavorantes. Mas eis o que você nunca percebe quando as vê nas embalagens de leite ou na TV, ou mesmo em algum campo distante: Elas. São. Enormes.

Fazem até mesmo Jack Stapleton parecer pequeno.

Então, mesmo estando enclausurada em segurança em uma SUV luxuosa, ainda senti o coração batendo com o dobro da velocidade no meu peito. Eu estava cercada por elas. Uma centena? Mil? Um rebanho inteiro com muitas. Todas com olhos negros límpidos e cílios surpreendentemente femininos, olhando direto para minha alma.

Qualquer que tenha sido o barulho que fiz, assustou Jack também.

Ele se virou quando ouviu o som, e começou a correr na direção do carro – e a preocupação genuína que vi em seu rosto só ampliou minha ansiedade.

Em minha defesa, eis os fatos como eu os vivenciei:

1. Fui atacada por uma vaca.
2. Tudo bem. Eu gritei.
3. Jack Stapleton veio correndo.

Não parece motivo para preocupação?

Quando se aproximou do rebanho, Jack diminuiu o passo, ajustando a caminhada, mas manteve os olhos em mim. Entrou no grupo de animais e seguiu calmamente entre eles até chegar à porta do motorista.

Ele entrou no carro.

— O que aconteceu? — ele então perguntou, me examinando, com uma expressão intensa.

Eu pestanejei, tipo *Dã*.

— Você se machucou? O que aconteceu?

— *O que aconteceu?* — falei. — Olhe ao redor!

Jack olhou ao redor – mas não pareceu ver nada.

— O que estou procurando?

— O que você está procurando? — perguntei, e então fiz um gesto panorâmico com o braço, como se dissesse *Veja. Horror em todas as direções.*

Agora a expressão dele estava mudando.

— Você quer dizer... — E ele deu uma balançadinha de cabeça, como se rejeitasse o palpite ao mesmo tempo que o formulava. — As vacas?

Mantendo meus olhos fixos nos dele, concordei com a cabeça.

— As *vacas?* — ele confirmou. — Estamos falando das vacas? Foi por isso que você gritou?

Tentei recalibrar.

— Caso você não tenha notado, estamos completamente cercados.

— Sim — disse ele. — Por vacas.

Eu podia sentir o tom de voz dele mudando, mas não tinha certeza de qual mudança era aquela.

— Há milhões delas — falei.

— São trinta — disse ele. — Para ser exato. Um rebanho.

— Elas estão... — Eu não sabia muito bem como colocar. — Bravas?

Jack apertou um pouco os olhos.

— Elas parecem bravas?

Eu as analisei novamente, paradas ali de forma ousada, encarando.

— Parecem um pouco agressivas.

Jack se virou para mim, fascinado.

— Você está com medo daquelas vacas?

— Não vou comentar isso.

— Você, que me arremessou no ar, sem nem se esforçar?

— Aquelas vacas fazem você parecer um bonequinho.

— Mas você sabe que vacas são criaturas gentis, né?

— Ouvi falar de pessoas sendo pisoteadas por vacas. Isso acontece.

— Bem, claro. Se você tropeçar e cair bem na frente de uma vaca que já está correndo, talvez. Mas em uma escala de agressão... — Ele inclinou a cabeça e pensou no assunto. — Não. Elas nem sequer estão na escala.

Agora eu sentia que tinha que me defender.

— Eu não fui a única pessoa que se assustou agora. Você veio correndo como um raio.

— Sim. Porque você gritou.

— Por que você achou que eu fiz isso?

— Não sei. Uma serpente cabeça-de-cobre? Formigas-lava-pés? Vespas-mandarinas? Qualquer coisa *mais assustadora do que vacas*?

Mas do lado de quem eu ia ficar além do meu próprio? Dobrei a aposta e declarei.

— Uma delas me atacou.

— Defina "atacou".

— Ela me lambeu. Com intenção.

Agora ele estava tentando conter um sorriso.

— Você quer dizer, como se pudesse... o quê? Comer você?

— Quem pode saber qual o objetivo final dela?

— Ser pisoteada por uma vaca pode ser possível, mas ser *comida* por uma vaca, definitivamente, nunca... de jeito nenhum, jamais... pode ser possível.

— A questão é que eu fui lambida. Por aquela língua verde. Eu nem sabia que as vacas têm a língua verde.

A expressão de Jack estava totalmente tomada pela diversão agora. Ele fechou os olhos e então os abriu.

— As vacas não têm a língua verde. É a ruminação.

— O quê? — Eu me virei, tentando secar novamente meu braço já seco, no vestido.

Ver isso fez Jack gargalhar de verdade. Ele se inclinou para a frente, apoiou os braços no volante, e eu observei seus ombros balançarem.

— O que foi? — perguntei. — É legitimamente nojento.

Aquilo só fez os ombros dele sacudirem ainda mais.

— O que é tão engraçado?

Ele se recostou novamente no apoio de cabeça, ainda rindo.

— Você tem medo de vacas.

— Hum, oi? Estamos em menor número. — Olhei ao redor. — Estamos totalmente cercados. Quero dizer, o que acontece agora? Temos que morar aqui?

Mas Jack simplesmente continuou gargalhando.

— Eu pensei que fosse, pelo menos, uma armadeira.

— Você acha que eu teria medo de uma aranha?

— Claramente você nunca viu uma armadeira.

— Você pode simplesmente nos tirar daqui, por favor?

— Agora eu meio que quero ficar. Isso poderia ser um reality show. — Então o rosto dele relaxou em um grande sorriso. — Aposto meu dinheiro nas vacas.

Olhei feio para ele, até que ele engatou o carro e avançou lentamente pelo rebanho. Coloquei a mão sobre os olhos, mas, depois de um segundo, tive que olhar. O rebanho se movia para longe de nós, como se dissessem *Vocês é quem sabem*.

Enquanto manobrava na estrada de cascalho, entrando no campo e fazendo um grande U pelo caminho esburacado, passando por formigueiros e arbustos, Jack continuou rindo, secando as lágrimas com uma mão, enquanto dirigia com a outra.

— Ah, Deus — disse ele por fim, quando deixamos a estrada de cascalho, agora nos afastando da casa, de volta para a cidade. — Muitíssimo obrigado.

— Pelo que você está me agradecendo? — perguntei.

Mas Jack só balançou a cabeça, maravilhado.

— Eu *não* esperava que seria capaz de rir hoje.

CAPÍTULO 9

QUANDO FINALMENTE VOLTAMOS PARA A CASA DE JACK NA CIDADE, EU ESTAVA PRONTA PARA DESESTRESSAR um pouco.

Tudo naquela viagem até o campo fora desestabilizador – desde o vestido que eu estava usando até o ataque da vaca.

Eu não ia amar trabalhar disfarçada.

A equipe aproveitara o dia para terminar de equipar a casa da cidade, então agora a garagem estava montada como um quartel-general de segurança in loco. Mais câmeras de segurança foram colocadas e estavam operacionais – a maioria do lado de fora, ao redor do perímetro, em lugares nos quais era mais provável que stalkers ficassem à espreita, complementando as que ficavam nas portas do fundo, no pátio e dentro do hall de entrada.

Não ficaríamos ali o tempo todo. Ele era só uma ameaça nível amarelo, afinal. Eu estava escalada para um turno normal de doze horas, e então Jack passaria a noite sozinho. Nós o instruiríamos, novamente, a ler o manual e a fazer boas escolhas por conta própria – e monitoraríamos as câmeras de segurança em busca de movimento significativos. Membros diferentes da equipe estariam em serviço.

Tudo isso era padrão.

Assim que voltamos para a casa, eu pude retornar ao meu papel normal. Tirei o vestido, que, de algum modo, parecia esvoaçante demais para me permitir fazer bem meu trabalho, e coloquei o terninho. Então me posicionei do lado de fora da porta de Jack na posição descansar. Eu e o vaso de fícus.

O plano era este: em dias normais na cidade com Jack, eu seria a agente primária, ficando com ele aonde quer que ele fosse durante meu turno. Doghouse era o agente secundário, como backup. E também havia a equipe remota, formada por Taylor e Amadi, que faziam a vigilância leve – basicamente monitorar as câmeras.

Kelly não estava envolvida. Glenn decidiu que as meias com o rosto de Jack eram um empecilho.

Robby também não estava na equipe. Eu não esperava que Glenn deixasse passar uma oportunidade para nos obrigar a trabalhar juntos. Glenn era um grande fã de punições. Em especial se ele mesmo pudesse infligi-las.

Mas não era meu papel questioná-lo. Não ter Robby por perto estava bom para mim.

Nos dias em que Jack e eu fôssemos visitar os pais dele, a equipe se dividiria: Taylor e Amadi seriam os agentes primários, fazendo a vigilância pesada remotamente com Doghouse, e eu seria a secundária, um par de olhos e ouvidos infiltrados, mas principalmente ali para não estragar meu disfarce.

Não preciso dizer que eu preferia ser a primária.

Também preferia ser capaz de fazer meu trabalho direito.

Como exatamente eu poderia competir pela vaga em Londres se tudo o que precisava fazer era ficar por aí usando um vestido de algodão?

Era bom voltar à cidade. Ficar de guarda na frente da porta nem sempre é o uso mais emocionante do tempo, mas, comparado a me sentir inútil enquanto era ameaçada pelo gado, era surpreendentemente reconfortante.

A certa altura, Jack colocou a cabeça para fora para ver se eu gostaria de um capuccino.

Não olhei para ele.

— Não, obrigada.

— Tem certeza?

— Não atrapalhe minha concentração.

Já no fim do meu turno, Taylor e Robby apareceram na propriedade para fazer algumas anotações sobre o layout do jardim.

— O que você está fazendo aqui? — perguntei para Robby. — Você não está nesta missão.

— *Todo mundo* está nesta missão — disse Robby. — É um esforço de equipe. Somos uma equipe.

— Não é assim que funciona normalmente.

— Normalmente não temos clientes tão famosos.

...

Era quase hora de eu ir embora, Taylor e Robby estavam no jardim fazia algum tempo quando decidi verificar as câmeras de vigilância mais uma vez. Tínhamos colocado o monitor em uma mesa improvisada, mas nem cheguei a sentar na cadeira de rodinhas. Só me inclinei para verificar as várias visões das câmeras – para uma passada rápida antes de ir para casa –, quando notei algo no monitor.

No canto da câmera intitulada "Piscina 1", vi o que parecia ser uma perna de calça e parte de um sapato.

Todos os meus sentidos se aguçaram. Aumentei a imagem para poder ver melhor, e então ajustei o ângulo da câmera para a direita.

E foi quando vi algo que nunca, jamais esperaria ver.

No jardim de Jack, ao lado da casa da piscina, parcialmente escondidos atrás de uma palmeira... Robby, meu ex, e Taylor, minha amiga...

Estavam beijando.

Um ao outro.

Robby... que me largara havia um mês, na noite seguinte ao funeral da minha mãe... e Taylor... que viera me ver logo depois disso para me consolar enquanto eu chorava.

Estavam se beijando.

E, pior do que isso: *no trabalho*.

Não há como descrever como foi atravessar aquele momento. Meus olhos tentavam se afastar, mas eu só conseguia olhar fixamente, no melhor estilo *Laranja mecânica*, enquanto os dois continuavam a se beijar, totalmente enroscados e se amassando, chupando um ao outro como se fossem adolescentes odiosos.

Lembra quando eu não sentia nada em relação a Robby?

Bem, essa cena curou isso.

A palavra mais próxima que tenho para o que senti é pânico. Apenas uma sensação urgente e agonizante de que precisava desligar aquilo, fazer aquilo parar, ou achar um jeito de que aquilo *não estivesse acontecendo*. Então, adicione um pouco de raiva. Alguma humilhação. E descrença, também – enquanto eu tentava, sem conseguir, entender o que estava vendo.

Era uma sensação física – queimando e ardendo, como se meu coração bombeasse ácido em vez de sangue.

Até aquele momento, eu nem sabia que essa sensação existia.

Em determinado momento – *Cinco minutos mais tarde? Cinco horas?* –, ouvi uma voz por sobre meu ombro.

— Eles deviam ser demitidos por isso, hein?

Eu me virei. Era Jack Stapleton, com os olhos no monitor.

Olhei para ele, ele olhou para mim, e sua expressão mudou de divertida para preocupada.

— Ei — disse ele. — Você está bem?

Mas eu não sabia o que fazer com meu rosto. Era como se meus músculos não funcionassem bem. Meus olhos estavam arregalados e surpresos, e minha boca não parecia capaz de fechar.

Jack certamente não sabia como esse momento destruiu o universo para mim, e a última coisa que eu queria era que ele descobrisse. Eu queria disfarçar. Sorrir, balançar a cabeça e dizer "idiotas", como se fossem só colegas de trabalho estúpidos a quem eu julgava por ficarem de amassos no trabalho.

Mas eu não conseguia sorrir. Ou balançar a cabeça. Ou falar.

O que Jack estava fazendo aqui, de todo modo? Ele não devia estar dentro de casa, fazendo coisas que os astros de cinema fazem?

E então percebi outra coisa, quando Jack puxou a manga da camisa por sobre a mão, ergueu-a até meu rosto e começou a secar minhas bochechas.

Eu estava chorando.

Meus olhos estavam, pelo menos. Sem minha permissão.

Depois de algumas batidinhas, Jack afastou a mão para me mostrar como sua manga estava molhada e escurecida, e, com uma voz terna, que eu lembrava ter ouvido no gran finale de *Bem que você gostaria*, ele perguntou:

— O que está acontecendo aqui?

Finalmente balancei a cabeça. Um feito histórico, considerando tudo.

Ativar os músculos do pescoço pareceu soltar os músculos da mandíbula também, e então consegui fechar a boca. Com isso, me tornei funcional o bastante para afastar o olhar.

— Você está chorando? — perguntou Jack, tentando se aproximar de mim.

Claro que eu estava. Obviamente eu estava. Mas neguei com a cabeça.

— Eu pensei que você fosse um cara durão.

— Já falei para você: não sou.

— Agora eu acredito — disse Jack.

— É alergia — insisti.

Mas não pareci convincente nem para mim mesma.

— Tem alergia a quê? Aos seus colegas de trabalho se beijando na minha piscina de borda infinita?

Eu devia ter falado "pólen". Certo? Um clássico.

Em vez disso, com o cérebro dando curto-circuito, senti aquele ácido sendo bombeado pelo meu coração e me saturando por dentro.

Eu tinha alergia a quê? Eu tinha alergia a decepções. Tinha alergia a traição. Tinha alergia à amizade. À esperança. Ao otimismo. À vida, ao trabalho, à humanidade em geral.

Então respondi com:

— Tenho alergia a tudo. — E saí da garagem.

Jack me deixou sair, o que foi um alívio.

Eu não queria falar, processar ou explorar meus sentimentos, pelo amor de Deus – e, mesmo se tivesse tentado fazer alguma dessas coisas, nem em um milhão de anos eu teria feito isso com ele.

Você não fala da sua vida com clientes.

Simplesmente não faz isso.

Você acaba sabendo tudo sobre a pessoa que está protegendo – mas ela nunca sabe nada sobre você. É assim que tem que ser.

Mas eis a questão: os clientes nunca entendem isso. Parece tanto com um relacionamento real que é difícil deixar claro. Vocês viajam juntos, vão a bares juntos, esquiam juntos, passeiam na praia juntos. Você está ali nos altos e baixos, nas brigas e nos segredos deles. Seu propósito na vida deles é criar segurança, para que eles se sintam normais.

Se você faz um bom trabalho, eles realmente se sentem normais.

Mas *você* nunca sente isso.

Você nunca perde seu propósito de vista. E parte de manter isso em foco é saber – de frente, de trás, de dentro e de fora – que eles não são seus amigos.

Os amigos podem secar as lágrimas do seu rosto com as mangas da camisa, mas os clientes jamais.

É por isso que eu nunca, em oito anos, tinha chorado na frente de um cliente.

Até aquele dia.

Você precisa manter uma distância profissional, ou não consegue fazer seu trabalho. É o único jeito de fazer isso passando cada minuto de cada turno juntos, e nunca, nunca compartilhar nada pessoal. Os clientes fazem perguntas pessoais o tempo todo. Você simplesmente não responde. Finge que não ouviu ou muda de assunto ou – mais efetivo de todos – devolve a questão para eles.

A resposta para "Você está com medo?" devia ser "Você está com medo?".

A resposta para "Você tem namorado?", "Você tem namorado?".

Viu como é fácil? Funciona todas as vezes.

E quer saber? Eles nunca percebem.

Porque, em geral, quando as pessoas perguntam alguma coisa sobre você, o que elas realmente querem é falar sobre elas.

Certo?

É difícil descrever o turbilhão de emoções que rodopiava dentro de mim enquanto eu me afastava com o único objetivo de alcançar meu carro e ir para casa. Choque, agonia, humilhação – estava tudo ali, claro. Mas acrescente a isso a sensação de profunda decepção por me deixar ser pega por um cliente em um momento real de emoção.

Será que havia um jeito de me recuperar?

Ele tinha visto lágrimas, sim. Mas não podia saber com certeza o que elas significavam.

Eu iria para casa, me recomporia, e então – só então –, se houvesse tempo e se eu estivesse inclinada, me deixaria pensar no que acabara de testemunhar.

Ou talvez não.

Porque, se eu havia acabado de testemunhar o que achava que havia acabado de testemunhar, quer dizer que, em um único mês, eu perdera cada uma das três pessoas mais importantes da minha vida.

Mãe. Namorado. Melhor amiga.

E agora eu estava realmente sozinha.

A percepção ameaçava me deixar de joelhos.

Eu tinha que sair dali. Tinha que chegar ao meu carro.

Mas foi quando Robby – que nem sequer estava na equipe – apareceu a poucos metros de distância.

Ele parou de caminhar quando me viu, e eu fiz o mesmo.

— Ah, oi — disse ele.

Será que ele via no meu rosto? Será que ele sabia o que eu sabia?

— Acabou o meu turno — falei, maximizando as sílabas que pude acessar. — Indo para casa.

— Ótimo. Sim. Acho que terminamos aqui.

Abaixei a cabeça para continuar andando.

— Ei... — Robby falou então, dando alguns passos rápidos, como se fosse me interceptar. — Posso falar com você sobre uma coisa?

— Não — respondi.

— É só um minuto – ele disse, surpreso com minha resposta.

— Você nem devia estar aqui, Robby. Não me faça reportar você para Glenn.

— Trinta segundos. — Ele estava *barganhando*?

— Estou cansada — falei, negando com a cabeça.

Mas então Robby deu a volta para bloquear totalmente meu caminho.

— É meio que importante.

Será que eu ia ter que brigar com ele? Pelo amor de Deus, eu só queria ir para casa.

— Hoje não — reforcei, começando a reunir forças para o que quer que eu precisasse fazer para *não ter essa conversa*.

Mas foi quando Robby olhou para além de mim, e quando senti um peso se acomodar em meu ombro.

Era Jack Stapleton. Colocando o braço ao redor de mim, como eu já lhe dera permissão para fazer.

— Ela está bem cansada, Bobby — disse Jack, me puxando de lado contra seu corpo.

— É Robby — corrigiu Robby.

— Estou com a impressão de que ela realmente só quer ir para casa agora — Jack prosseguiu. — Talvez seja por causa *das palavras que ela está dizendo*.

Robby, é claro, não podia contrariar um cliente.

Ele olhou para mim, mas eu afastei o olhar.

— Você não vai obrigá-la a te reportar para Glenn, vai? — Jack se virou para mim. — Ou, se ela estiver muito ocupada, eu podia fazer isso.

Eu mais senti do que vi os ombros de Robby caírem, derrotados.

Jack me deu outro segundo, como se dissesse "Terminamos aqui?". Então, decidido, me levou em direção ao meu carro, deixando Robby para trás.

Mais tarde, em um esforço de deixar Robby encrencado, eu reportaria tudo para Glenn, exceto o beijo.

E isso se voltaria contra mim.

Eu diria:

— Robby apareceu lá sem motivo algum e se intrometeu na missão.

E Glenn responderia com:

— Essa é uma ótima ideia.

Meu cenho se franziria.

— Qual?

— Colocar Robby na missão.

— Não, eu...

— Ainda estou decidindo entre vocês dois para o posto de Londres, você sabe — Glenn diria.

Claro que eu sabia.

— De todo modo, ele é o melhor que temos para a vigilância em vídeo. E você sabe que eu nunca perco uma chance de torturar alguém.

— Você já não me torturou o bastante?

Uma piscadela de Glenn.

— Eu estava falando dele.

Será que Glenn era sem noção? Um sádico?

Um pouco dos dois, talvez.

De toda forma, ele colocou Robby na equipe – e me deu o crédito por isso.

Mas naquela noite, enquanto Jack remexia na minha bolsa em busca das chaves para destravar o carro, eu ainda não via nada daquilo chegando. Na verdade, eu não via muita coisa – além do que estava bem na minha frente: Jack me levando para o lado do passageiro, abrindo a porta, se inclinando por cima de mim para prender o cinto de segurança.

Ele cheirava a canela.

Novamente: não era algo que eu normalmente deixaria um cliente fazer.

Mas tão pouco nessa missão era normal.

Quando Jack deu a volta até o lado do motorista, entrou e ligou o carro, eu não o impedi.

Quando nos afastamos de sua casa, murmurei sem forças:

— O que você está fazendo?

— Levando você para casa.

— Mas como você vai voltar?

— Vou pegar seu carro emprestado — disse ele. — E venho buscar você de manhã.

Jack Stapleton estava se oferecendo para me pegar pela manhã?

— Isso parece muito trabalho.

— O que mais eu tenho para fazer nesses dias?

— Seu perfil diz que você dorme até tarde. Tipo até meio-dia.

— Posso programar o despertador. — Então uma pausa. — Aquele cara era seu namorado?

— Aquele cara era *seu* namorado?

Argh. Eu estava descontrolada demais para fazer direito.

Jack franziu o cenho e tentou novamente.

— Você não estava saindo com aquele cara, estava?

— Não vou falar sobre isso com você.

— Por que não?

Recostei a cabeça no assento e fechei os olhos.

— Porque eu não falo sobre a minha vida com clientes.

Mesmo dizer para um cliente que eu não falava sobre minha vida com clientes era mais do que eu jamais contara a um cliente.

Outro erro tático, certamente – mas eu estava atordoada demais para me importar.

— Me diga que aquele cara não é seu namorado.

— Aquele cara não é meu namorado — repeti mecanicamente. Então, não sei se foi apenas uma faísca sem sentido em meu cérebro em curto-circuito, ou uma nova compreensão de que seguir as regras não parecia levar a lugar algum, ou um palpite de que talvez nada importasse realmente no fim das contas... mas dois segundos mais tarde acrescentei: — Não mais.

CAPÍTULO 10

FIZ MINHA ESTREIA COMO ATRIZ PARA A FAMÍLIA DE JACK NO DIA SEGUINTE, NO HOSPITAL.

Por acidente.

Mas primeiro tínhamos que dar um jeito de contrabandeá-lo lá para dentro.

A mãe dele tinha um quarto VIP, onde Jack poderia esperar durante a cirurgia, então o dia devia ter sido fácil.

O plano era fazê-lo entrar no quarto sem que ninguém notasse – cedo, lá pelas seis da manhã – assim ele poderia ver a mãe antes que a levassem para o centro cirúrgico. Então, ele esperaria ali até que a cirurgia terminasse, enquanto Doghouse e eu monitorávamos os corredores do hospital, e o resto da equipe entraria no rancho dos Stapleton para instalar algumas câmeras de segurança secretas. As coisas do nosso lado eram simples. Tudo o que Jack precisava fazer era ficar naquele quarto.

— Você não pode sair — expliquei enquanto estávamos a caminho.

— Para nada?

— Só fique no quarto. Não é difícil.

— Isso não é um pouco demais? — perguntou Jack.

— Se você tivesse lido o manual... — comecei.

— Não sou um cara de manuais.

— Essa é uma situação de ameaça alta — prossegui. — Há múltiplas oportunidades para você ser visto, reconhecido, fotografado...

— Já entendi.

— Assim que você for visto ali, tudo fica mais difícil. Então faça o que estamos pedindo.

— Entendido — disse Jack. E então acrescentou: — Mas vocês deviam saber que eu já sou bom nisso.

Olhei para ele.

— Aposto que os caras do petróleo que vocês protegem normalmente não estão acostumados a se esconder. Eu já venho me fazendo de invisível há anos — continuou.

— Isso não deve ser fácil — comentei. — Sendo você.

— Tenho meus truques. Bonés de beisebol são surpreendentemente eficientes. Óculos parecem quebrar o padrão de reconhecimento das pessoas. Não fazer contato visual também ajuda. Se você não olha para as pessoas, elas tendem a não te olhar. Embora a coisa mais importante seja continuar andando. Continue em frente. Assim que você para de andar, eles te veem.

— Você realmente sabe mais que os executivos do petróleo padrão — falei, deixando que minha voz soasse impressionada.

— Viu? E eu nem li o manual.

Olhei de relance para ele. Estava fazendo conforme a descrição: boné de beisebol, óculos e camisa cinza abotoada na frente. Só que, mesmo tentando parecer o menos notável possível, ele ainda... brilhava.

— Mas os executivos ainda têm uma grande vantagem sobre você — comentei.

— E qual é?

— Ninguém se importa com eles exceto eu e os caras maus.

Jack estreitou os olhos e me analisou.

— Você se importa com eles?

— Quero dizer, mais ou menos — falei.

— Isso parece mais um não.

— Eu me importo em fazer meu trabalho direito.

— Mas você não se importa com a pessoa que está protegendo.

Eu não devia falar nada disso. Onde eu estava com a cabeça?

— No sentido tradicional, não.

Jack assentiu e ficou pensando.

Será que ele *queria* que eu me importasse com ele? Que expectativa estranha.

— Na verdade, se importar com as pessoas torna mais difícil fazer um bom trabalho — falei em minha própria defesa.

— Eu entendo — disse Jack.

De todo modo, ele não estava errado sobre si mesmo. Ele *era* bom nisso. Sabia exatamente como se mover em um espaço sem ser localizado. Nós o levamos até uma entrada de serviço e depois pelo elevador de serviço. O corredor estava vazio. Doghouse e eu vimos ele alcançar a porta e desaparecer por ela sem problemas.

Esse foi um imenso obstáculo superado. Os médicos e enfermeiras da equipe da mãe dele tinham assinado acordos de confidencialidade. Agora, tudo o que Jack precisava fazer era ficar ali.

Mas ele não ficou.

Logo depois do almoço, assim que fiquei parada no fim do corredor tempo suficiente para saber que havia duzentas e sete lajotas de cerâmica no piso, de ponta a ponta, vi Jack sair do quarto e começar a caminhar pelo corredor como se estivesse indo para o posto de enfermagem.

— Ei! — sussurrei em voz alta. — O que você está fazendo?

Mas Jack não se virou.

No que ele estava pensando? Não tínhamos acabado de falar disso? Ele não podia sair andando.

Dei uma corridinha atrás dele.

— Ei! Ei! O que você está fazendo? Ei! Nós falamos sobre isso! Você não devia deixar o...

Nesse momento, eu o alcancei e segurei seu antebraço, e ele se virou para olhar para mim...

E não era Jack.

Era seu irmão, Hank.

— Ah! — falei, no segundo em que vi seu rosto, soltando seu braço e dando um passo para trás.

Merda.

Agora que eu o vira, Hank claramente não era Jack. Hank era uns cinco centímetros mais baixo. E um pouco mais largo. E seu cabelo era um ou dois tons mais escuro. As costeletas eram mais curtas. Nenhum desses detalhes devia ter me escapado.

Sendo honesta, o cheiro do hospital, e também a iluminação, me faziam lembrar de quando minha mãe estava doente – o que não era tanto tempo antes –, e isso me deixou levemente fora do meu centro.

Hank Stapleton estava me encarando.

— Você acabou de me dizer que eu não posso sair do quarto?

— Desculpe — falei. — Eu pensei que você fosse Jack.

Hank inclinou a cabeça.

— E *Jack* não pode sair do quarto?

O que eu digo?

— Ele não estava planejando fazer isso — falei. — Não.

Hank inclinou a cabeça.

— E quem é você?

— Sou Hannah — respondi, esperando que ele deixasse por isso mesmo.

Aparentemente não. Ele balançou a cabeça e franziu o cenho, como se dissesse *E isso devia significar alguma coisa?*

E então fiz o que tinha que fazer. Eu me apresentei:

— Sou a namorada de Jack. — Mas juro que pareceu a maior, mais falsa e menos convincente mentira do mundo.

E eis o milagre surpresa: ele acreditou.

— Ah, claro — disse Hank, olhando para mim e se lembrando. — Aquela que tem medo de vaca.

Como ele sabia disso? Meu grito me entregou?

Ele prosseguiu:

— Você veio ver minha mãe?

Minha cabeça começou a concordar enquanto o estômago gelava. Eu não estava pronta. Não estava preparada para conhecer a família. Não estava sequer usando minhas roupas de namorada. Mas não havia outra resposta.

— Sim.

— Ela acabou de acordar — informou Hank. — Vou buscar lascas de gelo.

— Eu pego — ofereci, querendo que ele voltasse para o quarto. Ele não era Jack, mas era parecido o bastante para causar problemas.

Além disso, eu precisava de um minuto para me reorganizar.

— Pode voltar — falei. — Eu comprei flores, mas esqueci no carro. Então... lascas de gelo. A segunda melhor coisa.

Fraco. Mas ele deu de ombros e respondeu:

— Ok.

A caminho do posto de enfermagem, expliquei tudo para o fone de ouvido de Doghouse.

— Vou entrar — falei. Então, com as lascas de gelo em mãos, segui na direção do quarto de Connie Stapleton, mas parei quando vi meu reflexo nas portas cromadas do elevador.

Será que eu parecia uma namorada? *De qualquer pessoa?*

Era inútil, mas tentei melhorar um pouco minha aparência mesmo assim. Tirei o blazer e o escondi atrás de um vaso. Dobrei as mangas e desabotoei o botão de cima da blusa. Soltei o cabelo do coque e balancei para afofá-lo. Levantei o colarinho por um segundo antes de decidir que estava nervosa demais para fazer isso.

Eu simplesmente teria que fazer funcionar.

Revi mentalmente o que sabia a partir do arquivo sobre os pais de Jack. Pai: William Gentry Stapleton, veterinário, agora aposentado. Era chamado de Doc. Muito amado por todos que o conheciam. Uma vez resgatou um bezerro recém-nascido de um lago inundado. Casado com Connie Jane Stapleton, diretora de escola aposentada, por mais de trinta anos. Namorados do ensino médio. Passaram cinco anos no Corpo da Paz, resgatando cavalos abandonados, faziam parte de um clube de dança e eram, segundo todos os relatos, boas pessoas.

Bati na porta e abri, dizendo de forma redundante:

— *Toc-toc.*

Os três homens Stapleton estavam sentados ao redor da cama de Connie Stapleton em cadeiras que tinham colocado ali perto. Ela estava meio sentada, usando um pouco de batom, com o cabelo branco repicado bem escovado – e, de certa forma, parecendo mais arrumada do que uma paciente pós-cirurgia usando uma camisola de hospital tinha direito de parecer.

Ela devia ter levantado o colarinho da blusa. Se tivesse um colarinho para ser levantado.

Ao vê-los – pessoas vivas, de verdade –, comecei a pensar alucinadamente. Que tipo de expressão a namorada de Jack teria no rosto? *Afetuosa? Preocupada?* Como eram essas expressões? Como alguém arruma as próprias feições? Como os atores fazem isso?

Optei por um meio sorriso, um meio franzir de cenho, e esperei que fosse convincente.

Jack deve ter percebido meu pânico, porque se levantou e caminhou na minha direção.

— Ei, gata — disse ele, em uma voz perfeitamente carinhosa. — Eu não sabia que você vinha.

— Trouxe um pouco de gelo — falei.

Jack olhava para mim como se dissesse *Pensei que você fosse ficar no corredor*.

Pestanejei para ele, tipo *Mudança de planos*.

Ele percebeu meu nervosismo.

Deve ter sido por isso que ele me beijou.

Um beijo técnico, mas mesmo assim.

Ele caminhou direto até mim, sem vacilar, segurou meu rosto com as duas mãos, se inclinou e plantou um beijo nada insignificante em seu polegar.

E então ele... ficou parado ali.

Suas mãos eram quentes. Ele cheirava a canela. Dava para sentir sua respiração na penugem do meu rosto.

Eu estava tão chocada que não respirei. Tão chocada que nem sequer fechei os olhos. Ainda consigo ver toda a cena em câmera lenta. O rosto épico cada vez mais perto, e aquela boca lendária mirando bem na minha e então alcançando aquele polegar lendário, parado bem ali no canto.

Tecnicamente, não foi um beijo de verdade.

Mas chegou bem perto disso.

Para mim, de todo jeito.

Quando ele se afastou, meus joelhos vacilaram um pouco. Será que ele sabia que eu ia desmaiar? Era como se ele sentisse isso vindo. Talvez fosse o que acontecia com toda mulher que ele beijava – sendo um beijo verdadeiro ou falso. Ele passou o braço pela minha cintura, ao mesmo tempo que disse:

— Eu gostaria que todos conhecessem minha namorada, Hannah.

— Ele estava basicamente me segurando em pé.

Os outros olharam para nós.

— Oi — falei com a voz fraca, apoiada nele, mas erguendo a mão livre para um pequeno aceno.

Se eu esperava que eles não acreditassem?

Quero dizer, talvez. Era tão patentemente óbvio que éramos duas categorias totalmente distintas de pessoas. Se eles jogassem os jornais e os óculos de leitura em mim gritando "Cai fora daqui!", eu não ficaria surpresa.

— Ela não é fofa? — Jack disse, me dando um cascudo na cabeça.

Na sequência, Hank se aproximou para pegar as lascas de gelo.

— Ela trouxe seu gelo, mãe.

Ato contínuo, Doc Stapleton – parecendo cavalheiresco, bem passado e arrumado em uma camisa azul e uma calça cáqui – pegou minha mão, deu um tapinha nela e falou:

— Olá, querida. Sente-se aqui na minha cadeira.

Neguei com a cabeça.

— Posso ficar em pé.

— Ela é adorável — comentou Connie Stapleton, e sua voz me atraiu em sua direção com seu calor. Então ela estendeu a mão e, quando a segurei, era suave como talco. Ela apertou, e eu apertei de volta. — Por fim. Alguém real — concluiu.

E, de repente, eu sabia o que fazer com meu rosto. Sorri.

— Sim — falou Connie, olhando para Jack. — Eu já gostei dessa aqui.

Só o jeito como ela disse isso – com um carinho tão completo e imerecido – me fez sentir um pouco tímida.

Connie me encarou bem nos olhos.

— Jack é doce com você?

O que eu poderia dizer?

— Muito doce — respondi.

— Ele tem bom coração — disse ela. — Só não o deixe cozinhar.

Assenti com a cabeça.

— Entendido.

Na sequência, ela pediu que os rapazes a ajudassem a se sentar melhor. Estava um pouco nauseada e tonta, então eles foram devagar. Mas ela estava determinada. Quando estava pronta, olhou para todos os rostos ao redor de sua cama.

— Escutem... — começou ela, como se estivesse prestes a iniciar um tópico importante, mas foi interrompida pelo oncologista.

Todos nos levantamos para cumprimentá-lo – e ele definitivamente olhou duas vezes para Jack, como se tivessem lhe dito que encontraria um ator famoso na sala, mas ele realmente não tivesse acreditado.

— Ei, Destruidor — disse o médico, com um sorrisinho torto. — Obrigado por salvar a humanidade.

— Obrigado por salvar a minha mãe — respondeu Jack, fazendo todos nós voltarmos graciosamente para a realidade.

O médico assentiu e verificou sua prancheta.

— As margens ao redor das bordas do tumor deram negativo — informou ele. — O que quer dizer que estava bem encapsulado.

— Isso é ótimo, mãe — comentou Jack.

— Significa que não vamos precisar fazer químio — o médico prosseguiu. — Ainda vamos precisar de radioterapia, mas só daqui a oito semanas, depois que a cirurgia estiver bem cicatrizada. Neste momento, o que vale é descansar, se manter hidratada e seguir as instruções da alta. — Ele se virou para Connie. — Vamos agendar sua radioterapia, e depois todo mundo vai poder respirar até que chegue a hora de começar.

Todos queriam que ele dissesse que ela estava bem – que ficaria bem.

Por fim, Jack fez a pergunta.

— O prognóstico...?

O médico assentiu.

— O prognóstico é muito bom, embora não haja garantia. Se o local se curar bem, depois que nós terminarmos a radiação, ela tem uma boa chance de ficar bem.

Jack e Hank, parados lado a lado, soltaram suspiros simultâneos.

Ninguém diria que eram inimigos mortais.

O médico deu mais alguns detalhes, puxou a cortina para ter um pouco de privacidade enquanto examinava o local e depois saiu dizendo:

— Quase esqueci a coisa mais importante.

Todos ficamos atentos.

— E qual é?

O médico apontou direto para Jack.

— Posso tirar uma selfie?

...

Assim que ele se foi, Connie Stapleton voltou ao assunto.

— Não vou pedir que você fique durante a radioterapia, Jack — disse ela.

— Mãe, eu posso ficar.

— Só começa daqui a oito semanas. Você precisa retomar sua vida.

— Mãe, eu não...

Ela negou com a cabeça, interrompendo-o.

— Mas vou pedir outra coisa para você.

Agora Jack estreitou os olhos como se não tivesse visto isso vindo em sua direção.

— O que é?

Ela fez uma pausa.

Nós esperamos.

— Foram anos difíceis para nós. Para todos nós. E eu gostaria de passar bons momentos com você, antes de você ir embora.

Jack confirmou com a cabeça.

— Eu também gostaria.

— Então aqui vai — ela prosseguiu. — Não sei quanto tempo mais me resta nesta Terra. Ter câncer realmente limpa algumas coisas na sua mente, e, depois de muita autoanálise, decidi que há uma coisa, uma única coisa, que eu realmente quero agora, e preciso que todos vocês façam acontecer.

— Parece que vai ser um pedido e tanto — comentou Hank.

— O que é, querida? — o dr. Stapleton perguntou, inclinando-se na direção dela.

Foi quando Connie nos deu o sorriso mais irresistível, do tipo *Literalmente não tem como vocês me negarem isso*, e falou:

— Quero que Jack... e sua linda nova namorada... venham ficar conosco no rancho até o Dia de Ação de Graças.

CAPÍTULO 11

— QUATRO SEMANAS! — FOI TUDO O QUE CONSEGUI DIZER ENQUANTO VOLTÁVAMOS PARA A CASA DE JACK. — São quatro semanas até o Dia de Ação de Graças!

— Tecnicamente — Jack apontou —, são três semanas e meia.

Eu o ignorei.

— Não posso passar quatro semanas fazendo coisas que eu *gosto* de fazer, muito menos fingindo ser sua namorada.

— Obrigado por isso.

— Você sabe o que eu quis dizer.

— É o último desejo dela — Jack lembrou.

— Ela não está morrendo — falei.

— Ela *provavelmente* não está morrendo.

— *Todos nós* provavelmente não estamos morrendo. Você podia ser atropelado por um ônibus amanhã.

— Também não estou animado com isso. Mas meio que simplifica as coisas. Nos dá um ponto final claro. Quatro semanas, e nós terminamos. Eu volto para Dakota do Norte, e você vai... para onde quer que você vá.

— Coreia, obrigada. — Só de pensar nisso, senti uma onda de alívio. O timing era bom, na verdade. A missão em Seul começava no início de dezembro.

— Isso poderia ter durado uma eternidade. Essa situação é objetivamente melhor. É como arrancar o band-aid.

— Arrancar o band-aid durante *quatro semanas* — eu o corrigi.

— Três e meia. Vamos falar com seu chefe.

— Já sei o que Glenn vai dizer. Ele vai dizer que não posso negar esse pedido. Que não é nada demais. Que as equipes remotas podem cuidar de tudo... em especial se estivermos em um local isolado como o rancho. Ele vai chamar de "praticamente férias pagas" e exigir saber por que, exatamente, é inaceitável ter que ficar descansando na residência de campo de um astro de cinema mundialmente famoso. Vai dizer que existem destinos piores do que ficar presa em uma área remota com um homem bonito.

Se Jack notou que eu o chamei de "bonito", fingiu que não percebeu.

— E o que você vai responder?

Fechei os olhos.

— Não sei.

— Ele não está errado, sabe? O rancho é ótimo. Tem um pomar, redes e uma área selvagem perto de um braço morto de rio. Podemos procurar fósseis nas margens do Brazos, cavalgar em cavalos de circo aposentados e pescar. *Seria* como férias pagas.

— Não gosto de férias — falei.

— Na verdade, não seria como trabalho, foi o que eu quis dizer.

— Eu gosto de trabalho. Prefiro trabalho.

— Você podia relaxar.

— Eu nunca relaxo.

— Só quis dizer que existem coisas piores do que ficar presa comigo.

— Tenho certeza de que você é ótimo, é só que...

— Isso pareceu sarcasmo.

— Olhe...

— Eu sei que é um pedido estranho.

— Não é estranho, é impossível.

— Você a viu naquele quarto. Aquela é *minha mãe*, Hannah.

Era tão estranho ouvir meu nome saindo da boca de Jack Stapleton que me tirou do eixo por um segundo. Tentei me reagrupar. Ele claramente achava que, se pedisse com doçura suficiente, eu faria isso por ele. Ou talvez se me pagasse o bastante. Ali estava um cara que provavelmente conseguia tudo o que queria. Se ele não entendia por que isso não podia acontecer, eu não sabia como explicar. Por fim, me contentei com:

— Eu não conheço você.

— Não sou tão mau.

— Eu simplesmente não posso.

— Você está dizendo não?

Será que alguém já tinha dito não para Jack Stapleton?

— Sim. Estou dizendo não.

Jack franziu o cenho ao ouvir isso, como se fosse um conceito realmente novo.

De fato, ele parecia tão surpreso, que, enquanto analisava seu perfil, me questionei.

Eu *estava* dizendo não, não estava?

Quero dizer, *quatro semanas*! Era um tempo longo demais para ficar sem abandonar o disfarce. Não dava para fazer nada do meu trabalho normal em um cenário desses. Eu só teria que usar roupas de namorada e fazer coisas de namorada e ficar... presa atrás dessa fachada. Eu não podia ser tão passiva. Já estava presa no limbo por tempo demais. Precisava trabalhar, e fazer meu trabalho, e depois precisava terminar e dar o fora dali. A cada mecanismo de enfrentamento que essa situação me tirava, eu morria um pouco mais.

Dava para sentir minhas brânquias de tubarão lutando para respirar.

Eu precisava tornar meu mundo maior, não menor. Eu precisava ir para bem longe, não ficar mais presa ainda no mesmo lugar. Tinha que ressuscitar minha vida de verdade, não dobrar a aposta em uma falsa.

Era hora de acabar com essa conversa.

— Podemos falar com Glenn — falei. — Mas a resposta ainda é não.

...

— A resposta é sim — disse Glenn, mesmo depois que vociferei de modo apaixonado e muito articulado contra os desejos de Connie Stapleton.

Nos encontramos no quartel-general de segurança, na garagem de Jack. A equipe inteira apareceu – incluindo Robby –, exceto Taylor, que eu não via desde que a pegara beijando meu ex-namorado. E que, se eu pudesse escolher, ficaria feliz em nunca mais ver.

Mas isso era algo para me deixar obcecada mais tarde.

Nesse momento, eu estava ocupada lutando uma batalha perdida.

Não era que minha opinião não importasse. Era só que ela não importava mais do que a de ninguém.

— Pense nisso como férias pagas — disse Glenn.

— Você fala como se fosse uma coisa boa.

— Não vejo qual decisão precisa ser tomada — comentou Amadi.
— Ela aceitou o trabalho. A situação evoluiu. Mas isso não muda nossa responsabilidade em relação ao cliente.
— Não aceitei o trabalho de vontade própria — falei.
— Quanta negatividade — debochou Doghouse.
— Eu aceitei protegê-lo, não morar com ele — lembrei.
Kelly estava verdadeiramente ofendida com minha hesitação.
— Você sabe quantas pessoas venderiam a alma para estar naquele rancho maravilhoso por um mês com Jack Stapleton? Aquela casa apareceu na revista *House Beautiful*!
— O que eu supostamente preciso fazer durante quatro semanas se tiver que permanecer no meu personagem vinte e quatro por sete?
— Hum... — Kelly pensou por um momento. — Aproveitar?
Discuti e discuti, mas não consegui convencê-los de como aquilo seria sufocante para mim. Todo mundo, sem exceção, achava que seria divertido.
O consenso se formou realmente bem rápido: eu estava sendo ridícula. Precisava valorizar minha sorte. E aproveitá-la. E parar de choramingar.
Diante da unanimidade, não havia muito o que eu pudesse dizer.
Glenn também estava adorando.
— Essa é a sua chance de me mostrar se você tem estofo para Londres — disse ele.
Mas não era engraçado. Era a minha vida.
— Que estofo? — eu quis saber. — Nada nessa história vai mostrar o estofo de ninguém! É só reclusão forçada com...
— O Homem Vivo Mais Sexy — completou Kelly.
Glenn achava tudo isso infinitamente *engraçado*.
— Estratégia, flexibilidade, inovação — enumerou ele, então, para responder à minha pergunta: — Além disso, talvez o mais crucial: a qualidade fundamental da liderança de estar disponível a se sacrificar pela equipe.
— Tudo bem — cedi. Mas me permiti fazer beicinho.
— Seja gentil com o pobre Jack — Glenn falou, por fim. — Ele não pode evitar ser lindo.

■■■

Depois de perder a discussão espetacularmente, com todos os votos contra um, decidi sair para tomar um pouco de ar.

Eu precisava de um minuto.

E foi quando, ao passar pela entrada do escritório, dei de cara com Taylor – chegando atrasada.

Ela diminuiu os passos até parar quando me viu. Agora que eu estava ciente da situação, sua linguagem corporal era inconfundível: os olhos baixos da culpa. Os ombros tensos da vergonha. A respiração superficial da traição.

Como eu não tinha notado isso antes?

Eu estivera cega pelo carinho, a confiança e o afeto. Pela ideia do que uma amiga devia ser.

É tão fácil ver o que você espera ver.

Estreitei os olhos, em uma expressão severa, mas estava escuro demais para ela notar.

— O que você está fazendo aqui? — perguntei.

— Ah. Vindo trabalhar?

— Está atrasada.

— Sim. Peguei trânsito.

— Isso é mentira?

— Mentira? Não, eu peguei trânsito.

Dava para perceber na voz dela agora. Ela sabia que tinha alguma coisa acontecendo.

— Está todo mundo lá dentro — falei, inclinando a cabeça na direção da garagem. — Na sala de vigilância. No lugar onde nós monitoramos todas as câmeras de segurança.

Ela franziu o cenho. Já tinha percebido que eu estava tentando dizer algo mais do que tinha dito.

— Exceto você — disse ela, como se isso pudesse ser uma pista.

Beco sem saída.

— Estou fazendo um intervalo. — Olhei novamente para ela. — Mas tenho passado muito tempo naquela sala de vigilância. Vigiando as coisas.

— Bem, sim. Você é a agente primária, então...

— É incrível o que aquelas câmeras podem pegar. Coisas que você jamais... nem em um milhão de anos, se vivesse sua vida toda várias e várias vezes... esperaria ver.

E então ela soube.

Vi o segundo em que a compreensão a atingiu. A fagulhazinha de choque em seus olhos.

— Você quer dizer... — falou ela.

— Você. — Confirmei com um aceno de cabeça. — E Robby.

— Ah.

— Sim.

— Aquilo... aquilo...

— Aquilo foi o que aconteceu em Madri?

Ela hesitou. O que era fascinante. Porque não dava para disfarçar agora. Por fim, ela admitiu, tentando se redimir:

— Sim. Mas foi sem querer!

Mesmo que eu já soubesse, havia pensado que ver a cena tinha sido a pior parte, mas eu estava errada.

A confirmação foi ainda pior.

— Então, todas aquelas vezes que liguei para você e chorei por causa do meu coração partido... você estava namorando a pessoa que o partiu?

Taylor abaixou os olhos.

— No início não estávamos namorando.

— Só dormindo juntos.

— Mas não de propósito. Não inteiramente.

Não fazia sentido discutir sobre aquilo. Só queria que ela soubesse que eu sabia. Assim concordaríamos que ela era uma pessoa horrível.

Mas, então, ela falou:

— Tecnicamente, vocês tinham terminado.

Franzi o cenho.

— Como é?

— Nós não traímos você, é o que estou dizendo. Tecnicamente.

Eu me recusei a considerar isso digno de resposta.

— Eu sinto muito. Sinto muito de verdade. Simplesmente aconteceu. Não sabíamos como contar para você.

— Simplesmente aconteceu?

— Você sabe como é quando a gente está em missão.

— Sim, eu definitivamente sei. Especificamente com Robby.

— Não estávamos tentando magoar você.

Novamente o *"nós"*. *Nós, nós, nós.*

— Você não entende a… a… — eu não conseguia pensar em palavras que capturassem o sentimento, então, fui de — a *atrocidade emocional* que vocês cometeram?

— Não estamos falando de crimes de guerra.

— Você pilhou nossa amizade. Bombardeou a confiança que eu tinha em você. Lançou uma bomba nuclear na minha fé na humanidade. Você é o Enola Gay das melhores amigas. — Talvez eu estivesse exagerando, mas não ia recuar. Essa conversa não parecia diferente daquelas que tínhamos aos risos. A única grande diferença, agora, é claro, era o ódio incandescente.

Mas eu tinha uma pergunta de verdade:

— Você não entende o que fez ou está só fingindo que não? — Eu a encarei com firmeza, esperando. — Vou odiar você para sempre, de um jeito ou de outro — prossegui. — Mas, no primeiro caso, vou te odiar por ser estúpida; no segundo, por ser egoísta.

Taylor abaixou os olhos.

— Não importa, já sei a resposta. É "egoísta". Ninguém é tão estúpido assim. Nem mesmo você. — Achei que me sentiria bem em falar algo maldoso. Não me senti.

— Olhe…

— Espero que ele valha a pena — falei. — Você acaba de perder toda a nossa amizade. Desistiu de todas as noites de filmes, das margaritas de sexta, de todas as trocas de GIFs bobos, das noites que passamos uma na casa da outra, de todas as comemorações do dia das solteiras, de toda fantasia que tínhamos sobre viajar de carro, de todo abraço e de cada átomo de admiração, carinho e afeição que você poderia ter tido comigo. Certo? Você abriu mão de pegar emprestada minha calça jeans com os bolsos de arco-íris. Desistiu das recomendações de livros, dos cartões de aniversário feitos em casa e dos tacos tarde da noite. E também desistiu da melhor vizinha que já teve, porque definitivamente eu vou me mudar.

Eu podia sentir minha voz tremendo ao tentar fazê-la se sentir mal, listando tudo o que acabara de perder.

Mas, é claro, eu tinha perdido tudo isso também.

— E você *sabia* — prossegui — o quanto ele foi horrível. Você sabia o que ele tinha feito... que tinha me abandonado logo depois que perdi minha mãe. — Dei um suspiro longo e trêmulo. — É isso o que me mata. Você abriu mão de tudo isso... de todas as coisas boas que nós tínhamos... não só por um homem, mas por um homem mau.

— Sinto muito — respondeu Taylor.

— Não me importo.

— Eu não queria perder você — falou Taylor, a voz agora trêmula também.

— Ele vai largar você — ralhei. — Ele largou todas as mulheres com quem ficou. Sabia disso? É sempre ele quem abandona... nunca é o abandonado. E então você vai vir falar comigo e me implorar para te perdoar, mas não vou. Quer saber por quê? Porque eu não posso. Certas coisas quebradas não podem ser consertadas.

Eu estava pronta para que essa fosse minha fala final. Estava pronta para abandoná-la ali, só com o eco daquelas palavras remanescentes. Comecei a me afastar, mas ela me chamou.

— Você está errada.

Eu me virei novamente.

— Ele não vai me deixar. Ele largou todas as outras porque não tinha encontrado a pessoa certa.

Uau. A arrogância.

— Você acha que é a pessoa certa?

— Tenho certeza de que você não era.

Aff.

E aqui, bem aqui, está o problema de ser próximo de outra pessoa. Quanto melhor a pessoa conhece você, melhor consegue te ferir.

— Ele nunca amou você — disse ela então. — Porque você não o deixou entrar.

Como ela ousava se aliar a ele?

— Você não tem ideia do que está falando.

— Pergunte para ele em algum momento. Ele tentou.

Não me surpreendia que Robby tentasse se fazer de vítima, mas Taylor acreditar nele, sim.

Ela realmente precisava me ver como o problema.

Então ela deu de ombros e me encarou.

— Você tem tanta certeza de que é tudo culpa de Robby.

— Sim! E você também devia ter!

— Mas você não vê sua parte nisso tudo.

Como aquilo estava acontecendo? Ela devia me defender. Ela devia se sentir ultrajada e ofendida por minha causa. Era *para isso* que as melhores amigas serviam.

— Como você pode fazer isso? — perguntei, com a voz afundando. — Você era minha melhor amiga.

Taylor negou com a cabeça.

— Nunca fui sua melhor amiga. Eu era sua amiga do trabalho. E o fato de você não saber a diferença? Esse é o seu problema.

CAPÍTULO 12

MAS CONTINUANDO.

Foi como acabei me mudando para o rancho de gado de duzentos hectares do pai de Jack Stapleton, contra tudo o que dizia meu bom senso.

Não que eu tivesse escolha.

Mas, comparado a morar ao lado de Taylor, de repente não parecia algo tão ruim.

Comparado a ficar em nossos apartamentos conjugados, com paredes que pareciam feitas de papel machê, comendo cereal na minha cozinha e ouvindo Robby e a Pior Pessoa do Mundo fazendo waffles do outro lado, comparado a ouvir os dois assistindo a filmes de terror no sofá dela ou pedindo comida, ou indo para a cama juntos à noite... comparado a tudo aquilo, ir morar com o Destruidor era definitivamente um upgrade.

Liguei *do carro* para o senhorio, depois daquela briga com Taylor, para cancelar meu aluguel.

Eu encontraria uma nova casa na internet e a alugaria sem ver. Contrataria uma empresa de mudanças para empacotar meu apartamento inteiro, com a roupa suja e tudo, e levar tudo embora.

Eu partiria em uma missão, e nunca mais iria pôr os pés naquele apartamento.

E me asseguraria de que minha próxima casa alugada tivesse uma lareira funcional, para que eu pudesse desembalar tudo, encontrar todas as coisas que Taylor me dera ao longo dos anos – a camiseta da Mulher-Maravilha, o diário com a capa cheia de glitter escrito "Você é mágica", o livro de fotos dos porcos-espinhos mais fofos do mundo – e jogaria tudo no fogo, um a um, para queimar tudo até que sobrassem apenas cinzas.

Um expurgo. Uma limpeza. Um novo maldito começo.

■■■

Na manhã em que Jack e eu nos mudamos para o rancho dos Stapleton, era Jack quem estava de mau humor.

Como se ele fosse o único que merecesse isso.

A vibe agressivamente indiferente que ele adotava na maior parte do tempo como uma colônia já era. Seus ombros estavam tensos enquanto ele dirigia, sua mandíbula apertada, e sua pressão sanguínea – juro que podia ver do banco ao lado – estava elevada.

Ele mal falou comigo durante a viagem toda. Era o silêncio mais barulhento que eu já ouvira.

Foi só então, na interestadual, no banco do passageiro do carro de Jack, que percebi que Taylor me fizera um favor, de certo modo: ela transformara a ida ao rancho de Jack em uma espécie de fuga.

Perceber aquilo iluminou um pouco o meu humor.

Quando chegamos à ponte sobre o rio Brazos e Jack desceu do carro para atravessar a pé, ele parecia quase nauseado. E, quando enfim paramos diante da casa, o ar ao redor dele estava positivamente estalando de angústia.

Uma fuga para mim. Mas talvez o oposto para ele, embora Kelly não estivesse brincando sobre a revista *House Beautiful*. Era uma casa de fazenda estilo espanhol, dos anos 1920, com telhas vermelhas e primaveras cor-de-rosa florindo por todos os lados. Estacionamos no caminho de cascalho, e, quando desci do carro, uma brisa passou por nós e agitou o vestido ao redor dos meus joelhos nus.

Era uma sensação boa, na verdade.

Acho que as roupas de namorada tinham suas vantagens.

— É tão idílico — comentei sobre a casa.

Jack não respondeu.

Cadê toda aquela coisa de "pense nisso como férias remuneradas"?

De repente, eu podia ver.

Essa não era a casa onde Jack tinha crescido. Mais tarde ele me contou que seus avós vivam aqui quando ele era pequeno, mas, depois que se foram, tornou-se um lugar para fins de semana. Seus pais só se mudaram indefinidamente depois que se aposentaram, e foi quando sua mãe começou a fazer o jardim, e seu pai transformou metade do velho celeiro em uma marcenaria.

Tenho quase certeza de que Jack não disse uma palavra desnecessária enquanto me mostrava os arredores.

Eu estava totalmente encantada com as paredes de estuque, as vigas expostas no teto, as portas arredondadas, o chão de cerâmica vermelha e a coleção de sua mãe de estatuetas de galinhas na entrada. Sem contar os azulejos com pinturas decorativas nos banheiros e na cozinha. Janelas por todos os lados, com a luz do sol e primaveras em todas as vistas. Havia um jardim que parecia se estender para sempre perto de uma varanda lateral coberta com madressilvas, e uma varanda telada maior do que uma sala de estar do outro lado. Era como um lugar encantado de outra época.

Era um dia do fim de outubro, e todas as janelas estavam abertas. A cozinha tinha cortinas de algodão xadrez que pegavam a metade inferior das janelas, uma caixa de pão e um rádio antigo no balcão. Havia um saleiro e um pimenteiro em formato de espigas de milho na mesa. O pai de Jack mantinha um toca-discos no balcão do outro lado da cozinha, e Jack abriu o armário embaixo para me mostrar – em vez de pratos, como alguém esperaria – sua coleção imensa de discos, arrumados por década.

Quero dizer, a situação toda era encantadora.

Exceto, talvez, para Jack.

Eu o segui por uma longa sala de estar, com três sofás arrumados ao redor de uma imensa lareira de estuque, e depois por um corredor que levava aos quartos.

O corredor estava coberto – absolutamente tomado – com fotos de família enquadradas. E metade delas, pelo menos, era de três meninos, com sorrisos grandes e bobos para uma câmera após a outra.

Jack e eu paramos ao ver aquilo.

Como se nenhum de nós tivesse visto antes.

Toquei uma foto de um jovem Jack sobre os ombros de um jovem Hank – enquanto Hank segurava o irmão caçula de cabeça para baixo, pelos tornozelos.

— Este é você com os seus irmãos? — perguntei.

Jack confirmou com a cabeça, enquanto seus olhos viajavam pelas paredes.

— Parece que vocês se divertiam muito.

Jack confirmou com a cabeça novamente.

Então disse, tão baixo que mal consegui ouvir:

— Não vinha para cá desde o funeral.

Jack manteve os olhos nas fotos, e eu também.

A maior parte era de fotos espontâneas. Os meninos ainda pequenos, correndo em um campo de tremoços-azuis. Na praia, brincando nas ondas. Comendo bolas de algodão-doce maiores do que suas cabeças. Depois, mais velhos: altos e magros, usando uniformes de time de futebol americano. Os três plantando bananeira ao mesmo tempo. Balançando peixes em varinhas de pesca. Montando cavalos. No alto de uma rampa de esqui. Jogando cartas. Brincando de basquete. Vestidos para o baile de formatura. Fazendo palhaçadas.

Totalmente comuns.

E de partir o coração.

Bem quando me peguei pensando que poderia admirar aquelas fotos a tarde toda, Jack respirou fundo, abriu a porta de seu quarto e entrou com tudo, como se não pudesse aguentar nem mais um segundo.

Eu o segui lá para dentro.

O quarto de Jack era como o resto da casa – o mesmo chão de cerâmica e paredes de estuque, as mesmas portas-balcão com vista para flores cor-de-rosa vivas, as mesmas portas em arco. Mas, de algum modo, o quarto dele parecia mais masculino. Com mais *couro*. Cheirava a ferro, e tinha uma sela antiga no canto e uma cadeira Eames perto da janela.

— Este é o seu quarto? — perguntei, só para confirmar.

— *Nosso* quarto — Jack corrigiu.

Claro. Íamos dividir o quarto. Éramos adultos, no fim das contas. Adultos em um relacionamento falso.

— Você pode usar a cômoda — disse Jack, largando a mala no chão, ao lado da sela.

— Podemos dividir — falei.

Mas Jack deu de ombros.

— Não faço questão.

Na sequência, olhei para a cama.

— É uma cama de casal?

Jack franziu o cenho, e ficou claro que ele nunca tinha pensado nisso.

— Talvez.

— Você cabe nessa cama?

O menor lampejo de sorriso.

— Meus pés ficam pendurados.

Tinha me ocorrido que havia uma grande chance de que o quarto dele só tivesse uma cama.

E aqui estávamos nós.

— Eu durmo no chão — falei.

Jack inclinou a cabeça, como se não lhe tivesse ocorrido que *alguém* pudesse dormir no chão.

— Você pode dormir na cama — sugeriu, e, no início, pensei que ele fosse me deixar ficar com a cama, até que acrescentou: — Eu divido com você.

Olhei sério para ele.

— Está tudo bem.

— Você percebeu que o chão é de cerâmica?

— Eu dou um jeito. — Certamente era melhor do que o meu closet.

— Entendo se você estiver desconfortável, mas prometo que não vou te tocar.

Eu não queria admitir que estava desconfortável. Era informação restrita. Gesticulei para ele, como se dissesse *Olhe para si mesmo*.

— Nós dois não *cabemos* nessa cama, amigo.

Agora um sorriso verdadeiro e irônico, me deixando feliz por ter levado a conversa para um tópico menos doloroso.

— Já espremi garotas nela antes — disse Jack.

— Eu prefiro o chão — falei, encerrando o assunto.

— Sem chance de eu deixar você dormir no chão.

— Sem chance de eu dormir na sua cama.

— Não sejamos exigentes.

— Acho que estou sendo incrivelmente *não exigente*, na verdade.

Ele pensou naquilo.

— Sim. Você está. Obrigado.

Eu não esperava receber um agradecimento.

— Mas — ele continuou — você vai ficar com a cama.

— Eu realmente não quero — falei.

— Nem eu.

— Tudo bem. Nós dois dormimos no chão.

Jack me observou como se eu fosse estranha.

— Está me dizendo que, mesmo se eu dormir no chão, você *também* vai dormir no chão?

Essa poderia ser minha única área de autonomia em um mês.

— Sim — confirmei. — Eu durmo no chão independentemente de qualquer coisa.

— Você prefere dormir na cerâmica fria e dura em vez de dormir ao meu lado?

— Aposto que você não vê isso com muita frequência.

Jack sorriu como se estivesse impressionado.

— Absolutamente nunca.

— Provavelmente é bom para você — comentei.

Jack deu de ombros, como se dissesse *Talvez seja*. Então – e é possível que um cavalheiro tivesse discutido comigo um pouco mais –, falou:

— Como você quiser.

Com isso estabelecido, olhei ao redor.

Honestamente, eu não tinha ideia do que essa missão representaria para mim. Quase todas as minhas responsabilidades normais tinham sido passadas para a equipe remota, que garantira uma casa de aluguel fora da propriedade, do outro lado da estrada que levava à fazenda, como base de operações. Eles estavam cuidando das câmeras de segurança, monitorando o perímetro da propriedade, vigiando as mídias sociais e fazendo todas as coisas que eu normalmente faria.

Além disso, estávamos em uma ameaça nível amarelo.

E no meio do nada.

Em uma casa cercada por duzentos hectares de pasto. Não havia muito o que fazer. Além de, possivelmente, rastrear a posição do gado.

Quero dizer, bem que poderia ser uma ameaça nível branco.

Férias remuneradas, todos disseram. Mas havia um motivo pelo qual eu nunca tirava férias. Exatamente o que eu devia fazer com o dia todo só para mim?

Tecnicamente, eu estava trabalhando. Só não tinha nenhuma... obrigação.

Mas, antes que pudesse entrar em pânico, houve uma batida na porta tão alta quanto um tiro de espingarda.

Nós dois pulamos de susto.

Ouvimos Hank pela porta.

— Jack, preciso falar com você.

Foi só quando a tensão voltou a tomar conta de Jack que percebi o quanto a brincadeira sobre nossos arranjos para dormir o relaxara.

Até sua postura mudou. Ele endireitou o corpo e saiu do quarto.

Será que eu devia ir atrás dele?

Mas eu não fora convidada.

Em um trabalho normal, quando estava no meu turno, eu sempre mantinha o cliente sob minha vista. O problema é que esse trabalho era tudo menos normal.

Ainda insegura, fui até a cozinha, mas parei quando me aproximei da porta dos fundos. Jack e Hank estavam um pouco adiante, na varanda telada. Eu não conseguia vê-los, mas podia ouvir suas vozes pela janela aberta da cozinha.

E estavam falando sobre mim.

— Você fez isso de verdade — disse Hank. — Realmente apareceu aqui com aquela garota a tiracolo.

— Você parecia bem com isso no hospital.

— Sim. Eu parecia bem com muitas coisas no hospital.

— E o que eu devia fazer? Nossa mãe a convidou.

— Só porque ela achou que você não viria sem ela.

— Nossa mãe estava certa. Eu *não* teria vindo sem ela.

— Você está tornando as coisas mais difíceis para nossa mãe. E nem se importa.

— *Você* está tornando as coisas mais difíceis para ela. E eu me importo muito com tudo isso.

— Ela já não tem o bastante com o que lidar agora?

— Só estou aqui porque ela me pediu para estar.

— Ela quer ver *você*. Não uma desconhecida qualquer.

— Hannah não é uma desconhecida. É minha namorada.

Me encolhi um pouco com a mentira.

— Ela é desconhecida para nós.

— Não por muito tempo.

— Diga para ela ir embora.

— Não posso. Não vou fazer isso.

— Diga para ela ir embora, ou eu chuto vocês dois para fora daqui.

— Te desafio a fazer isso. Desafio você a fazer isso e depois contar para nossa mãe o que fez.

— Isso é assunto particular, de família. A última coisa que nossa mãe precisa agora é ter que fazer sala para uma puta de Hollywood.

Então ouvi um tumulto. E então algo batendo. Dei um passo mais perto, para espiar pelo painel, e vi que Jack tinha empurrado Hank contra uma parede.

— *Alguma coisa* naquela garota parece hollywoodiana para você? — Jack exigiu saber.

É uma coisa e tanto ver dois homens crescidos brigando por sua causa. Mesmo se não for uma briga real. Mesmo que você saiba que a briga, na verdade, é por outra coisa.

Mesmo assim. Prendi a respiração.

Por um segundo, achei que Jack fosse me defender.

— Ela é a coisa mais distante possível de Hollywood — Jack disse, com a voz baixa e ameaçadora. — Você já viu minhas outras namoradas? Viu Kennedy Monroe? Ela não é nada parecida com nenhuma delas. Ela é baixa. Os dentes são tortos. Ela quase não usa maquiagem. Ela não faz bronzeamento artificial, não usa aplique nem tinge o cabelo. É uma pessoa totalmente simples e comum. Ela é a epítome do comum.

Uau. Ok.

— Mas ela é minha. E vai ficar — concluiu.

Eu ainda estava lidando com a "epítome do comum".

Outro tumulto, e Hank afastou Jack com um empurrão.

Dei um passo para trás, para que eles não pudessem me ver. Claro, isso significava que eu também não podia vê-los.

— Tudo bem — disse Hank. — Então acho que vou ter que tornar a vida dela tão miserável que ela vai querer ir embora por conta própria.

— Se você tornar a vida da minha Hannah miserável...

Minha Hannah!

— ... eu vou tornar a sua vida miserável também.

— Você já faz isso.

— Isso é mais com você do que comigo, cara — respondeu Jack.

Hank ainda estava tentando ganhar a briga.

— Estou dizendo que não a quero aqui. Mas não consigo nem lembrar da última vez que você se importou com o que outra pessoa quisesse.

— Você não a quer aqui, mas eu preciso dela aqui. E você também, embora não saiba. Então, dê o fora.

Acho que, com isso, um deles resolveu ir embora, porque a próxima coisa que ouvi foi a porta se fechar. Então, logo na sequência, a ouvi novamente.

Pela janela da cozinha, deu para ver Hank seguindo na direção de sua caminhonete – e Jack seguindo na direção oposta, pela estrada de cascalho, na direção de um matagal ali perto.

O que eu queria fazer... era esconder meu rosto simples, normal e epítome-do-comum.

Tipo *para sempre*.

Mas Jack era meu cliente. E aquele era meu trabalho.

Então eu o segui.

CAPÍTULO 13

QUANDO EU O ALCANCEI, ELE PAROU DE CAMINHAR, MAS NÃO SE VIROU.

— Não me siga.

— Tenho que seguir você.

— Estou dando uma volta.

— Eu percebi.

— Preciso de um momento. Sozinho.

— Na verdade, isso não é relevante.

— Você realmente pensa que é minha namorada ou coisa assim? Não me siga.

— *Você* realmente pensa que eu sou sua namorada? Não estou seguindo você porque quero. Você é meu *trabalho*.

Com isso, Jack começou a caminhar pela estrada de cascalho novamente – seguindo com muito propósito em direção a lugar algum, até onde eu podia dizer.

Eu o deixei avançar uns trinta metros na frente, e então respirei fundo e o segui.

Quando Jack disse que estava dando uma volta, ele não estava brincando. Seguimos os sulcos dos pneus na estrada, atravessando um pasto de vacas, sobre um mata-burros, passando por um celeiro de metal enferrujado e por uma longa colina até uma planície arborizada coberta de trepadeiras.

Eu estava vestida para uma excursão dessas – com meu vestido bordado e tornozelos à mostra?

Não estava.

A cada trinta metros mais ou menos, eu tinha que sacudir os pedregulhos das minhas sandálias.

Desejando realmente ter calçado aquelas botas agora.

Será que Jack sabia que eu o seguia?

Sabia.

Sempre que chegávamos a um portão, ele soltava a corrente e esperava por mim. Então, sem dizer uma palavra, assim que eu atravessava, ele fechava de novo, e voltava a caminhar, e eu esperava educadamente até que ele reestabelecesse nossa distância.

Eu até caminhava no sulco contrário ao que ele usava, só como forma de cortesia.

A estrada descia para as profundezas da mata, e o mato ficou mais alto, e o caminho ficou mais tomado pela vegetação, e, bem quando eu estava tentando me lembrar qual era a aparência da hera venenosa, chegamos a um portão de arame farpado enferrujado e caindo aos pedaços.

Depois dele, a floresta se abria para um amplo céu azul, e percebi que tínhamos chegado à margem do rio.

Conforme me aproximei, Jack me olhou de cima a baixo.

— Está brincando que você saiu com essa roupa.

Olhei para minhas pernas desnudas.

— Tenho botas na casa.

— Devia estar com elas.

— Anotado.

Jack balançou a cabeça.

— Nunca venha para o rio com os tornozelos desprotegidos.

— Para ser justa — comentei —, eu não sabia dessa regra. E nem sabia que nós estávamos vindo para o rio.

Jack se virou e olhou para a distância adiante. A estrada terminava no portão. Dali até a margem do rio era só mato alto – ervas daninhas, amoras silvestres e arbustos de cardo. E não esqueçamos da hera venenosa.

Jack se abaixou e virou as costas na minha direção.

— Suba. Eu te dou uma carona.

— Estou bem, obrigada.

Ainda agachado, Jack começou a contar todas as coisas naquele mato que podiam me atacar:

— Carrapichos, tatus, urtigas, formigas-vermelhas, formigas-negras, formigas-lava-pés, hera venenosa, amoras silvestres, viúvas-negras, aranhas-violinistas, serpentes cabeças-de-cobre, cascavéis, mocassins-d'água...

Ele esperou que eu revisse minha resposta. Eu hesitei.

Então, ele acrescentou:

— Sem mencionar porcos selvagens, linces e coiotes.

Honestamente, ele já tinha me convencido com a parte dos "tatus".

— Tudo bem — falei e subi em suas costas.

Jack enroscou os braços sob minhas pernas e se levantou rápido o suficiente para me deixar atordoada – e eu o agarrei com mais força. Então ele voltou àquele caminhar patenteado de Jack Stapleton que agora, de repente, eu conhecia tão bem.

Seguir assim era mais agradável. Talvez ele me carregasse de volta.

A floresta terminava na margem do rio, assim como a terra. Jack ficou parado na beirada do barranco por um minuto, enquanto nós dois olhávamos o rio lá embaixo e sua interminável praia de areia.

— Aquele é o rio Brazos? — perguntei.

— Sim.

— É mais largo do que pensei. E... mais marrom.

Mas Jack não respondeu. Só começou a descer o barranco até chegarmos na margem.

Ali, ele me fez descer bem rápido, e caminhou na direção da água.

Ele seguia vagamente para o norte, então decidi seguir vagamente para o sul e dar a nós dois algum espaço.

Provavelmente eram sessenta metros até a água em si, e eu deixei a cabeça baixa enquanto caminhava e me maravilhava com todos os diferentes tipos de rochas que salpicavam a areia: pedregulhos marrons, negros, listrados, pedaços de ossos de animais, madeira petrificada e até fósseis. Sem mencionar troncos trazidos pela água, um eventual emaranhado de arame farpado e um número notável de latas velhas de cerveja. Dava para ver por que Jack quis vir até aqui. À nossa frente havia um banco alto com nada além de mato e céu, e tudo ao nosso redor era a brisa infinita trazida pela água corrente, fazendo parecer que estávamos a quilômetros e quilômetros de distância de qualquer lugar.

O que, obviamente, era verdade.

Na margem do rio, tirei as sandálias. Era um dia morno, e toda aquela caminhada atrás dele tinha me deixado com um pouco de calor. A água era mais límpida de perto – e, quando mergulhei os pés, a sensação era ótima. Fresca e agitada, com rodamoinhos refrescantes. A sensação ao redor dos meus tornozelos era tão boa que não demorou para que eu entrasse um pouco mais para o fundo.

Levantei a barra do vestido. Eu realmente não planejava ficar com água acima dos joelhos. Ia só me refrescar por um minuto e desfrutar da sensação, honestamente. Mais alguns passos e eu voltaria para a margem. Mas então algumas coisas aconteceram, todas ao mesmo tempo.

Quando dei o passo seguinte, ouvi um som como se Jack estivesse chamando meu nome, mas estava tão abafado pelo vento que não consegui ter certeza. Eu me virei para olhar, mas, ao fazer isso... o fundo do rio desapareceu.

Não havia... lugar para colocar o pé. Então perdi o equilíbrio e caí com tudo na água.

É sempre um choque cair na água fria quando não se espera, mas havia algo ainda mais chocante na água daquele rio.

Tinha correnteza.

Uma correnteza bem forte.

Uma correnteza forte o bastante para que, quando atingi a água, eu não pudesse voltar à superfície com um chute ou dois... porque a água estava me puxando para o fundo.

Tudo aconteceu tão rápido.

Eu estava me debatendo na água – e, então, segundos depois, minha cabeça estava submersa.

Sinto calafrios de verdade ao pensar nisso agora. Quão perto cheguei de me afogar.

Mas, assim que aconteceu, antes que eu tivesse tempo para entrar em pânico, senti algo duro como metal prender meu braço e me puxar para cima.

Jack.

Ele me arrancou da água, em sua direção, como se fosse algum tipo de máquina, me agarrando pela cintura e me prendendo com um *aff* em seu peito, e então me arrastando de volta para a margem com tanta rapidez que nós dois tropeçamos e caímos na praia arenosa.

Por acaso ele caiu em cima de mim como se estivéssemos em *A um passo da eternidade*?

Sim, isso aconteceu.

Foi, de algum modo, romântico como no filme?

Hum. Não.

Assim que conseguiu, Jack se levantou e saiu pisando duro, me deixando na areia encharcada, atordoada e tossindo.

Quando recuperei o fôlego, falei:

— O que foi aquilo? Uma correnteza?

— *Está de brincadeira?* — ele refutou, com o jeans encharcado das coxas para baixo. — Você acabou de entrar no Brazos? Isso acabou de acontecer?

Eu me levantei e tentei, sem sucesso, limpar a areia das minhas pernas molhadas.

— Por acaso eu... não devia fazer isso?

— Ninguém deve fazer isso! Você não sabe quantas pessoas se afogam neste rio todos os anos?

— Por que eu saberia isso?

— Todo mundo sabe isso! *Nunca nade no Brazos*.

— Antes de mais nada, eu não estava nadando. E, em segundo lugar, não. Não é uma coisa que todo mundo sabe.

Mas Jack estava zangado agora.

— E por quê? Por que você não pode nadar no Brazos? Porque tem areia no fundo, então a correnteza faz redemoinhos, e os redemoinhos esculpem cavernas naquele solo arenoso no rio, e a correnteza rodopia como um tornado líquido... e, se você tiver azar ou for estúpida o bastante para ser pega em um, você está acabada.

— Esse é um conhecimento bastante específico... — comecei a falar, tossindo mais um pouco.

— Então — Jack prosseguiu, como se eu não tivesse falado —, quando os idiotas decidem nadar ou pescar ou *caminhar* na água, a próxima coisa que sabem é que eles são puxados pela ressaca. Famílias inteiras morrem tentando salvar uns aos outros, um a um!

Ele acabou de me chamar de idiota? Tentei decidir se era pior do que ser a epítome do comum.

— Certo. Não era uma correnteza, então.

Olhei para a água, parecendo tão tranquila daqui. Eu ainda podia sentir sua atração, como se fosse um ímã mortal líquido. De repente havia arrepios em meus braços e pernas.

— Assustador — falei, quase para mim mesma.

Minha calma só pareceu deixá-lo mais zangado.

— Assustador? — Jack gritou. — Você está certa! Em que diabos estava pensando?

— Não sei — continuei, agora me virando para ele. — Eu estava com calor? A água parecia agradável?

— Você estava com *calor*? — disse ele, como se me perguntasse por que eu estava bebendo gasolina e minha resposta tivesse sido que estava com sede.

Ele prosseguiu:

— Você tem desejo de morte? Tem? Porque é por isso que o rio se chama "Brazos". De "los brazos de Dios", o que quer dizer "os braços de Deus". E as pessoas acham que é porque os viajantes sedentos ficavam gratos por encontrar água, mas, na verdade, é porque esse rio já afogou tanta gente que é onde *Deus recolhe suas almas.*

Eca. Ok. Aquilo deu uma guinada sombria.

Devo concordar que Jack estava abordando dicas importantes de segurança. Mas, quero dizer, *sério*? Eu estava obviamente meio afogada e superabalada. Ele tinha mesmo que *gritar*?

Não sei você, mas eu só aguento certa quantidade de gritos antes de começar a gritar de volta. Jack queria gritar? Tudo bem. Eu também podia gritar. Podia gritar o dia todo.

— Por que está gritando comigo?! — gritei de volta. Outra primeira vez para mim... gritar com um cliente.

— Porque sim! — Jack respondeu, aos gritos. — Você vai acabar se matando!

— Não de propósito! — gritei de volta.

— Isso não importa depois que estiver morta! — Jack gritou.

— As pessoas caminham na beira da água o tempo todo! — gritei. — É uma coisa totalmente normal de se fazer!

— Não no Brazos!

— Mas eu não sabia disso!

— E, se você afunda, então eu afundo... porque então tenho que ir atrás de você!

— Então não vá atrás de mim!

— Não é assim que funciona! Se você morrer no rio, eu morro no rio! E eu realmente não quero morrer no maldito rio!

Por um segundo, não tive resposta. Não sabia o que dizer. E, naquele segundo, percebi mais uma coisa: estava tremendo. Muito. Com força. De algum lugar bem no meu âmago.

Era mais provável que fosse medo.

Embora não parecesse medo.

Mas talvez eu tivesse me esquecido como era sentir medo.

Normalmente o antídoto para o medo era a preparação – mas eu não estava preparada para nada do que acontecera nessa semana, desde ver meu trabalho se transformar em algo que eu nem sequer reconhecia, passando por ir morar com um bando de estranhos, perder minha melhor amiga, acabar no meio de um "odiofest" entre Jack e seu irmão, ser chamada de "comum", quase me afogar, até – agora – ter alguém gritando comigo de um jeito que não acontecia havia anos.

Era demais.

De repente, era demais.

— O que você acha que eu sou? — eu quis saber. — Algum tipo de historiadora das vias navegáveis do Texas? Como, exatamente, eu ia saber que esse é um *rio da morte*? Estou só ganhando a vida na cidade, tentando uma vaga para Londres, para a Coreia ou para qualquer lugar que, literalmente, *não seja o Texas*, e de repente tenho que me mudar para um rancho que cria gado e atuar nesse reality show maluco com você e a sua família? Eu não queria esse trabalho, não pedi, e agora estou presa nele, sem ter como escapar durante semanas sem fim! Então talvez você possa me avisar se eu estiver prestes a me matar sem querer, ou a matar outra pessoa...

E bem aqui minha voz falhou.

Bem aqui eu perdi o controle da "raiva" e minhas emoções meio que desmoronaram. Quando terminei de falar "em vez de simplesmente gritar comigo no meio do nada como um babaca", minha voz parecia falhar até mesmo para mim.

Paralisei, e Jack também, enquanto nós dois registrávamos o fato de que eu tinha acabado de chamar meu empregador de babaca.

Eu teria gostado de ir embora naquele exato momento, em um gesto de autorrespeito, mas tudo em mim tremia, incluindo as pernas.

Sem nem mesmo pensar, estendi a mão para segurar meu alfinete com miçangas. Eu só queria um toque rápido naquela pequena fagulha de conforto que sempre sentia quando tocava as miçangas.

Mas ele não estava lá.

Meu pescoço estava nu. O colar tinha sumido também.

— Ei — falei, olhando para o chão. — Onde está meu alfinete?

— Seu o quê?

Apalpei o pescoço, como se pudesse achá-lo se continuasse tentando.

— Meu alfinete. Com as miçangas. Ele sumiu.

Será que tinha caído na água? Estava em algum lugar na praia? Comecei a procurar na areia.

— Aquele alfinete colorido que você sempre usa? — ele perguntou, esquecendo que estávamos brigando e começando a procurar também.
— Deve ter caído — eu disse.

Caminhei pela praia, refazendo todos os meus passos. Eu tinha sentido calor depois da caminhada até aqui, mas agora, depois do susto no rio, eu sentia o contrário. Estava encharcada, com frio e não conseguia parar de tremer. Mas eu não me importava.

Enquanto procurávamos, todo o comportamento de Jack suavizou.
— Vamos encontrar. Não se preocupe — disse ele, acrescentando: — Sou muito bom em encontrar coisas.

Ergui os olhos e, ao fazer isso, percebi como a praia era vasta – se comparada com um alfinete. Essa praia era tipo *infinita*. Nunca iríamos achá-lo.

E então eu fiz o que qualquer pessoa faria, acho, naquela situação. Comecei a chorar.

Jack nem hesitou. Ele diminuiu a distância entre nós, envolveu os braços no meu corpo molhado, trêmulo e estranhamente abalado e os manteve ali por um minuto. Então se afastou, tirou a camisa de flanela que usava por cima da camiseta, colocou-a em mim, abotoou-a e voltou a me abraçar.

— Sinto muito. — Ele se solidarizou, e agora eu ouvia sua voz abafada pelo seu peito. — Sinto que tenha perdido seu alfinete, sinto que tenha quase se afogado e sinto por ter gritado com você. Eu devia ter avisado você. Foi completamente minha culpa. É que você me assustou, foi só isso.

Ele estava acariciando meu cabelo? *Jack Stapleton* estava acariciando meu cabelo?

Ou será que era só o vento?

Ele me abraçou daquele jeito por um longo tempo, ali na praia. Ele me abraçou até que minhas lágrimas secaram e eu parei de tremer. Outra primeira vez: era a primeira vez que um cliente me abraçava. E a primeira vez que eu permitia isso.

E, por mais brava com ele que eu ainda estivesse, eu também não me importava.

Ele parecia ter um talento especial para isso.

•••

Jack acabou me carregando nas costas por todo o caminho de volta para a casa.

No início ele ia só me tirar da margem do rio, atravessar o pedaço com mato alto e me colocar no chão na estrada de cascalho.

Mas, assim que chegamos lá, ele simplesmente continuou andando.

— Já estou bem agora — falei, com as pernas balançando. — Você já pode me soltar.

— Esse é meu exercício físico do dia.

— Eu posso andar. Estou bem.

— Eu gosto de carregar você. Eu devia começar a fazer isso o tempo todo.

— Eu sei andar.

— Tenho certeza que sim.

— Então me coloque no chão.

— Acho que não.

— Por que não?

— Principalmente porque está ficando escuro, e muitas coisas que mordem saem no entardecer. Você não vai conseguir ver onde está pisando. E está com as pernas peladas, como uma amadora.

— Já concordamos que não foi minha culpa.

— Então o que estou fazendo agora é protegendo você, cavalheirescamente, do perigo.

— Ah.

— Além disso, me sinto mal por ter feito você chorar.

— Você *não* me fez chorar.

Jack fez uma pequena pausa, como se dissesse *Como queira*. E continuou:

— Além disso, é divertido.

— Então você não vai me colocar mesmo no chão?

— Não, não vou.

É claro que, à medida que avançávamos, eu não podia deixar de avaliar os aspectos de segurança da propriedade. Minha atividade cerebral padrão. Fiz mapas mentais do layout, incluindo potenciais esconderijos para pessoas mal-intencionadas, potenciais rotas de fuga e áreas para monitorar.

Tudo, é claro, antes que Jack me contasse que seus pais nunca trancavam as portas à noite.

— Ah, meu Deus, você precisa convencê-los do contrário!

— Estou tentando fazer isso há anos.

Nada bom. Eu ia destacar aquilo no meu registro da noite.

Mesmo assim, muitas das minhas ansiedades habituais pareciam estranhamente silenciadas nas costas de Jack Stapleton. Talvez fosse o ritmo de seus passos. Ou a sensação aveludada de sua camisa de flanela ao meu redor. Ou a solidez de seu ombro sob meu queixo. Ou aquele cheiro de canela que parecia segui-lo em toda parte.

Ou talvez fosse objetivamente difícil se preocupar com qualquer coisa quando se se caminha sendo carregado nas costas de alguém.

Eu conseguia sentir os músculos das costas dele se mexendo e se contraindo a cada passo, em especial quando subimos a colina. Eu podia senti-lo respirando pela caixa torácica. Podia sentir o calor de seu corpo onde estávamos encostados.

Não vou mentir. Era bom.

Bom demais, talvez.

— Você realmente pode me colocar no chão — falei.

Mas não adiantou.

— Estamos quase chegando — rebateu Jack.

Então acho que eu não tinha escolha além de ficar ali e desfrutar.

CAPÍTULO 14

UM PRIMEIRO DIA DOS INFERNOS.

Naquela noite, como prometido, dormi no chão.

Jack encontrou um tapete de ioga no armário do corredor, e eu dobrei alguns cobertores em cima dele.

Estava tudo bem. Eu estava bem. Eu ficava confortável no desconforto. Pelo menos não estava dormindo no closet.

Eu já tinha dormido em um milhão de lugares estranhos – corredores, telhados, até em um elevador quebrado certa vez. O que eu não tinha feito, no entanto, era dormir *em um quarto com Jack Stapleton*.

Um pouco desconcertante. Não vou mentir.

Você gostaria de saber o que Jack Stapleton faz com o travesseiro quando dorme? Ele não apoia a cabeça nele, como gente normal faz. Ele enfia o travesseiro embaixo do corpo, verticalmente, como uma prancha de surfe, e envolve o corpo nele.

E quer saber o que ele usa como pijama?

Calça de moletom folgada e uma camiseta regata agressivamente colada.

Mas o que ele faz com as roupas sujas quando veste o pijama?

Deixa espalhadas no chão do banheiro.

Dei de cara com isso quando foi minha vez de me trocar e encontrei suas botas enlameadas, as meias sujas, a camiseta que ele usara o dia todo e a calça jeans ainda úmida – com o cinto ainda no cós e a cueca ainda dentro – largadas no chão, posicionadas quase como se tivessem uma forma humana, como um tapete de pele de urso feito com a roupa suja de Jack Stapleton.

Quero dizer, tive que passar por cima de tudo isso para chegar até a pia e escovar os dentes.

Quando saí do banheiro, Jack estava sentado na beira da cama. Ele ergueu os olhos.

Eu o encarei, como se dissesse *Que diabos?*

E ele franziu o cenho de volta, tipo *O quê?*

Então apontei para o chão do banheiro e falei:

— Você pode dar um jeito naquilo?

Mas Jack apenas inclinou a cabeça.

— Ei — falei. — Este é um espaço compartilhado. Você não pode deixar sua bagunça espalhada pelo chão.

Mas Jack me olhava de alto a baixo.

— Alô? — chamei.

— É com isso que você vai dormir?

Olhei para minha roupa.

— Hum. Sim?

— É com isso que você sempre dorme?

Ergui os olhos, como se dissesse *O que foi?*

— Às vezes.

— Eu nem sabia que ainda faziam essas coisas.

Olhei novamente para baixo.

— Camisolas?

— Quero dizer — disse Jack, e agora ele estava olhando para mim como se eu fosse engraçada. — Você parece uma criança da era vitoriana.

— É uma camisola — repeti. — É uma peça normal de roupa com a qual os humanos dormem.

— Não.

— As pessoas usam camisolas, Jack.

— Não como essa. Não usam, não.

— Ei — falei. — Não estou tirando sarro do que você está usando.

— O que eu estou usando é normal.

Eu me virei na direção do espelho do quarto e olhei minha aparência. Algodão branco. Mangas curtas. Um babadinho acima dos joelhos.

— Eu *não* pareço uma criança da era vitoriana. Uma criança da era vitoriana usaria laços e fitas. E uma touquinha na cabeça.

— Mas está quase lá.

— Eu só estava tentando usar roupa de dormir digna de uma namorada.

— Nunca tive uma namorada que usou nada parecido.

— Provavelmente suas namoradas dormiam de tanga.

— No máximo. — Jack deu um suspiro exagerado e olhou para o céu, como se lembrasse da cena com carinho.

Verifiquei meu reflexo novamente.

— Isso parecia ser a escolha mais profissional para dormir entre minhas opções — falei, em minha própria defesa.

— Mas... quero dizer... essa camisola é sua?

— Claro que é minha. Você acha que a roubei?

— Sim. De uma avozinha de noventa anos.

Agora eu estava irritada. Ele já tinha me chamado de várias coisas ofensivas hoje, desde "simples" até "idiota", passando por "epítome do comum". Agora estava me chamando de "avozinha"? Na minha cara?

De algum modo, esta foi a melhor resposta na qual consegui pensar:

— Acho que você não está em posição de me criticar, senhor roupa-espalhada-pelo-chão.

Aquilo devia causar mágoa, mas Jack simplesmente começou a gargalhar.

Tipo a gargalhar de verdade – os ombros balançando e tudo mais.

— Que ofensa terrível — zombou ele. — Acho que foi a pior ofensa que eu já ouvi.

— Não é engraçado — falei.

— Desculpe — disse ele, virando de bruços e pressionando o rosto na colcha. — Mas é engraçado demais.

— Ei! — repreendi. — Ninguém quer ver suas cuecas.

— Na verdade — comentou ele, sentando-se novamente e tentando fazer uma expressão séria. — As pessoas pagam um bom dinheiro para ver minha cueca.

— Não sua cueca *suja*. No chão do banheiro!

Mas ele só fez um sinal com a cabeça, como se dissesse *Acredite em mim quando lhe digo isso*.

— Você ficaria surpresa.

— Bem — comecei, sentindo necessidade de ter razão — não sou uma dessas pessoas.

— Eu sei. E é disso que gosto em você.

Será que ele estava tentando escapar de ter que arrumar sua bagunça me bajulando? Tentei novamente.

— Vou perguntar de outro jeito. Por acaso sou sua empregada?

Quanto mais ele tentava manter a expressão séria, mais seu rosto parecia lutar contra isso.

— Já deixamos isso definido no primeiro dia.

— Então nós podemos concordar que eu não vou fazer você interagir com minhas roupas íntimas sujas e você não vai me fazer interagir com as suas. Tudo bem?

— Ok — disse ele, tentando manter o rosto sério. — De acordo.

Mas agora ele estava com uma crise de riso.

Jack Stapleton estava tendo uma crise de riso.

Ele caiu de costas na cama.

— Vá — falei, me aproximando dele e empurrando seu ombro para obrigá-lo a sair da cama. — Vá pegar sua roupa suja.

Ele resistiu por um segundo, então empurrei com mais força. De propósito, ele cedeu rápido, e eu caí no chão – aterrissando na minha cama improvisada.

Tudo bem para mim. Já era hora de dormir mesmo.

— E não deixe a pasta de dente destampada — mandei. — Ou por acaso você tem cinco anos?

— O banheiro é meu.

— É nosso agora.

∎∎∎

Quando Jack voltou para o quarto, eu já tinha apagado todas as luzes, e ele tropeçou em mim no caminho até a cama.

— Cuidado!

— Desculpe.

Ele entrou embaixo das cobertas e deixou a cabeça pendurada na lateral para conversar comigo como se estivéssemos em uma festa do pijama.

— Você pode dormir na cama, sabe?

— Não, obrigada.

— Me incomoda o fato de você dormir no piso de cerâmica.

— Supere isso.

— Nós podíamos construir tipo uma parede de travesseiros no meio, como uma barreira.

— Estou bem aqui.

— E se a minha mãe entrar no quarto e encontrar você dormindo no chão?

Eu não tinha visto a mãe dele desde que chegamos.

— Por acaso a sua mãe entra no quarto do filho adulto dela sem bater na porta?

— Provavelmente não. Bem pensado.

— E, mesmo se ela fizer isso, nós podemos dizer que tivemos uma briga. O que é verdade.

— Não estamos brigando — contestou Jack. — Estamos brincando.

— É isso o que nós estamos fazendo?

A lua saiu detrás das nuvens e o quarto se iluminou um pouco. Eu podia ver o rosto de Jack por sobre o meu. Ele ainda estava olhando para baixo.

— Obrigado — disse ele, então.

— Por quê?

— Por vir para cá e fazer isso, mesmo contra a sua vontade. E por não se afogar hoje. E por usar essa camisola ridícula.

Eu virei de lado para ignorá-lo, mas ainda podia senti-lo me observando. Depois de um tempo, ele continuou:

— Eu tenho pesadelos de verdade, sabe? Peço desculpas antecipadamente se acordar você.

— O que eu devo fazer se você tiver um? — perguntei.

— Simplesmente ignore — pediu Jack.

Muito mais fácil falar do que fazer.

— Vou dar o melhor de mim.

CAPÍTULO 15

JACK NÃO ESTAVA NO QUARTO QUANDO ACORDEI NA MANHÃ SEGUINTE – SUA CAMA ERA UM EMARANHADO DE LENÇÓIS e cobertores, como se ele tivesse passado a noite toda mergulhando ali.

Onde ele estava? Estava claramente dito no manual que ele devia permanecer comigo ou perto de mim todo o tempo. Ele não devia sair de fininho enquanto eu ainda estava dormindo.

Eu me vesti – com calça jeans e bota dessa vez – e fui atrás dele. Na cozinha, em vez de Jack, encontrei sua mãe e seu pai.

E os dois estavam adoráveis.

A mãe estava sentada à mesa com um robe de chenile, e o pai estava do outro lado da cozinha, usando o avental floral da esposa, parado diante do fogão, torrando bacon. Havia fumaça por todo lado. O exaustor funcionava de um jeito meio "tarde demais", e aquele homenzarrão agitava o avental de babados, impotente diante de toda a situação.

Será que Connie Stapleton podia rir daquele jeito? Era a primeira vez que eu a via desde a cirurgia. Será que era seguro para os pontos?

Claro que ela era bem mais sutil do que ele.

Quero dizer, agora Doc Stapleton dobrava o corpo na altura da cintura.

Ele precisou de um minuto para se recompor. Então levantou as tiras negras como carvão da frigideira e as trouxe até a esposa, bem ciente de que o bacon devia ter uma cor totalmente diferente.

— A culpa é do fogão — disse Doc.

— Também acho — concordou Connie, dando tapinhas nas costas da mão do marido.

Então, com generosidade memorável, ela partiu um pedaço enegrecido, colocou-o na boca e disse:

— Não está tão ruim.

Como se o bacon queimado realmente fosse um incompreendido.

Eu me senti tão tímida parada ali na porta, quando algo totalmente surpreendente me atingiu: aquelas pessoas *tinham um casamento feliz*. Tudo na linguagem corporal delas – suas expressões faciais, o jeito como estavam gargalhando – confirmava isso.

Um casamento feliz.

Quero dizer, você ouve falar de pessoas assim. Na teoria, elas existem. Mas tenho certeza absoluta de que nunca havia visto nada assim antes.

Era como vislumbrar um unicórnio.

Comecei a recuar. Eu definitivamente não pertencia àquele lugar.

Mas foi quando Doc ergueu os olhos e me notou parada ali.

Connie seguiu seu olhar.

— Ah! — disse ela, toda carinhosa e acolhedora. — Você acordou!

Não dava para escapar agora.

Sabendo tudo pelo que Connie acabara de passar, e sabendo, também, quão intrusa eu realmente era, de repente desejei como louca que Jack estivesse ali para abrandar o momento.

E, então, como se tivesse me ouvido de algum modo, a porta da cozinha se abriu e Jack entrou – parecendo viril e desgrenhado de camisa xadrez e calça jeans – com os óculos um pouco tortos.

Ele também tinha uma bolsa de golfe pendurada no ombro.

— Você está em pé — disse ele para mim, como se não houvesse mais ninguém no aposento.

Doc olhou para Jack.

— Estava jogando bolas de golfe no rio?

— Todas as manhãs — respondeu com um pequeno aceno de cabeça.

— Bolas de golfe? — perguntei. — No rio? Não é, tipo, prejudicial ao meio ambiente?

Jack negou com a cabeça.

— Está tudo bem. — Então se aproximou da mãe e lhe deu um beijo no alto da cabeça. — Oi, mãe. Como está se sentindo?

— Em recuperação — respondeu ela, levantando a xícara de café na direção dele, como se fizesse um brinde.

Jack pareceu registrar meu desconforto. Veio direto na minha direção, me puxou pela mão até a mesa do café, fez com que eu me sentasse, sentou-se bem ao meu lado e envolveu o braço ao redor dos meus ombros.

Acho que chamam isso de dominar o ambiente.

Eu permaneci muito quieta – surpresa em ver como ordenar a mim mesma para *relaxar e agir de forma casual* tinha o efeito contrário.

Jack respondeu à minha rigidez com o oposto. Joelhos abertos. Braço lânguido e pesado. Voz tão suave quanto leite achocolatado.

— Você está incrível hoje — disse ele. E eu mal percebi que ele estava falando comigo antes que pressionasse o rosto na curva do meu pescoço e me cheirasse com vontade. — Por que você sempre cheira tão bem?

— É sabonete de limão — respondi, um pouco atordoada. — É aromaterapêutico.

— Eu que o diga.

Claro que eu sabia o que ele estava fazendo. Estava compensando minha péssima atuação. Eu claramente tinha algum tipo de pânico de palco, então ele estava atuando duas vezes mais para compensar.

Ele realmente era bom.

O calor em sua voz, a intimidade de sua linguagem corporal, o jeito como ele me encarava como se estivesse me devorando com o olhar...

Não era de estranhar que eu tivesse visto *Bem que você gostaria* tantas vezes.

Eu tinha visto tantas desvantagens em vir até aqui. Tinha me preocupado com o tédio de estar de serviço, ficar sem ter o que fazer. Tinha me preocupado com a dificuldade de tentar fazer meu trabalho enquanto fingia não fazê-lo – e o que isso poderia significar para meu desempenho. E tinha me preocupado em não ser uma atriz convincente.

Só não tinha me ocorrido que eu tinha que me preocupar com Jack.

Naqueles poucos minutos logo depois que ele entrou, enquanto ele atuava para nos mostrar com um casal genuíno e apaixonado diante de sua família... era exatamente o que parecia que éramos.

Eu também acreditei, é o que estou dizendo.

Senti como se ele estivesse feliz em me ver. Senti como se ele estivesse desfrutando estar ao meu lado. Senti como se ele gostasse de mim.

Ele parecia exatamente, convincentemente e dolorosamente um homem apaixonado.

Aí, não!

Como eu conseguiria atravessar quatro semanas sem ficar traumaticamente confusa? Eu não conseguia nem por quatro *minutos*.

Nesse instante, Hank entrou na cozinha, fechando a porta de tela atrás de si. Em vez de se sentar à mesa, ele se recostou no balcão e olhou feio para o casalzinho romântico.

Essa reação me foi útil. Eu podia focar aquilo.

A mãe de Jack não pareceu ter notado Hank. Ela se inclinou na nossa direção e pediu:

— Contem como vocês dois se conheceram.

Já tínhamos isso planejado.

Jack olhou para Hank por um segundo antes de voltar toda a sua atenção para a mãe. Então, serviu-se de uma xícara de café da cafeteira e disse, em uma voz amistosa:

— Ela é fotógrafa. Foi até minha casa, nas montanhas, para fotografar nosso famoso alce albino.

Olhei de relance para Jack. Aquele alce albino de última hora estava forçando um pouco a barra.

Hank tampouco acreditou. Ele cruzou os braços por sobre o peito.

— Você tem um alce albino? — Doc perguntou.

Jack assentiu com a cabeça.

— Muito esquivo. — Ele gesticulou na minha direção. — Ela estava tentando fazer um ensaio fotográfico com ele, mas não conseguiu encontrá-lo.

— Que pena — comentou Connie.

— Mas eu a ajudei a procurá-lo por bastante tempo. — Jack deu uma piscadela para a mãe.

— Você foi gentil em fazer isso — falou Doc.

— Não foi gentileza — disse Jack. — Foi puro interesse.

Hank deu uma risada.

Jack o ignorou.

— Porque foi amor à primeira vista.

Jack se virou na minha direção e me deu o olhar mais sonhador, mais apaixonado que eu já vira. Então prendeu uns fios do meu cabelo atrás da minha orelha.

— Eu só queria uma desculpa para ficar perto dela. — Ele se recostou e cruzou as mãos atrás da cabeça, como se estivesse recordando. — Vi aquela mocinha mal-humorada e baixota sair da Land Rover com suas quinhentas câmeras, e eu simplesmente soube.

Franzi o cenho.

— Você me chamou de "baixota"?

— No bom sentido, baixotinha — gracejou Jack.

Estreitei os olhos na direção dele.

— De um jeito adorável — Jack insistiu. — De um jeito adorável, irresistível, tipo "como posso prender essa mocinha na minha cabana na montanha".

— Então ele se virou para os pais, me agarrando em uma chave de braço que bagunçou meu coque já bagunçado, e disse: — Olhem como ela é fofa.

— Não sou baixota — falei, impotente.

A mãe de Jack estava totalmente a bordo. Ela se inclinou para a frente:

— O que você mais gosta nela?

Jack me soltou e deixou que eu me recostasse.

— Gosto desses fios de cabelo que nunca ficam presos no coque. E como ela parece um gato molhado quando está brava. E, na verdade — disse ele, como se lhe acabasse de ocorrer —, gosto quando ela *fica* brava. Ela fica brava o tempo todo.

— Você gosta que ela fique brava? — perguntou Doc Stapleton, como se o filho estivesse com uns parafusos soltos.

— Gosto — garantiu Jack. — As pessoas não ficam bravas de verdade com você depois da fama. No começo é ótimo, mas depois de um tempo parece que você vive em um planeta sem gravidade. — Ele pensou naquilo por um instante. Então se virou novamente para mim: — Mas não a minha baixotinha! Uma meia no chão e lá vem a cara de gata brava. Adoro isso.

Olhei feio para ele por debaixo do meu cabelo bagunçado.

Ele apontou para meu rosto, com ar de admiração.

— Aí está, agora mesmo.

Connie estava adorando isso. Ela se virou para mim:

— E você? O que mais gosta em Jack?

Eu não estava preparada para essa pergunta. Mas uma resposta simplesmente apareceu na minha mente.

— Gosto que ele me agradece o tempo todo. Por todo tipo de coisa. Coisas pelas quais eu nunca esperaria que alguém me agradecesse.

Olhei de relance para Jack, e pude perceber que ele sabia que eu tinha dito algo verdadeiro.

Ele me estudou por um segundo, parecendo deixar o personagem de lado. Então pegou um pedaço de papel-toalha da mesa e arremessou no lixo da cozinha como se estivesse fazendo um lance – e errou.

Ficamos olhando para o papel caído no chão.

Então Hank me perguntou:

— O que você menos gosta nele?

— Menos? — Eu tampouco estava preparada para essa. Mas outra resposta apareceu como mágica: — Essa é fácil. Ele deixa a roupa suja toda espalhada pelo chão. — E acrescentei: — É como se fosse o Juízo Final, e Jack tivesse sido o primeiro a ser levado.

Meio segundo de silêncio, então todos eles – até Hank – caíram na gargalhada.

Quando pararam de rir, Connie disse para Jack:

— Querido, não acredito que você ainda faz isso.

Mas, enquanto ela dizia aquilo, Hank começava a sair da cozinha, o rosto sério novamente, como se não quisesse rir e agora estivesse arrependido. Ele foi até a porta e colocou a mão na maçaneta.

— Você vai embora? — perguntou Connie, em um tom de voz que dizia *Estamos todos começando a nos divertir*.

— Tenho trabalho para fazer — disse Hank.

Connie lhe deu um olhar tipo *Sério?*, e Hank explicou:

— Vou começar a mexer no barco hoje.

Pela reação de Connie, aquilo era sério

E chamou a atenção de Jack também.

— *O barco?* — perguntou ele.

Connie confirmou com a cabeça.

— Eu falei para seu pai na outra semana que, se eles não se ocupassem com isso, eu ia vender no eBay.

Jack assentiu. E então se virou para olhar para Doc.

— Quer ajuda?

Mas Hank deu meia-volta, como se não pudesse acreditar no que Jack acabara de dizer.

— O quê?

Todo o humor do aposento ficou rígido, mas Jack manteve seu jeito de ser amigável e relaxado:

— Estou oferecendo ajuda para construir o barco.

— Você está oferecendo — começou Hank, como se pudesse não ter ouvido corretamente — ajuda para construir o barco de Drew?

Jack manteve o olhar firme em Hank.

— É melhor que deixar a nossa mãe vendê-lo no eBay, certo?

— Não — rebateu Hank.

— Querido — Connie disse para Jack —, nós sabemos que você tem boa intenção...

Doc soltou um suspiro trêmulo.

— Provavelmente não é uma boa ideia, filho.

Diante do consenso, Jack ergueu as mãos.

— Eu só estava oferecendo — disse Jack.

Foi quando Hank deu um passo mais para perto do irmão.

— Bem, não faça isso.

Jack estava parado agora, toda falsa afabilidade congelada.

— Não fale do barco — disse Hank agora, olhando feio para Jack. — Não chegue perto do barco. Não toque o barco. E, pelo amor de Deus, nunca mais ofereça ajuda para construí-lo.

Com isso, Jack ficou em pé e se aproximou do irmão.

— Quando você vai deixar isso pra lá, cara?

Eles estavam se encarando como se estivessem em uma disputa para ver quem piscava primeiro quando Hank notou o colar de couro na base da garganta de Jack. Ele fixou os olhos ao ver aquilo.

— O que você está usando?

— Acho que você sabe o que é.

— Tire.

Mas Jack negou com a cabeça.

— Nunca.

Com isso, Hank estendeu a mão, como se pudesse tentar arrancar o colar. Mas Jack o impediu.

— Não me toque, cara.

— Tire isso — Hank exigiu novamente. E então os dois estavam brigando. Não com socos, exatamente, mas agarrando um ao outro, lutando, perdendo o equilíbrio, batendo nos armários da cozinha. Uma briga bastante padrão para pessoas que não costumam brigar.

Doc Stapleton e eu fomos imediatamente separá-los. Doc afastou Hank e eu torci o braço de Jack para trás como uma profissional, antes de me preocupar que aquilo pudesse me entregar – e então fingi um abraço desajeitado.

Quando interrompemos o ímpeto deles, os dois rapazes se afastaram, respirando pesado e olhando feio um para o outro.

Foi quando Connie disse:

— Chega!

Os dois abaixaram os olhos.

Hank resmungou:

— Você viu o que ele está usando?

— Não me importa o que ele está usando — interveio Connie. — Me importa o que vocês estão fazendo.

— Ele nunca vai tocar naquele barco.

— Tudo o que ele fez foi oferecer ajuda — falou Connie. Então, como se Hank pudesse não ter compreendido as palavras: — *Ele quer ajudar*.

— Não quero a ajuda dele.

— Sim, você quer. Muito mais do que imagina.

Uma pausa.

Connie prosseguiu.

— Quando eu descobri que estava doente, posso dizer como me senti? Eu me senti feliz. Pensei *Ótimo*. Pensei *Talvez o câncer seja ruim o bastante*. Talvez isso, por fim, obrigasse todos nós a perceber que não podemos continuar desperdiçando nosso tempo. E, quando vi todos vocês depois da cirurgia, e todo mundo estava se dando bem, pensei que talvez, apenas talvez, finalmente fôssemos achar um jeito de ficarmos bem. Bom, acho que eu estava errada.

Os rapazes não ergueram os olhos.

Connie analisou Hank por um segundo, como se estivesse pensando. Então disse para ele:

— Quero que você se mude para casa também.

Hank ergueu os olhos.

— Como?

— Quero que você se mude para o seu quarto. Aqui em casa. Fique até o Dia de Ação de Graças.

— Mãe, eu tenho minha...

— Eu sei — falou Connie.

— Não vai ser...

— Concordo — disse Connie. — Mas não sei mais o que fazer, e não temos tempo para descobrir.

Hank olhou para o chão, cutucando um ponto com a bota.

— Traga suas coisas até a hora do jantar — Connie concluiu. — Vocês dois vão encontrar um jeito de se darem bem... ou vão se matar tentando.

CAPÍTULO 16

MUITA COISA PARA PROCESSAR AQUI.

Depois que os irmãos saíram batendo o pé em direções opostas, e Doc ajudou Connie a voltar para a cama, para descansar, eu me peguei sentada na rede cadeira sob o carvalho, percebendo uma coisa bem simples.

Eu tinha que me demitir.

Não eram os problemas de saúde de Connie. Eu já tinha lidado com pessoas doentes antes. E não era a rixa misteriosa entre os irmãos. Todas as famílias tinham segredos.

Era Jack.

Minha expectativa era que ficar perto dele na vida real fosse decepcionante – que, sem um cabeleireiro e um roteirista para escrever seus diálogos, ele perderia o apelo. Por mais que eu não quisesse deixar a fantasia de lado, também sabia que era o único jeito de cumprir essa missão direito.

Eu estava contando que a realidade fosse pior que a fantasia.

Mas a realidade... era *melhor*.

Esse era o problema. Por mais hipnotizante que a versão de Jack em celuloide fosse, o cara verdadeiro – o que deixava as roupas no chão e tirava sarro da minha camisola, me levava de cavalinho e morria de medo de pontes – era melhor.

E fosse por causa daqueles olhos sorridentes dele, ou porque eu não tinha nenhuma das minhas atividades incansáveis habituais para me manter distraída, ou porque já estava encantada por ele quando não tinha ideia do que encontraria na vida real – não importava.

O fato era que nenhuma das minhas defesas usuais funcionava.

Quando ele me olhou como se estivesse apaixonado, minhas entranhas derreteram. Tudo que eu li em seu rosto que era fingimento... eu sentia como se fosse de verdade.

Ele estava fingindo todos aqueles sentimentos – mas eu os sentia. De verdade. E, não importa qual é seu nível de habilidade, ou quanto você se preocupa com sua reputação profissional, ou o que seu chefe mandou você fazer, ou que outras regras você pode ser capaz de quebrar e se safar depois... você não pode – absolutamente não pode – ter uma queda pelo seu cliente.

Esse é um dos princípios da Proteção Executiva.

Se eu tivesse que confessar isso para Glenn, confessaria. Ele respeitaria minha decisão de fazer a coisa certa e colocar o cliente em primeiro lugar.

Pelo menos eu realmente esperava que isso acontecesse.

∎∎∎

Demissão.

O fim do meu emprego. O fim da minha carreira também, provavelmente. Mas não dava para evitar.

O amor faz você confundir as coisas. O amor nubla seus julgamentos. O amor te atrapalha com a saudade.

Ou é o que dizem.

Isso não aconteceu entre mim e Robby... mas – e só estava me ocorrendo agora – talvez aquilo não fosse amor? Porque o que quer que estivesse acontecendo com Jack Stapleton era muito mais desestabilizador.

Eu não entendia, mas uma coisa era clara. Era complexo o suficiente para fazer coisas bem simples.

Eu precisava dar o fora daqui.

Saltei da rede, fiquei em pé e comecei a caminhar pela estrada de cascalho na direção da casa de vigilância. Eu iria até lá, ligaria para Glenn e pediria demissão. Fácil. Mas eu só estava no meio do caminho quando ouvi um som inconfundível. O barulho de um rifle disparando.

Parei imediatamente.

Dei meia-volta.

Outro tiro.

Vinha de trás do celeiro.

Comecei a correr naquela direção, saltei a cerca e, ao fazer isso, ouvi um terceiro tiro.

O que estava acontecendo? Quem estava atirando? Será que a stalker criadora de corgis tinha nos encontrado? Tinha resolvido atirar? Tinha rastreado Jack até uma ravina aleatória no meio de duzentos hectares de nada? Enquanto saía em disparada pelo campo, tropeçando em formigueiros e arbustos de cardo, fiz uma lista mental de possibilidades do que eu estava prestes a encontrar – e um conjunto completo de planos de contingência para lidar com cada uma delas.

Por que Glen não tinha me autorizado a trazer uma arma mesmo?

— Você não vai precisar — ele tinha prometido.

Tarde demais agora.

O que quer que eu encontrasse naquela ravina, teria que pensar rápido e descobrir alguma coisa.

Se Deus quisesse.

Mas o que encontrei ali não foi uma criadora de corgis louca. Ou um Jack Stapleton coberto de sangue.

Era o doce e gentil Doc Stapleton, patriarca residente. Com um rifle de ação de alavanca. Atirando em garrafas.

Quando cheguei ao topo da ravina e o vi, estava perto o bastante para que ele me escutasse. Ele se virou enquanto eu descia. Diminuí a velocidade da corrida até parar, e então dobrei o corpo, com as mãos nos joelhos, ofegando como louca e esperando que meus pulmões parassem de arder.

Quando finalmente ergui os olhos, Doc me encarava como se não conseguisse imaginar por que eu estava ali.

— Ouvi os tiros — falei, arfando. — Eu pensei... — Então me mexi. — Você me assustou.

Doc fez um barulho de *puff* e disse:

— Gente da cidade.

Tudo bem. Podíamos lidar com isso.

Ergui o corpo, ainda ofegante, e me aproximei. Garrafas de vidro estavam alinhadas em rochas encostadas em uma dobra da ravina – talvez umas vinte. Verdes, marrons e transparentes. Embaixo das rochas, no chão, um verdadeiro lago de vidro estilhaçado.

— Tiros significam algo totalmente diferente no campo — Doc prosseguiu, enquanto eu via tudo aquilo.

Até onde nós sabíamos. Mas concordei com a cabeça.

— Treinando a pontaria.

Doc estendeu a arma para mim.

— Se importa de dar um tiro?

Olhei para a arma. A resposta era não, claro. Não, eu não ia ficar por aí, atirando em garrafas, quando estava a caminho de pedir demissão. Não, eu não ia passar nenhum minuto a mais do que o necessário nesse rancho que parecia um hospício. Ou entregar meu disfarce no último minuto colocando minhas habilidades à mostra.

Não. Simplesmente, não.

Mesmo assim, eu precisava de um minuto para recuperar o fôlego.

E realmente podia ser bom atirar em alguma coisa agora.

— Você não precisa acertar em nada — Doc disse, em um tom de voz que insinuava que eu estava hesitando porque não sabia atirar.

Eu ainda estava resistindo ao pequeno desafio quando ele acrescentou:

— De qualquer modo, esse rifle é um pouco duro para ser manuseado por moças.

Ah, *para com isso*.

Acho que podia dispor de cinco minutos. Certo?

Estendi as mãos para pegar o rifle e deixei que ele me entregasse. Depois, deixei que ele me ensinasse a usar.

Eu não menti para ele, exatamente. Apenas permaneci muda de uma maneira agradável enquanto ele me mostrava a mais básica das básicas das introduções ao uso da arma que eu tinha em mãos.

— Esta é a coronha — disse ele. — E este é o cano. Aqui é o gatilho. Você puxa esta alavanca para recarregar entre os tiros. — Então apontou para a boca do cano: — É por aqui que as balas saem. Você tem que apontar isso para o chão até estar pronta para causar alguns problemas.

É por aqui que as balas saem? A vontade de mostrar com quem ele estava falando tomou conta do meu corpo como água enchendo um copo.

— Tente aquele grupinho ali — disse Doc, gesticulando para uma fileira de garrafas velhas de cerveja. — Se conseguir acertar uma, dou vinte e cinco centavos para você.

Uau. Havia algo muito inspirador em ser tão subestimada.

Nesse momento decidi que faria mais do que simplesmente acertar as garrafas. Eu ia atingi-las com algum estilo.

Rápido e com facilidade. Fodona. E também: com a arma apoiada no quadril.

— Muito bem, mocinha. Faça o seu melhor.

O meu *melhor*?

Ok.

Soltei a trava de segurança, me posicionei de forma confortável, pressionei a coronha do rifle no osso do quadril e puxei o gatilho com um *BUM*!

O rifle tinha um recuo e tanto, mas a primeira garrafa desapareceu em uma nuvem de areia.

Nem parei para desfrutar. Assim que terminei de puxar o gatilho, estava acionando a alavanca para fora e para trás com um *ca-chunk* satisfatório e então puxei o gatilho mais uma vez.

Outro *BUM*! E outra garrafa transformada em pó.

E então outra, e outra e mais outra. *BUM – ca-chunk, BUM – ca-chunk, BUM!* Por toda a fileira, enquanto as garrafas explodiam uma após a outra.

Estava tudo acabado assim que começou.

Acionando a alavanca pela última vez, me virei para Doc – *ca-chunk*. Bonito e feminino.

Coloquei a trava de segurança, tirei o rifle do quadril e disse para Doc, que estava de boca aberta:

— Isso foi divertido.

Eu tinha acabado de revelar muito sobre mim mesma, e devia estar a caminho de Houston agora. Mas tinha valido a pena.

Foi quando notei algo no alto da ravina.

Jack. Estava nos observando. E, pelo olhar de admiração atrás daqueles óculos levemente tortos, ele tinha visto a cena toda.

Ele prestou uma pequena continência de respeito.

Retribuí com um pequeno aceno de cabeça.

Agora era hora de dar o fora dali.

CAPÍTULO 17

A PRIMEIRA COISA QUE VI QUANDO ENTREI NO QUARTEL-GENERAL DA VIGILÂNCIA FOI ROBBY E TAYLOR – COM as mãos nos bolsos de trás um do outro.

Antes que a imagem pudesse queimar muito profundamente na minha memória, tossi.

Eles se separaram com o som, mas...

Tarde demais. Não dava mais para afastar a imagem da mente.

— Onde está Glenn? — perguntei.

— Na cidade — Taylor respondeu, ao mesmo tempo que Robby perguntou:

— Onde está o cliente?

— Preciso falar com Glenn — informei.

Doghouse, sentado à mesa do outro lado da sala, ergueu o receptor do telefone fixo e o ofereceu para mim.

Fui até lá, peguei, liguei para o número de Glenn e me preparei mentalmente para pedir demissão – bem aqui, diante de meus dois inimigos – e ignorar todas as questões em minha mente. Será que Glenn ia gritar comigo? Robby e Taylor ficariam felizes em me ver fracassar? Eu estava perdendo qualquer chance de ir para Londres?

Meu corpo estava tão tenso quanto um fio de alta tensão enquanto eu esperava.

Mas o telefone de Glenn caiu na caixa postal.

— De todo modo, é bom que você esteja aqui — disse Robby, quando desliguei. — Tivemos atividades na propriedade de Stapleton.

Balancei a cabeça.

— Os tiros? Era só o pai derrubando garrafas na ravina.

— Não — falou Robby. — Na casa da cidade. — Ele olhou na direção dos monitores. — Taylor, coloque a gravação — pediu. Totalmente profissional. Como um mentiroso.

Mas o que apareceu nos monitores me fez dar um passo mais para perto. E depois outro.

— O que é isso? — perguntei.

— Pois é.

As imagens eram das câmeras ao redor da casa de Jack em Houston. Todas as janelas do térreo tinham corações e o nome "Jack" pintados com tinha spray por toda parte.

Estudei as gravações de diferentes ângulos.

— Todas as janelas do térreo, hein?

Robby confirmou com a cabeça.

— Foi a Mulher dos Corgis? O que nós sabemos?

— Temos noventa e nove por cento de certeza de que foi — confirmou Robby.

Taylor passou para uma gravação de mais cedo, de uma mulher no ato.

— É ela? Conseguimos identificar o rosto?

Robby negou com a cabeça.

— Não, mas ela deixou presentes.

— Presentes?

— Sim. Na varanda da frente — disse Robby. E então acrescentou: — Em sacos de presente.

— O que eram?

Robby verificou as mensagens em seu celular.

— Segundo Kelly, era um suéter tricotado à mão com uma imagem incrivelmente realista do rosto de Stapleton na frente, um álbum de fotos da nova ninhada de filhotes e vários nudes.

— Vários nudes? — perguntei. — Nudes de quem? Nudes do cliente?

— Nudes da criadora de corgis.

Jesus.

— Ela também deixou um bilhete escrito à mão dando as boas-vindas a Jack em Houston... e recordando-o de que o relógio biológico dela está avançando, e que ela realmente preferia que ele a engravidasse em algum momento desta primavera, se a agenda dele comportar.

Robby me entregou um tablet para que eu pudesse ver as fotos que Kelly enviara.

— Então — falei, pensando em voz alta —, isso significa que nós estamos em uma ameaça nível laranja?

— Acho que, considerando os cachorrinhos e os corações, ainda estamos no amarelo.

— Os nudes são um pouco ameaçadores.

— Você tem razão.

Taylor se intrometeu.

— Mas não há ameaças. Não dela, de qualquer modo.

— Além de... — pensei em qual diabos seria o termo para isso — ... fecundação coagida?

— Essa parte é preocupante — concordou Robby.

— O fato de que ela agora sabe que ele está em Houston também — comentou Taylor.

— E sabe o endereço dele — acrescentei.

Psicanalisamos a Mulher dos Corgis por mais algum tempo, tentando determinar o perigo que ela representava, e então ajustamos os protocolos na casa de Houston. Kelly já fizera o boletim de ocorrência na polícia e começara os procedimentos para pedir uma ordem de restrição. Precisávamos trocar o Range Rover por um carro de cor e marca diferentes também.

Quando deixei o QG, já estava escurecendo.

Mal cheguei ao portão dos Stapleton quando Robby gritou atrás de mim.

— Ei! — ele me chamou. — Glenn está ao telefone.

Eu tinha me esquecido de Glenn. Mas já era bem tarde agora. Connie teria acordado de sua soneca, e precisaria de algo no estômago antes da próxima rodada de remédios.

— Quer saber? — falei. — Depois eu ligo pra ele.

E foi assim que, sem nem mesmo perceber, decidi ficar.

■■■

Eu estava no meio do caminho de cascalho até a casa, olhando de um lado para o outro por qualquer sinal de gado, quando vi Jack correndo – de verdade – para se encontrar comigo.

Ele me alcançou sem diminuir a velocidade e me envolveu em seus braços.

— Onde você estava? — ele perguntou, me abraçando com força. — Eu estava preocupado.

— Tive que ir ao quartel-general.

Eu podia sentir o coração dele batendo. Parecia um pouco acelerado.

Por um segundo, pensei que fosse real.

Eu relaxei do jeito que você faz em um momento verdadeiro.

Mas então pensei que devia confirmar antes de desfrutar demais.

— O que você está fazendo? — perguntei, com o rosto pressionado no ombro dele e minha voz abafada contra sua camisa.

— Meus pais estão olhando — disse Jack.

Ah.

Entendido.

Eu o abracei de volta. Mas agora só de mentira.

Quando ele por fim me soltou, caminhamos de volta para a casa de braços dados – também de mentira.

— A propósito, você não pode sair de mansinho para ir ao rio de manhã sem mim.

— Por que não?

— Se tivesse lido o manual, você saberia que eu devia estar com você o tempo todo.

— Eu nunca vou ler o manual.

— A propósito, o que você estava fazendo jogando bolas de golfe no rio? Você vai acabar sufocando um golfinho.

— Elas se dissolvem na água.

— Isso é uma farsa.

— É demais querer uma ou duas horas para mim?

— Sim. É sim.

— Continue dormindo e não se preocupe com isso.

— Tenho que me preocupar com isso. É meu trabalho me preocupar com isso.

— Vou dizer uma coisa — Jack falou então. — Eu paro de dar as escapulidas para o rio quando você me disser que música é essa que está sempre cantarolando.

— O que você quer dizer?

— Aquela música que você cantarola o tempo todo. Qual o nome dela?

— Eu não cantarolo música nenhuma.

— Cantarola, sim.

— Eu saberia se cantarolasse uma música.

— Parece que não.

Franzi o cenho.

— Eu cantarolo uma música? — Tentei me lembrar de ter cantarolado uma música.

— Quando está no chuveiro — disse Jack, como se pudesse ajudar minha memória. — E também quando está servindo seu café ou caminhando. Às vezes enquanto escova os dentes.

— Hum — murmurei. — Não tenho certeza se acredito em você.

Jack franziu o cenho.

— Você acha que estou inventando?

— Só estou comentando. Acho que eu perceberia.

Ficamos quietos quando nos aproximamos da casa, e pensei em enfiar minha mão no bolso traseiro da calça dele como uma pequena homenagem ao coração partido, aos meus dois ex, e a como a vida era mesquinha.

Mas talvez isso fosse cruzar uma linha.

...

Depois do jantar, acompanhei Jack até o outro lado do pátio, onde eu poderia informá-lo em particular da situação dos corgis.

Havia uma baia de cavalos ao lado do celeiro com um banco onde podíamos nos sentar. Subimos na cerca e nos sentamos lado a lado perto do bebedouro enquanto eu dava todos os detalhes para Jack, longe dos ouvidos da casa.

Há uma arte para contar ao cliente sobre ameaças. Um equilíbrio delicado que informa sem *alarmá-lo*. Ou, mais precisamente, o alarma o suficiente para chamar sua atenção e garantir sua cooperação e sua conformidade, sem apavorá-lo.

Jack não estava nem um pouco alarmado. De fato, eu mal disse a palavra "nudes" antes que ele começasse a gargalhar.

— Ei — falei —, isso não é engraçado.

Mas Jack simplesmente se inclinou para trás, virou a cabeça para olhar para as estrelas, com os ombros balançando.

E então ele se inclinou para a frente e colocou o rosto entre as mãos.

— Desculpe — disse ele, depois de um tempo, secando os olhos. — São os nudes. E o bilhete. E a frase...

Ele estava tomado pela gargalhada e não pode terminar.

— E a frase... — ele tentou novamente.

Não conseguiu de novo. Mais gargalhadas.

— E a frase... — falou ele novamente, mais alto agora, como se ordenasse a si mesmo a dizê-la — ... a frase "se a sua agenda comportar".

E caiu para a frente, com o torso inteiro balançando.

É surpreendentemente difícil não rir quando alguém está com uma crise de riso bem na sua frente. *Isso é sério*, lembrei a mim mesma. *Permaneça focada*. Então eu recomendei, toda profissional:

— Você provavelmente devia dar uma olhada em tudo.

— Não nos nudes — respondeu ele, gargalhando com mais força ainda. — Não me faça olhar os nudes.

— Você precisa levar isso a sério. — Tentei controlá-lo com meu tom de voz.

— Eu vou ficar com o suéter — propôs, secando os olhos. — Minha mãe adora essas coisas.

Neguei com a cabeça.

— Está tudo sendo apreendido como evidência.

Isso acabou com ele novamente. Ele dobrou o corpo, lutando para respirar.

— Nunca conheci alguém que gargalhasse tanto quanto você — falei depois de um tempo.

Ele ainda estava rindo.

— Eu nunca rio. Não dou uma boa gargalhada há anos.

— Você está gargalhando agora mesmo.

Jack endireitou o corpo ao ouvir isso, como se não tivesse notado.

A ironia. Contar para ele que ele estava gargalhando finalmente o fez parar de gargalhar.

— Acho que estou — admitiu ele, maravilhado com a ideia. — Hum.

— Você ri o tempo todo — apontei, surpresa que ele não soubesse isso de si mesmo. — Você ri de tudo.

— Mas a maioria do tempo eu rio de você.

Dei um olhar para ele que dizia *Obrigada*.

Ele me analisou, como se tivesse acabado de perceber que o que tinha dito era verdade.

— Você não pode ignorar essas ameaças — declarei, completamente pronta para me lançar em um discurso apaixonado sobre como as pequenas ameaças podem escalar até se transformar em grandes.

Mas, nesse momento, algo inesperado me fez perder o fio dos meus pensamentos.

Um cavalo entrou na baia onde estávamos sentados.

Um *cavalo*.

Um cavalo branco e marrom acabara de entrar pelo portão aberto da baia e caminhava na nossa direção. Vindo do nada, eu juro. Um cavalo nu.

Fiquei tensa, e Jack percebeu.

— Não me diga que tem medo de cavalos também.

— Não — falei, a princípio. — É só que... o que ele está fazendo aqui?

— *Fazendo* aqui? Ele mora aqui.

Eu observei enquanto ele vinha até nós.

Mais precisamente, ia até *Jack* – parando bem diante dele e abaixando o focinho aveludado bem na direção do rosto dele, nariz com nariz. E, preciso deixar uma coisa clara: o que é verdade para vacas também é verdade para cavalos. Eles parecem muito menores na TV.

A cara daquela coisa era do tamanho de uma maleta.

Claro que eu já tinha visto cavalos – a distância. No curral. Parecendo... menores.

Jack me explicara no primeiro dia que seus pais haviam adotado meia dúzia de cavalos mais velhos e sem casa, que precisavam de um lugar agradável para viver.

— Meio que um retiro para cavalos aposentados — ele explicara.

O que era ótimo, na teoria.

É tudo divertido até que você está com um par de narinas gigantes diante de você.

— Ei, amigo — Jack falou para o cavalo, erguendo a mão para acariciar seu focinho. — Esta é Hannah. Não a morda.

Jack se afastou e voltou com um saco de aveia.

Ele se sentou ao meu lado, enfiou a mão e pegou um punhado.

Depois, estendeu a palma da mão, e o cavalo trouxe seus lábios aveludados direto para ela e aspirou até o último floco.

— Sua vez. — Jack me ofereceu o saco.

— Não, obrigada.

Jack inclinou a cabeça.

— Você tem o emprego mais assustador de todos que conheço, mas tem medo dos lábios de um cavalo.

— Não são os lábios, são os dentes.

Jack começou a rir de novo.

— Viu? — comentei. — Você está rindo de novo.

— Viu? — repetiu Jack, como se fosse minha culpa. — Você é hilária.

Jack pegou mais um punhado – mas então começou a fazer *có-có-có*, como uma galinha, até que eu finalmente falei:

— Tudo bem.

Enfiei a mão no saco, agarrei um punhado de aveia e estendi na direção do cavalo.

— Mantenha a mão bem aberta para ele não comer seus dedos.

— Isso não está ajudando — reclamei, enquanto cavalo passava os lábios sobre a palma da minha mão até limpar o prato.

— Faz cócegas, né? — brincou Jack.

— É uma maneira de dizer.

— Este é Clipper — Jack apresentou. — É um cavalo de circo aposentado.

Olhei para Clipper com novo respeito.

— Nós o pegamos quando eu estava no ensino médio. Ele só tinha oito anos na época. Sofreu um ferimento que foi grave o bastante para que ele tivesse que se aposentar, mas ele estava bem. Passei meu último ano da escola ensinando truques para ele. — Jack bateu no pescoço do animal. — Ele já é um senhor agora.

— Que tipo de truque? — perguntei.

Em resposta, sem uma palavra, Jack pegou um cabresto na sala dos arreios e o passou pela cabeça de Clipper. Então fez sinal para que eu o seguisse enquanto ele levava o cavalo pelo portão aberto, até o cercado.

Parei no portão e observei enquanto Jack subiu nas costas de Clipper, sem sela, e o cavalo, parecendo saber exatamente o que fazer, passou de uma caminhada para um trote, e depois para um galope suave.

O cercado tinha formato oval, e eles seguiram o perímetro. Jack segurava a rédea em uma mão, mas nem sequer tinha que tensioná-la.

— Você nunca fez um filme de faroeste? — Eu quis saber.

— Eu devia, né? Até coloquei "habilidades de montaria" no meu currículo.

— Você ainda precisa de currículo?

— Não. Mesmo assim.

— Você devia fazer um faroeste! Isso é um total desperdício de talento.

— Tudo bem. Se algum dia eu fizer outro filme, vai ser um faroeste.

Eu estava prestes a perguntar para ele se ele *faria* outro filme, mas então ele falou:

— Prepare-se.

Jack se inclinou para a frente e agarrou dois punhados de pelos da base da crina de Clipper... e não sei nem descrever o que ele fez a seguir: sem que o cavalo mudasse o ritmo do galope, Jack escorregou para o lado esquerdo, aterrissou com os dois pés, saltou de volta, escorregou pelas costas do cavalo, passando para o lado direito, e fez o mesmo movimento. E então ficou fazendo isso, de um lado e do outro, direita e esquerda, balançando de um lado para o outro como se estivesse driblando.

Eu estava tão surpresa que nem sequer conseguia emitir um som.

Simplesmente fiquei parada ali, boquiaberta.

Depois de uma volta completa, Jack montou novamente em Clipper e se virou para verificar minha reação.

Clipper ainda galopava no mesmo ritmo.

— Legal, né? — disse Jack.

Tudo o que consegui falar foi:

— Tome cuidado!

— Aquilo não foi assustador — lançou Jack, parecendo satisfeito com minha preocupação. — *Isso* é assustador.

Antes que eu pudesse impedi-lo, ainda segurando a rédea, Jack pressionou as mãos na cernelha de Clipper, se inclinou para a frente e levantou os pés até as costas do cavalo. Então, lenta e cuidadosamente, enquanto Clipper continuava a galopar embaixo dele, Jack ficou de pé.

Ele *ficou de pé*!

Com os joelhos dobrados e os braços abertos, tipo um surfista.

E Clipper simplesmente continuou galopando pelo cercado.

— Incrível, pode falar — Jack se gabou, quando meu espanto mudo durou muito tempo. — É tudo Clipper. O galope dele é tão suave, e nada o assusta. Você pode fazer qualquer coisa. Pode se pendurar no pescoço dele. Pode ficar de cabeça para baixo.

— *Não* fique de cabeça para baixo! — pedi.

— Não — garantiu Jack. — Vou fazer uma coisa melhor.

Antes que eu pudesse responder, Jack se agachou – tudo sem que o cavalo mudasse seu ritmo –, se empurrou para trás e deu uma cambalhota invertida na direção da traseira do animal, soltando as rédeas ao fazer isso, e aterrissando em pé.

— Jesus Cristo! — gritei, e não de um jeito bom.

Jack fez uma mesura caprichada e se virou para mim, apreciando meu horror.

— Faz muito tempo que não faço isso. Amanhã vou estar dolorido.

— Chega de cambalhotas! — determinei, como se estivesse estipulando uma regra.

Jack simplesmente pareceu satisfeito consigo mesmo.

— Você me faz ter vontade de me exibir para você.

— Nada de se exibir para mim — ordenei. — Não quero que você se exiba para mim.

Ele caminhou na direção de Clipper – que tinha parado de galopar assim que Jack aterrissou e agora olhava para nós com seus cílios longos e sombrios.

Jack pegou as rédeas e começou a trazer o cavalo na minha direção.

— Agora é sua vez — disse ele.

— Não, obrigada.

— Deus, você parece um gatinho assustado. Como isso é possível no seu ramo de trabalho?

— Eu não sei montar.

— Isso é que é bom em Clipper. Ele faz tudo para você.

— Não sei montar — repeti enquanto Jack continuava a se aproximar. — Eu sei fazer outras coisas. Como dirigir um carro de ré em uma rodovia. Consigo descer de um telhado de rapel. Sei pilotar helicóptero.

Eu normalmente gostava de um novo desafio?

Claro.

Talvez eu já tivesse habilidades suficientes. Ou talvez não quisesse me envergonhar ainda mais na frente de Jack.

— Isso vai ser fácil, então — garantiu Jack.

Neguei com a cabeça.

— Estou bem assim.

Mas Jack e o cavalo estavam bem diante de mim agora.

— Só uma volta — ele tentou me persuadir. — Nada de truques. Fácil. Você vai amar. Só precisa sentar. E eu seguro as rédeas.

Analisei o cavalo, e então analisei Jack.

Jack entrelaçou os dedos das mãos e se inclinou, fazendo as vezes de estribo.

— Agarre um punhado da crina e me dê seu pé — disse ele.

Hesitei.

Sussurrando, Jack começou *có-có-có*.

Forcei um suspiro e levei o pé até as mãos dele.

— Por que é que o seu barulhinho de galinha funciona comigo? Por que *tudo o que você faz* funciona comigo?

Nem tive tempo de me preocupar que tivesse confessado demais antes que Jack me erguesse pela lateral do cavalo.

— Essa é minha garota — elogiou Jack, levando as mãos aos meus quadris e empurrando minha bunda enquanto eu passava a perna ao redor do cavalo e me acomodava. — Não foi tão difícil, foi?

Eu estava realmente feliz por ter vestido calça jeans naquele dia.

Tentei me sentar com o corpo reto, como Jack fizera, mas foi quando percebi quão ridiculamente alta eu estava. Era como estar em pé em uma plataforma de mergulho.

Acabei me deitando de barriga e segurei ao redor do pescoço de Clipper.

— Você consegue pilotar um helicóptero, mas não consegue se sentar reta em um cavalo?

— Os helicópteros têm cinto de segurança — comentei.

— Isso não é tão difícil assim — respondeu Jack.

— Calma aí, às da montaria. Só porque você é a Simone Biles da ginástica sobre cavalos não quer dizer que o restante de nós precise ser.

Olhei para Jack, ele começou a gargalhar. De novo.

— Pare de rir — falei.

— Pare de me fazer rir.

Então, com isso, começamos a andar.

E não era tão ruim.

O trote de Clipper era realmente bem suave.

Não soltei o pescoço de Clipper. E Jack não soltou as rédeas.

— Como é que você nunca andou a cavalo antes? — Jack perguntou, olhando por sobre o ombro, depois de um momento de silêncio.

— Eu andei — respondi. — Uma vez. Nas férias, quando era criança.

Talvez fosse o ritmo confortável da caminhada. Ou o cheiro salgado de cavalo. Ou o ruído dos cascos na terra do cercado. Ou o movimento do pescoço de Clipper, que mexia a cabeça de um lado para o outro. Ou o peso sólido e oscilante dele embaixo de mim. Ou sua arrogância ao soltar uma baforada barulhenta. Ou mesmo, se eu for honesta, a visão ocasional – sempre que eu espiava – de Jack na frente de Clipper, segurando as rédeas com tanta facilidade, de maneira quase carinhosa, e caminhando diante de nós com um ritmo tão confiável.

Mas eu disse:

— Foram as últimas férias que tiramos antes que meu pai fosse embora. Na verdade, ele foi embora no meio das férias. Eles brigaram, ele foi embora e eu nunca mais o vi.

— Você nunca mais o viu? Nem uma vez?

Neguei com a cabeça.

— Não. Na verdade, eu nem cheguei a procurar.

— Você acha que vai fazer isso algum dia?

— Não.

Dava para perceber que Jack estava hesitando em perguntar o porquê.

— Nós ficamos melhor sem ele. — Não era verdade, claro. Ficamos muito pior sem ele. E aquilo, exatamente aquilo, era o motivo pelo qual eu nunca o encontraria para um café ou para conversar amenidades. Ele perdeu todos os direitos do futuro quando arruinou nossas vidas.

— Uau — comentou Jack.

— Sim — falei, e foi quando Clipper parou. Quando olhei para baixo, a expressão de Jack era toda solidariedade. Como se ele não só tivesse ouvido o que falei, mas tivesse *sentido*.

Eu nunca tinha contado aquela história para ninguém.

Na verdade, quase tinha me esquecido dela.

Mas o rosto de Jack, enquanto ele ouvia, era tão franco, tão simpático e tão do meu lado que, naquele momento, apesar de todas as minhas regras, aquela lembrança simplesmente saiu. Eu não era alguém que me abria. Não dividia coisas nem com quem não era cliente. Especialmente coisas dolorosas. Mas de repente entendi por que as pessoas faziam isso. Senti um tipo de alívio. Era como mergulhar os pés na água fria em um dia quente.

Aquilo foi mesmo uma revelação para mim.

De repente eu sentia que podia compartilhar coisas com Jack toda a noite. Em retrospectiva, digo que teria feito isso.

Mas foi quando fui salva por um desastre.

Porque, na sequência, ouvimos um grito urgente vindo de perto da casa.

Jack estava soltando o cabresto e me ajudando a descer antes que pudéssemos entender as palavras. Saímos correndo na direção do som e ambos pulamos a cerca para cruzar o pátio.

Era Hank, gritando no escuro.

— Jack! Jack! — E então: — Onde você está? Jack!

Quando o alcançamos, Hank se virou na nossa direção, com os olhos arregalados e um pouco desfocados.

— O que foi? — Jack perguntou, sem fôlego.

— É nossa mãe — respondeu Hank. — Ela desmaiou.

CAPÍTULO 18

NÃO DÁ PARA CHAMAR UMA AMBULÂNCIA NO CAMPO.

Você simplesmente vai para o hospital.

Enquanto corríamos pelo pátio, Jack gritou "pegue as chaves" para mim, e eu estacionei a Range Rover ao lado da varanda bem quando ele saía com a mãe nos braços. Ele e Hank conseguiram colocar Connie no banco de trás, enquanto Doc subia do outro lado para segurar a cabeça dela em seu colo.

Quando Hank saiu correndo para sua caminhonete e Jack subiu no banco do passageiro, Doc perguntou:

— Você não vai dirigir?

Jack respondeu:

— Confie em mim. Queremos que Hannah faça isso.

O hospital ficava a vinte minutos, e eu não tinha ideia de como chegar lá. Pai e filho tinham que me guiar com instruções como: *À esquerda depois do trator! À direita depois do rebanho de Longhorns! Não atropele a placa de pare!*

Mesmo assim, conseguimos chegar em quinze minutos.

Eu os deixei na entrada do pronto-socorro, e foi só quando vi o Destruidor carregando sua mãe inconsciente pelas portas deslizantes que percebi que ele estava sem boné.

Quero dizer, como exatamente ele conseguiria esconder aquele rosto mundialmente famoso sem um boné? Os óculos tortos nunca seriam o bastante.

Liguei para Robby no QG do estacionamento, informei o que estava acontecendo, lhe disse para ligar para o hospital a fim de nos conseguir uma sala de espera privada e pedi que trouxesse "qualquer item para ficarmos incógnitos" o mais rápido possível.

— O que você quer dizer com isso?

— Não sei! Um chapéu? Um jornal grande? Tenha criatividade! — Verifiquei a loja de presentes na entrada, mas estava fechada.

Quando alcancei Jack, era tarde demais. Jack e Hank estava brigando no corredor, perto da entrada da sala de espera – e todas as pessoas presentes os encaravam sem encará-los.

— Eu assumo daqui — Hank estava dizendo.

— Ainda não sabemos o que ela tem de errado.

— Vá para casa e eu ligo quando tivermos novidades.

— Não é assim que funciona.

— Funciona como eu digo que funciona.

— Vou ficar.

— Você vai embora.

— A decisão não é sua.

— Com certeza não é sua.

— Se você acha que vou trazer minha mãe inconsciente para o pronto-socorro, deixá-la aqui e voltar para casa para ver TV, você está louco.

— E *você está* louco se acha que vamos passar mais um segundo juntos além do que eu sou obrigado.

Jack estava tentando manter a voz baixa. Mas aquilo só lhe dava mais pressão.

— Eu não pedi para vir para casa!

— Mas você veio mesmo assim.

— Que escolha eu tive?

— Sempre existe uma escolha.

— Nem sempre.

Agora Hank avançava na direção de Jack. Suas vozes eram baixas e tensas, mas a linguagem corporal dizia tudo em alto e bom som.

— Não fique aí agindo como se merecesse estar aqui. Você sabe quem é e o que fez. Você desistiu do direito de ser parte desta família. Estou aqui, todos os dias, catando os cacos de tudo que você estilhaçou. Esta é a minha família, não a sua... e, quando te digo para dar o fora, você dá.

Hank parecia uma onda prestes a quebrar.

Eu esperava que Jack erguesse as mãos, desse um passo para trás e desviasse da situação.

Porém, ele fez o oposto.

— Vá se foder — ralhou Jack.

E essa era exatamente a permissão que Hank estava esperando. Ele puxou o punho como se fosse um arqueiro, pronto para dar um golpe...

Mas eu dei um passo adiante e o segurei.

Segurei seu pulso, mais especificamente, e o torci de lado. Hank soltou um grunhido de dor.

É seguro dizer que Hank não previu aquilo. E nem Jack.

A surpresa interrompeu o momento.

— Não vamos fazer isso aqui — falei.

No silêncio que se seguiu, o murmúrio da sala de espera ficou mais alto.

Segurei ambos pelos cotovelos, com força, e os fiz dobrar a esquina, na direção da máquina de doces.

Qualquer que fosse o motivo da briga, era maior do que esse momento. E aquilo era a única coisa que eu podia resolver.

— Jack, você vem comigo. — E, antes que ele pudesse protestar, acrescentei: — Toda a sala de espera está encarando você.

— Você acha que eu me importo com isso agora? As pessoas me encaram o tempo todo. — O rosto dele estava tenso.

— Eu entendo, mas existe uma perspectiva maior.

— É da minha mãe que estamos falando.

Eu me virei para Hank.

— Vá ficar com os seus pais. Nós vamos encontrar vocês daqui a alguns minutos.

Mas Hank não precisava das minhas instruções – ou da minha permissão. Depois de pestanejar para mim, como se dissesse *Que diabos é isso?* por um segundo, ele se virou e foi embora sem uma palavra.

— Precisamos encontrar um quarto para esconder você — falei para Jack.

— Era o que eu estava tentando fazer. — A voz de Jack era como um arame esticado. — Ele não vai me falar qual é o número do quarto.

Franzi o cenho.

— Por que não?

— Porque ele é um babaca.

Nesse instante, um bando de adolescentes apareceu na outra extremidade do corredor.

Por instinto, segurei sua nuca e puxei seu rosto em direção ao meu ombro.

— Mantenha a cabeça baixa — sussurrei no ouvido dele, mantendo um olho nelas. — Finja que estou confortando você.

Jack não lutou contra mim. Ele se inclinou e enterrou o rosto na curva do meu pescoço, enquanto eu o puxava com os dois braços para cobri-lo o máximo possível.

Assim que as garotas passaram ao nosso lado, senti os braços dele ao meu redor, me apertando.

— Ei! — sussurrei, assim que as meninas se afastaram.

— Você disse para fingir. — A respiração dele fazia cócegas no meu pescoço.

— Não tanto.

— Na verdade, eu não tive que fingir muito. Você é realmente reconfortante.

Eu me afastei para analisar o corredor. Tudo limpo agora – nas duas direções.

— Seria melhor se você fosse embora agora — falei.

— Você está do lado de Hank?

— Se você ficar, vai aparecer em toda a internet. Nem boné você trouxe.

Eu não estava errada, mas Jack balançou a cabeça.

— Não vou embora antes de ter notícias da minha mãe.

Era justo.

Eu o levei até a escada.

— Você pode esperar aqui? Vou descobrir onde ela está e depois definir o melhor caminho para te levar até lá.

— Você não está brincando.

— Fique aqui. Não cause problemas.

No entanto, quando comecei a sair pela porta da escada, vi aquele mesmo grupo de adolescentes. Elas tinham dado a volta e estavam vindo na nossa direção. O que estavam fazendo aqui? Quando fizeram contato visual comigo, percebi que estavam com os celulares a postos.

Voltei para a escada e agarrei a mão de Jack, puxando-o atrás de mim enquanto começava a subir os degraus.

— O que foi? — Jack perguntou.

— Tem adolescentes atrás de nós — falei, notando como aquilo soava bobo.

Mas, falando sério, não havia nada pior para espalhar a notícia do avistamento de uma celebridade do que um bando de adolescentes com seus celulares.

— Venha — ordenei. — Mexa-se.

No último andar, obriguei-o a sair para o corredor, e seguimos para os elevadores. Estávamos no meio do caminho quando vi uma porta com a placa SUPRIMENTOS.

Puxei nós dois para dentro, fechei a porta e me recostei nela.

Jack fez a mesma coisa – e apoiou o calcanhar do tênis na porta também.

Ficamos parados ali, lado a lado, respirando, por um minuto, antes que eu notasse toalhas e uniformes de médicos dobrados nas prateleiras.

— Já sei como vamos sair daqui — sussurrei.

— Como?

— Com uniformes.

Jack olhou para onde eu estava apontando, mas, quando ele fez isso, ouvimos as garotas do outro lado da porta passando pelo corredor.

— Era ele sim.

— Tenho *certeza* que era ele.

— Mas aquela não era Kennedy Monroe.

— Não. Nem de perto.

Prendemos a respiração, esperando que, a qualquer segundo, as garotas tentassem abrir a porta.

Mas elas não fizeram isso.

Assim que tudo ficou em silêncio, fui correndo até a prateleira de uniformes.

— Que tamanho você usa? — sussurrei, olhando-o de alto a baixo.

— Não vou embora — disse ele. — Nós nem sabemos o que está acontecendo com a minha mãe.

Assim que ele disse isso, seu celular fez um sinal.

Uma mensagem de Hank. Acho que agora ele tinha o número do irmão.

NÃO ENCONTREI VOCÊ. NOSSA MÃE ESTÁ BEM. ACHAM QUE ELA ESTÁ DESIDRATADA. POSSÍVEL VERTIGEM. ESTÁ RECEBENDO FLUIDOS AGORA. ESTÁ MUITO MELHOR. VAI PASSAR A NOITE EM OBSERVAÇÃO. VÁ PARA CASA.

Jack estendeu o aparelho para que eu lesse.

— Ah.

Ele soltou um suspiro profundo e fechou os olhos por um minuto.

— Acho que vamos para casa, no fim das contas.

— Sabe... — comecei, esperando dar com a cara na parede como sempre — ... realmente me ajudaria saber o que acontece entre vocês dois.

Desta vez Jack me olhou nos olhos.

— Hank me odeia porque eu não sou Drew. Porque Drew morreu e eu vivi.

— É por isso? — perguntei.

— Basicamente isso.

Me senti como uma antropóloga. Era assim que essa coisa de compartilhar funcionava? Será que eu tinha merecido que ele compartilhasse algo comigo quando me ofereci para compartilhar algo com ele? De todo modo, assenti, como se dissesse *Vá em frente*.

Para minha surpresa, ele prosseguiu:

— Eu era o burrão da família, de certa forma. Drew e Hank eram os inteligentes, então os dois passavam o tempo juntos e faziam coisas inteligentes juntos. Eu era aquele que tinha TDAH, dislexia e disgrafia também. O pacote completo.

— Nada disso torna você burro.

— Para mim, tornava. E meus professores também achavam. Então eu era o palhaço da turma. Hank e Drew eram basicamente escoteiros que só tiravam dez. E eu... eu não era.

— É essa a questão entre você e Hank?

Jack suspirou.

— Eu sempre fiquei meio de fora. Hank continuou aqui e passou a gerenciar o rancho. Drew fez faculdade de veterinária e começou a trabalhar com meu pai. Eu fui o único que foi embora. Eu era mais próximo de Drew, com certeza, porque sempre o fazia rir. E ele sempre conseguia ver que eu era bom em coisas diferentes. Ele era meio que minha zona neutra na família. Mas, depois que ele morreu... não havia mais ninguém para fazer esse papel.

Eu assenti mais uma vez.

— Ele era importante para você.

— Eu não sei como estar nessa família sem ele.

Aquela não parecia ser toda a história.

Mas era um começo.

E então, percebendo algo positivo, eu disse:

— Ei! Você passou de carro pela ponte hoje! Sem parar para vomitar!

Isso não foi novidade para Jack.

— Sim.

— Já é um progresso, né?

Jack inclinou a cabeça.

— Sem parar para vomitar *no mesmo instante*. Eu vomitei mais tarde. No banheiro do pronto-socorro.

Ah. Olhei para ele, parado ali, apenas sendo lindo. É tão simples pensar que as coisas são fáceis para os outros.

— Mesmo assim. — Levantei o punho, como se estivesse comemorando um gol. — Um delay. Isso é um progresso.

Joguei um uniforme para ele e uma pequena touca cirúrgica, e então – enquanto ele estava mudando de roupa e eu estava, deliberada e especificamente, não olhando – analisei as prateleiras em busca de algo que pudesse ajudar a obscurecer sua identidade. Achei uma caixa daqueles óculos escuros descartáveis que dão para nós depois que dilatamos a pupila, e me virei para mostrar um para ele, como se dissesse *E isso?*

Mas meu timing não podia ter sido pior. Ele tinha acabado de tirar a camiseta, e eu tive um vislumbre acidental de seu torso nu.

Fechei os olhos com força.

— Você não gosta mesmo de me ver sem camisa — disse ele, enquanto ajeitava o uniforme.

— É como olhar para o sol — comentei.

— Talvez *você* devesse usar esses óculos.

— Talvez eu devesse.

Então Jack perguntou:

— Tipo olhar para o sol de um jeito bom? Ou de um jeito ruim?

— Os dois — falei, agora remexendo nas prateleiras.

— Isso não foi uma resposta.

— Uma ideia aqui — falei, depois de um minuto. — Tenho delineador na minha bolsa. Talvez eu pudesse desenhar um bigode em você.

Na esteira daquela sugestão, o aposento ficou em silêncio. E ficou quieto por tanto tempo que tive me virar na direção dele.

E ali estava Jack, usando a blusa do uniforme e cueca, uma perna da calça meio colocada, com o corpo dobrado, gargalhando com tanta força que não fazia som algum.

Nenhum som. Gargalhando com tanta força que nem barulho fazia.

Por fim, ele ergueu a cabeça para o céu para respirar fundo.

— Você quer — disse ele — *desenhar* um bigode em mim?

— Olhe... É uma solução criativa.

Ele ainda estava rindo.

— Posso ganhar um monóculo também? E um focinho e um bigodinho?

— Vista a calça — falei, cobrindo minha voz com irritação.

Ele era muito irresistível.

Senti vontade de rir também. Mas me controlei.

CAPÍTULO 19

EU ESPERAVA QUE TUDO EXPLODISSE BEM RÁPIDO DEPOIS DA CENA NO HOSPITAL.

Durante dias, esperamos que fotos de Jack e Hank na sala de espera aparecessem na internet.

Mas não apareceram.

Cada dia que passava, eu respirava com um pouco mais de facilidade – ainda que a possibilidade de as fotos aparecerem significasse que estávamos mais presos no rancho do que nunca –, porque agora realmente tínhamos que manter a discrição.

Eis o problema: era divertido estar no rancho.

Na teoria, eu sabia ficar alerta. Mas, na prática, realmente eram férias forçadas.

E acho que há um motivo para as pessoas tirarem férias.

A coisa *funciona*.

Lentamente, sem querer, e completamente contra minha vontade... eu relaxei.

Um pouco.

Entramos em um ritmo. Connie retornou com um diagnóstico oficial de vertigem induzida por desidratação e se comprometeu a se manter hidratada. Doc ficava em volta dela, se preocupando, trazendo cobertores e preparando xícaras de chá de ervas. Hank e Jack mantinham uma trégua cautelosa – sem querer chatear nenhum dos pais. E eu me fazia útil preparando todas as refeições, molhando o jardim de Connie e colhendo buquês de flores para espalhar pela casa. Era um estilo de vida agradável, ensolarado, que fazia o mundo real parecer um universo inteiramente diferente. De um jeito muito bom.

Hank se redimiu um pouco trazendo brócolis, couve-de-bruxelas e abóbora da horta – e lavando tudo para mim na pia. Por mais mesquinho que ele fosse com Jack, ele nunca era mesquinho comigo – e eu não conseguia evitar a sensação de que ele precisava se esforçar para manter aquela raiva.

Como se talvez não fosse algo natural para ele.

Os dois, por exemplo, se desdobravam para cuidar de Connie – checando como ela estava de um jeito que era quase competitivo, como se fosse alguma gincana secreta de Melhor Filho.

Ela definitivamente não era negligenciada.

Conforme o tempo passava, ela melhorava.

Depois de um check-up na cidade, ela recebeu a notícia de que o lugar da cirurgia estava cicatrizando bem.

Ela ainda usava seu roupão todos os dias – dizendo que talvez nunca mais voltasse a usar roupas de verdade –, mas passava cada vez menos tempo no quarto e cada vez menos tempo cochilando.

Quanto menos doente ela se sentia, mais de sua personalidade aparecia. Descobri, por exemplo, que ela gostava de fazer tapetes de tiras de tecido usando roupas velhas. Que era uma leitora voraz e podia terminar um livro inteiro em um dia. E, aparentemente, no verão anterior, ela arrebentara alguma coisa no joelho porque começou a dançar cancã enquanto escutava entusiasmada uma música fazendo trabalhos domésticos. Ela agora se referia ao episódio como o "ferimento do cancã", e o joelho ainda a incomodava às vezes.

Connie também tinha quatrocentos óculos de leitura. Eles ficavam espalhados por toda parte. Nos armários, entre as almofadas do sofá, em travessas na varanda, na mesa da cozinha. Ela mantinha um pendurado em uma correntinha ao redor do pescoço e tinha pelo menos dois na cabeça o tempo todo.

— É como eu sou agora — ela me explicou. — Existem destinos piores.

Ela também tinha um passatempo surpreendente. Ela reformava bonecas velhas e as doava para o abrigo de mulheres da cidade. Tinha uma coleção inteira de bonecas assustadoras que ela resgatava de brechós – bonecas que quase pareciam a Barbie depois de uma cirurgia plástica extrema: olhos de gato desenhados e lábios gigantes e inchados. Elas supostamente deviam ser "adolescentes" e eram vendidas para garotinhas, mas na verdade pareciam mais como estrelas pornôs mutantes.

Mas adivinha o que Connie fazia com elas? Apagava seus rostos.

Ela limpava os rostos das bonecas com acetona até ficarem completamente sem nada, e então começava desde o início a repintá-las, de modo a lhes dar uma aparência de crianças normais. Olhos grandes. Sorrisos doces. Sardas. Ela trançava seus cabelos e costurava roupinhas para elas. Dava a elas uma segunda chance de uma nova vida.

Como eu poderia não amá-la?

A propósito, Doc também era totalmente adorável.

Ele começou a se sentar do outro lado da cozinha, tocando canções para mim da coleção de discos da família Stapleton enquanto eu fazia o jantar. Cantar músicas antigas com Doc Stapleton se tornou meu momento favorito do dia.

Acrescente-se a isso: Jack Stapleton sabia dançar. Você viu *Ritmo americano*, certo? Aquele filme no qual ele interpretava um cara que fazia dança de salão? Ele não precisou de dublê. Aprendeu todas as coreografias sozinho. Então, quando ouvia Sam Cooke, Rosemary Clooney ou Harry Belafonte no toca-discos, ele aparecia na cozinha e me tirava para dançar.

Jake insistia que era essencial para o relacionamento falso.

— Isso é exatamente o que eu faria com uma namorada de verdade — garantiu ele.

A questão é que eu não resistia.

Se Jack Stapleton *tinha* que me fazer dançar com ele toda vez que ouvia "Shake, Rattle and Roll" e me rodopiar pela cozinha, me deitar em seus braços e colocar as mãos em cima de mim?

Tudo bem.

Era falso. Era falso. Era tudo falso.

Mas parecia tão real.

E não era só Jack. Hank, com seu jeito mal-humorado, me ajudava a virar o material da composteira. Doc me apelidou de Desperado e me deixava ajudá-lo a cuidar dos cavalos. E Connie começou a me abraçar... e eu não a impedi.

Aquilo me fazia sentir falta da minha mãe de um jeito que jamais esperei. Ou talvez não dela, exatamente – mas da pessoa que ela poderia ter sido. Do relacionamento que podíamos ter tido.

Eu sempre me perguntei se as mães das outras pessoas eram tão boas quanto pareciam.

No caso de Connie, eu tinha minha resposta.

Sim.

Não demorou muito tempo para que eu me sentisse parte daquela família.

E, apesar de todas as tensões e tristezas, eu tinha me esquecido de como era bom estar cercada de todos aqueles laços que se sobrepunham – de afeto, de lembranças e até de frustração. Às vezes eu via Connie dar um tapinha em Doc por algum comentário sarcástico para Jack, e eu positivamente me doía de tanta vontade de ter mais do que quer que aquilo fosse.

Eu realmente me esforcei muito para não me apaixonar por todos eles, juro.

Mas fracassei a maior parte do tempo.

Em especial com Jack.

Com coisas inesperadas: o jeito como ele aproveitava todas as oportunidades para arremessar coisas na lata de lixo da cozinha – e errava sempre. O jeito como ele tentava fazer amizade com um corvo colocando pipoca na cerca. O jeito como ele resolvera que a forma mais higiênica de todo mundo espirrar era colocar o rosto dentro da camisa no momento do impacto.

— Viram? — disse ele uma noite, depois de espirrar na camisa durante o jantar. — Mantém tudo completamente contido.

Todos nós o encaramos.

— Você acabou de espirrar em si mesmo — apontou Hank.

Jack deu de ombros.

— A camisa seca.

— Mas agora você está andando por aí com ranho na barriga.

— Você não está entendendo o objetivo. Isso controla os germes.

— Mas é nojento.

— Eu prefiro espirrar em mim mesmo do que em outra pessoa.

— E essas são as únicas opções?

Então Jack olhou para mim como se fôssemos as únicas pessoas sãs naquele aposento.

— Sim. Na verdade, são.

A questão é que as circunstâncias estavam contra mim.

Em um trabalho normal, você fica com o cliente o dia todo também – mas não dessa maneira. Você fica na retaguarda. Você não é notado – fica na lateral da sala. Você está perto dele, mas não com ele. Não fica conversando com ele. Ou sendo provocado por ele. Ou deixando que ele *lhe dê croques*.

Aquilo era o oposto de um trabalho normal.

Jack e eu passávamos todo santo dia juntos. Pescávamos no lago abastecido de robalos. Explorávamos a área selvagem ao redor do braço morto do rio. Caminhávamos pela praia fluvial quase todo dia. Jogávamos críquete no pátio. Jogávamos ferradura. Girávamos um ao outro no balanço de pneu. Colhíamos peras, figos e tangerinas no pomar.

Minha atividade favorita era balançar nas redes cadeiras fora da janela da cozinha. Balançávamos lado a lado sem os sapatos, sentindo as folhas da grama roçarem nas solas dos nossos pés, e eu passava o tempo fazendo perguntas idiotas tipo:

— Como é ser famoso?

Mas ele gostava desse tipo de pergunta.

— As pessoas são gentis com você sem motivo algum — ele respondeu. Então se virou para me encarar: — Não *você*, é claro. Você não é gentil.

Eu sacudi as pernas para balançar mais alto.

— Não eu — confirmei.

— Mas o estranho é que não é com *você* que estão sendo gentis — ele prosseguiu, tentando balançar tão alto quanto eu. — Eles acham que já te conhecem, mas você literalmente nunca os viu antes. Então, é muito unilateral. É preciso ter cuidado para não decepcionar ou ofender ninguém, então você passa muito tempo sendo a versão genérica de si mesmo. E sorrindo. Sorrindo o tempo todo. Eu ia para casa depois de participar de encontros com fãs e tinha que esperar horas até que os músculos do meu rosto parassem de tremer.

— Hum.

— Não estou reclamando — Jack disse então.

— Eu sei.

— É um trabalho ótimo. Tenho liberdade. E dinheiro. E influência. Mas é complicado.

Fiz um gesto de cabeça, concordando.

— Como tudo.

— As pessoas que querem ser famosas pensam que é a mesma coisa que ser amado, mas não é. Os desconhecidos só podem amar uma versão de você. As pessoas que te amam pelas suas melhores qualidades não são as mesmas que te amam apesar dos seus piores defeitos.

— Até que a nação inteira veja sua cueca no chão do banheiro... — falei.

Jack fez um aceno de cabeça decidido.

— Então não é amor verdadeiro.

Relaxei por um minuto e deixei meu balanço diminuir de velocidade.

Jack prosseguiu:

— Isso distorce a sua perspectiva também. Todo mundo quer estar ao seu redor o tempo todo, presta atenção em todas as suas palavras e ri de tudo, mesmo quando não é engraçado, e você é meio que o centro de toda as situações.

— Isso não parece tão ruim.

— Mas aí você se acostuma. Começa a esquecer de notar as outras pessoas ou de perguntar sobre elas. Você começa a acreditar no próprio sucesso. Todo mundo te trata como se você fosse a única pessoa que importa... e você começa a achar que é verdade. E aí você se torna um babaca narcisista.

— Você não faz isso.

— Mas eu fiz. Por um tempo. Só que estou tentando não ser mais assim.

— Foi por isso que você parou de atuar por um tempo?

— Sim — respondeu Jack. — Isso. E o meu irmão morreu.

■■■

Olhe, eu sabia que estava me deixando confundir.

Eu só não sabia como impedir isso.

Então, um dia, já no fim de uma corrida no meio da manhã perto da margem do rio, Jack disse, sem brincar, *enquanto corria*:

— Achei sua música.

— Que música?

— Aquela que você cantarola o tempo todo. — Ele pegou o celular, ainda correndo, e procurou a música.

— Como você a encontrou?

— Gravei você em segredo — disse Jack.

— *Isso* não é assustador — comentei.

— O que importa é que eu resolvi o mistério. De nada.

Estávamos em uma reta, nos nossos últimos quatrocentos metros, voltando para casa pela estrada de cascalho. Jack segurou o celular vagamente na minha direção, enquanto corria ao meu lado.

No entanto, assim que a música começou a tocar, parei de correr.

Aquela música? *Aquela* era a música que eu estava sempre cantarolando? Eu conhecia aquela música.

Jack parou ao meu lado, deixando-a tocar.

— Você reconhece? — ele perguntou depois de um tempo, um pouco sem fôlego.

— Sim — respondi, sem dizer mais nada.

Era uma canção antiga de Mama Cass chamada "Dream a Little Dream of Me". Quando começou a tocar, cantei o primeiro verso: "As estrelas brilham sobre você...". Quando eu era pequena, minha mãe cantava aquilo o tempo todo – ao lavar a louça, enquanto me levava para a escola, e quando me colocava para dormir.

— Então, qual é a dessa música? — Jack perguntou.

— É só uma música que eu conheço — falei.

— Como você conheceu?

— Minha mãe cantava o tempo todo quando eu era criança. Mas eu não a escuto faz muitos anos.

— Exceto, tipo, todo dia, quando você cantarola.

Não discuti.

Quando a música terminou, Jack guardou o celular. De repente, tudo pareceu horrivelmente silencioso.

— Acho que ela só cantava essa música quando estava feliz — falei.

Jack apenas assentiu com a cabeça.

— Pra ser sincera, não consigo me lembrar de ouvi-la cantar, nem uma vez, depois que meu pai partiu.

Jack assentiu mais uma vez, e, ainda que eu sentisse a ternura no jeito como ele me observava, também sentia uma dor crescendo em meu peito – penetrando, como quando suas mãos estão muito frias e você as coloca na água quente. Uma dor descongelante que senti atrás das costelas e depois subiu até minha garganta.

Acho que o único jeito de me livrar daquela dor era me derretendo em lágrimas.

E eu as senti pinicando meus olhos.

Fiquei totalmente imóvel, como se Jack não fosse notar se eu não me mexesse.

Mas é claro que ele notou. Ele estava a trinta centímetros, me encarando fixamente.

— Me conte — pediu ele, com a voz suave.

Continuei imóvel.

— Pode me contar — repetiu. — Está tudo bem.

Está tudo bem. Não sei que tipo de mágica ele colocou naquelas três palavras, mas, de algum modo, quando ele falou, eu acreditei. Tudo o que já dissera a mim mesma sobre ser profissional, manter a guarda alta e sustentar os limites, simplesmente... desapareceu com o vento.

Eu culpo a luz do sol. E o mato alto. E aquela brisa infinita e gentil sobre o pasto. Cedi.

— Meu pai foi embora quando eu tinha sete anos — comecei, com voz trêmula. — Minha mãe começou a namorar um cara chamado Travis logo depois disso, e ele... — como explicar? — ... não era o cara mais legal do mundo. — Soltei um suspiro trêmulo. — Ele gritava muito com ela. Ele a criticava e dizia que ela era feia. Bebia toda noite... e ela começou a beber também.

Em silêncio, sem sequer desviar o olhar, Jack segurou uma de minhas mãos entre as suas.

— Na noite do meu aniversário de oito anos — falei, respirando fundo, mas ainda trêmula —, ele bateu nela.

Jack continuou me olhando firme.

— Essas palavras são tão pequenas quando pronunciadas. Três palavras curtas, e acabou. Mas acho que, de certa forma, para mim, aquilo nunca acabou. — Abaixei o olhar, e mais lágrimas escorreram. — Ela estava me protegendo aquela noite. Nós íamos sair para comer pizza e bolo, mas Travis decidiu no último minuto que não íamos mais. Eu fiquei tão ultrajada com a injustiça que bati a porta do quarto. Ele começou a vir atrás de mim. Nunca me esqueci do barulho de seus passos no chão. Mas minha mãe o impediu. Ela ficou parada na frente dele e não se mexeu até que ele resolveu ir atrás dela em vez de mim. Eu me escondi no closet, bem encolhida, mas consegui ouvir tudo. A coisa mais assustadora nos socos era como eles eram silenciosos. Mas os gritos dela eram barulhentos. Quando ela foi jogada contra a porta do quarto, foi barulhento. Quando ela caiu no chão, foi barulhento. Fiquei acordada a noite toda, encolhida o máximo que pude dentro do closet, ouvindo, atenta, tentando descobrir se minha mãe estava viva. Não consegui dormir. Quando o sol nasceu, ela veio me ver. Estava com um lábio rachado e um dente quebrado. Assim que vi o rosto dela, queria que nós duas déssemos o fora dali. Cada átomo do meu corpo queria escapar. Mas, quando comecei a me levantar, ela negou com a cabeça. Em vez disso, ela entrou no closet comigo e colocou os braços ao meu redor. "Nós vamos embora, né?", perguntei, mas ela negou com a cabeça. Então, insisti: "Por quê? Por que não vamos?". "Porque ele não quer", respondeu ela. Então ela colocou os braços ao meu redor e me balançou para a frente e para trás, de um jeito que, antes disso, sempre me fazia sentir segura. Mas eu não me sentia mais segura. Acho que nunca mais me senti segura depois disso, para ser honesta... não de verdade. Mas adivinha o que eu ainda faço quando me sinto assustada.

— O quê? — Jack perguntou.

— Durmo no closet.

Jack manteve os olhos em mim.

— Lembra do meu alfinetinho com as miçangas? Eu fiz aquele alfinete para ela naquele mesmo dia, mas nunca tive chance de entregar. Quando aquela noite chegou ao fim, eu já tinha perdido o alfinete...

ou achei que tivesse perdido. Depois que minha mãe morreu... não faz muito tempo... eu o encontrei na caixa de joias dela. Ela o guardou por todos esses anos. Encontrar aquilo de novo foi como encontrar uma pequena parte perdida de mim mesma. Eu pretendia usá-lo todos os dias, para sempre, antes de perdê-lo na praia aquele dia. Ele era como um talismã por estar bem.

— Mas você está bem mesmo assim.

Abaixei os olhos.

— Estou? Não sei. Antes de vir para cá, eu estava dormindo todas as noites no chão do closet, desde que minha mãe morreu.

Jack ergueu uma parte não suada de sua camiseta para secar meu rosto. Eu tinha acabado de chorar? De novo? Qual era o problema comigo? Então Jack disse, com um tom de voz carinhoso:

— Ao que parece, dormir no chão do meu quarto é um avanço.

Dei um empurrãozinho nele e comecei a caminhar novamente.

Ele veio atrás de mim

— De qualquer forma... — falei, me recompondo. — Essa é a história daquela música. Nunca mais ouvi minha mãe cantar depois daquela noite. Tinha esquecido inteiramente dela.

— Não inteiramente, pelo jeito — concluiu Jack.

Então – ainda que não houvesse ninguém por perto para ver –, Jack me puxou em um abraço.

CAPÍTULO 20

BEM QUANDO COMEÇAMOS A ACHAR QUE TÍNHAMOS CONSEGUIDO PASSAR INCÓLUMES NO HOSPITAL, UMA foto de Jack apareceu em um site de fofocas.

E, dez minutos depois, estava em toda parte.

Obviamente tinha sido tirada na sala de espera do pronto-socorro. E, embora estivesse distante, e mostrasse mais a lateral de seu rosto do que a frente, parecia muito com ele.

Mas a internet não tinha certeza. Artigos começaram a aparecer dizendo coisas como "O que o mundialmente famoso Jack Stapleton está fazendo em Katy, no Texas?", "Stapleton visto no fim do mundo" e "Superstar recluso leva a obscuridade a um novo nível".

Entusiasmados detetives da internet encontraram fotos de Jack tiradas em ângulos similares e as postaram lado a lado, analisando cada detalhe com uma precisão digna de Oliver Stone. Será que aquele era o formato verdadeiro do lóbulo da orelha de Jack Stapleton? Será que o ponto em seu pescoço era uma sombra ou uma pinta? Aquela era a mesma camiseta que ele usara em uma véspera de Ano-Novo, dois anos atrás?

Era um trabalho impressionante, na verdade. Glenn deveria recrutar algumas daquelas pessoas.

No fim, a internet concordou amplamente: sim, o Destruidor fora visto em um hospitalzinho qualquer em uma minúscula cidade do Texas. A pergunta que ninguém parecia conseguir responder era *por quê?*

Tudo isso para dizer: Jack ter sido meio exposto finalmente colocava a ameaça contra ele no nível laranja.

Talvez um laranja-claro – quase um tom pastel –, mas laranja mesmo assim.

A equipe tinha que avaliar mais conversas na internet e rastrear uma nova explosão de "fãs" que pareciam poder causar problemas. Comecei a colocar legging e tênis todos os dias para "correr à tarde" e sair da propriedade para atualizações da vigilância no quartel-general.

Ficava no fim da estrada, mas bem que podia ser em outro mundo.

Eu não gostava de ir até lá.

Gostei menos ainda no dia em que encontrei Glenn no QG, no meio de um sermão.

Doghouse também estava presente, assim como Taylor e Robby.

— Não me importa quais são os sentimentos de vocês. Não há espaço para sentimentos nesta sala! — Glenn estava gritando. Ele bateu a mão na mesa ao dizer essas palavras.

— O que está acontecendo? — perguntei, fechando a porta atrás de mim.

Glenn, parecendo irritado, apontou para mim.

— Isso é sua culpa também!

— Minha culpa?! — exclamei. — Acabei de chegar.

— Passei vinte e cinco anos sem que meus agentes dormissem uns com os outros. Vinte e cinco anos! Então você e o seu Romeu aqui quebraram essa regra e agora virou a festa da uva.

Olhei para Robby, que encarava o chão. Depois para Taylor. Que olhava para a frente, com os olhos vermelhos e o rosto inchado.

— O que aconteceu? — perguntei.

— Você sabia que esses dois estavam dormindo juntos? — Glenn exigiu saber.

Minhas narinas se abriram.

— Sim.

— Bem, agora ele a deixou — Glenn anunciou, como se, de algum modo, fosse minha culpa. — E ela não consegue trabalhar... e ninguém mais consegue trabalhar... porque ela *não consegue parar de chorar*.

Se eu senti uma pontadinha de triunfo?

Sem comentários.

— Isso quer dizer que eu consegui a vaga para Londres? — perguntei. — Já que ele causa tantos problemas?

Mas Glenn não estava de bom humor.

— Você também tem seus lados negativos.

Ele não estava errado. Eu me virei para Robby.

— Então você a largou?

— Precisa perguntar? — Glenn quis saber. — Olhe para ela!

Agora havia mais lágrimas escorrendo pelo rosto de Taylor.

— Você quer uma lição de como ser largada? — Glenn perguntou para Taylor. — *É assim* — disse ele, apontando direto para mim — que você faz quando é largada. Ela é padrão ouro! Esse cara arrasou o coração dela na noite seguinte ao funeral da mãe dela, mas ela estava de volta ao trabalho no dia seguinte, como uma maldita super-heroína.

Taylor estava chorando com mais força agora.

— *Argh* — praguejou Glenn, virando o rosto de desgosto. — Saia daqui e se recomponha. Vá respirar um pouco de ar fresco. Amadi, leve-a para beber um pouco de água.

Taylor saiu apressada, e Amadi a seguiu.

Glenn se voltou para Robby, então:

— Exatamente o que você e sua personalidade tarada estão tentando conseguir? Está tentando me levar à falência? Tem alguma mulher nesta empresa que você ainda não transou?

Kelly levantou a mão alegremente no canto da sala.

— Ele não transou comigo!

— E que continue assim — rosnou Glenn.

— Sim — acrescentou Doghouse. — Que continue assim.

— Sim, senhores. — Kelly prestou continência para ambos.

— Oi, Kelly — eu disse, com um aceno de mão.

— Oi.

Mas Glenn queria respostas.

— O que você está fazendo? — ele exigiu saber de Robby. — No que está pensando?

— Cometi um erro — respondeu Robby.

— Pode ter certeza que sim.

— Não — continuou Robby. — Cometi um erro quando terminei com Hannah.

— Ah, Deus — falei, batendo com a mão a testa e caminhando em direção à porta. — É sério isso?

Mas Robby me deteve.

— Você não pode ir embora.

Olhei sério para Glenn.

— Você realmente vai me fazer ficar para isso?

Glenn inclinou a cabeça.

— Acredito que ainda temos trabalho a fazer. Lembra? Trabalho?

— O que eu devia ter feito? — Robby quis saber de Glenn, em um tom de voz que indicava que não havia vítima maior naquela sala do que ele. — Tenho que ficar olhando para esses monitores o dia inteiro. — Robby se virou para mim: — Você sabe que nós colocamos câmeras por todo lado, certo? Sempre que vocês dois estão do lado de fora, eu estou observando. Se ele carrega você nas costas. Se ele te ajuda no jardim. Se ele te mostra os truques no cavalo, ou ensina você a plantar bananeira, ou fica te encarando quando você não está olhando. Eu vejo tudo.

Espera. *Jack ficava me encarando quando eu não estava olhando?*

Robby continuou falando. Novamente com Glenn:

— Você fez isso para me torturar.

Glenn nem titubeou:

— Pode acreditar.

— Bem, está funcionando. Está me deixando maluco.

— Ótimo. Você merece.

— Isso é pessoal?

— É a vida — provocou Glenn. — E, se você for esperto, vai usar isso para ficar mais forte.

Apertei os olhos na direção de Robby.

— Isso é coisa de homem das cavernas? É uma coisa química, instintiva, "ninguém pode ficar com mulher que já foi minha"? Por acaso você está mijando em mim para marcar território?

Kelly ainda estava ouvindo.

— Por favor, não o deixe mijar em você.

Olhei para ela.

— *Metaforicamente.*

Mas Robby estava negando com a cabeça.

— Eu sinto muito, ok? Eu nunca devia ter deixado você ir embora.

— Me deixado ir embora? — perguntei. — Você não me deixou ir embora. Você me *abandonou*.

— Eu quero de volta.

— Não dá para ter de volta.

— Por que não?

— Porque agora eu sei quem você realmente é.

Robby fez beicinho ao ouvir isso. Então estreitou os olhos.

— Eu sei qual é o problema. Você acha que ele gosta de você.

Fiquei totalmente imóvel.

— Eu vejo você com ele — Robby prosseguiu. — Ele te convenceu. Mas isso não pode estar certo. Você é inteligente demais para isso. Você não pode achar realmente que um ator mundialmente famoso, que pode ter qualquer mulher do planeta, escolheu você. Me diga que não caiu nessa. Você já viu Kennedy Monroe? Ele está brincando com você! Ele está entediado! Ele nem é tão bom ator! Acorde. Você está escolhendo um relacionamento de mentira em vez de mim.

Eu não sabia o que responder para a maior parte daquilo. Mas o último ponto era fácil:

— Errado. Estou escolhendo *qualquer outra coisa* em vez de você.

— Ele não gosta de você de verdade — disse Robby.

— Eu nunca disse que ele gostava.

— Mas pensou.

Eu tinha que dar razão a Robby. Um raro insight.

Glenn estava cansado daquilo.

— Vá buscar Taylor — disse ele, balançando o braço para Kelly. — Vamos fazer a reunião sobre a stalker e encerrar o dia.

Robby manteve os olhos em mim.

— Você me perguntou outro dia por que eu estava sendo tão babaca.

Uau, isso tinha sido cem anos antes.

— Quer dizer quando você falou que eu não era *bonita o bastante* para esta missão? — falei. — Acho que perguntei.

— Não quer saber a resposta?

Eu parei e me virei para olhar para ele.

— Eu já sei a resposta. Você estava sendo um babaca porque você *é* um babaca. Simples assim.

— Era porque eu queria voltar com você. — Robby segurou meu braço.

Aquilo chamou minha atenção.

— Você queria...?

— Já naquela época, já naquele dia.

Tentei entender o que ele estava falando.

— Você queria voltar comigo... então falou que eu era feia?

— Eu entrei em pânico.

— É assim que se chama?

— Senti sua falta em Madri.

— Você sentiu minha falta em Madri... enquanto estava dormindo com a minha melhor amiga?

— Eu queria você de volta desde que nós voltamos para casa. Mas eu me sentia culpado em relação à Taylor.

— Espere! Você está tentando parecer uma boa pessoa?

— Estou dizendo que é complicado.

— Não. É muito simples.

Robby pareceu segurar a respiração por um segundo.

— Por causa da *Taylor*? — ele quis saber, como se eu estivesse sendo mesquinha. — Aquilo foi só uma coisa durante a missão.

— Não é por causa da Taylor. É porque você me largou. — Então, para deixar claro, acrescentei: — Na noite seguinte ao funeral da minha mãe.

Robby fez um barulho estrangulado, como se tivéssemos tido essa discussão um milhão de vezes.

— Quando você vai parar de se fixar nisso?

— Nunca — garanti. — É por isso que nós nunca vamos voltar. A coisa com a Taylor foi só mais um prego em um caixão bem fechado.

— Nós só estávamos *entediados* — Robby implorou, como se eu não estivesse sendo razoável.

— É o que a Taylor diria?

— Eu estou dizendo que a pessoa que eu queria naquele momento... e que eu quero agora... é você.

— Mesmo assim, tenho bastante certeza de que nunca gostamos muito um do outro.

Eu não podia acreditar que estava sendo obrigada a ter aquela conversa. Sim, eu estava solitária. Sim, testemunhar Robby e Taylor se beijando tinha me destroçado de formas que nunca soube serem possíveis. Mas eu não era *patética*.

— Nós não vamos voltar, Robby.

— Por que não?

— Porque agora você desqualificou a si mesmo.

— Você prefere ficar sozinha a me deixar compensar o que eu fiz?

— Não tenho certeza de que essas são as únicas opções.

— Só quero ter uma chance de consertar as coisas.

— Mas não dá para consertar as coisas. E, mesmo que desse, eu não saberia como fazer isso.

■■■

Depois da reunião – depois que Taylor foi arrastada de volta e se sentou, catatônica, encarando o chão, enquanto Robby me olhava sorrateiramente de modo ressentido como se eu fosse a vilã da história, e depois que Glenn fez outro sermão sobre como ninguém naquela empresa tinha permissão para fazer sexo por qualquer motivo nunca mais, e depois que falamos sobre todos os detalhes, ramificações e mudanças de procedimentos que a foto viral de Jack significava para essa missão –, corri de volta para o rancho atordoada, com um único, simples e chocante pensamento girando sem parar em minha mente.

Robby estava certo.

Só podia ser Robby para acabar com a diversão de qualquer coisa.

Mas ele estava certo.

Gostar de Jack era uma ideia catastroficamente ruim.

Eu não podia acreditar que tinha deixado aquilo acontecer.

Ele era *Jack Stapleton*.

Deixar me apaixonar por ele era suicídio emocional.

Era exatamente o que eu estava pensando quando vi o próprio deus na minha frente, na estrada de cascalho, caminhando na minha direção.

Quando me viu, ele começou a correr, o que dava a nítida impressão de que estava feliz em me ver.

Foco.

Não parei – continuei andando, mesmo quando ele me alcançou –, então Jack teve que dar meia-volta para me seguir.

— Ei! — disse ele, ainda correndo. — Bem-vinda de volta.

Não respondi.

Ele começou a andar do meu lado.

— Está tudo bem? — ele perguntou, tentando analisar meu rosto. — Você parece cansada.

— A reunião foi longa.

Jack enrugou o nariz.

— Sobre a stalker?

— Sim. Parece que ela cobriu a sua casa com papel higiênico cor-de-rosa. E deixou uma pintura de presente.

— Uma pintura?

— Um autorretrato. Em tela — contei, quando chegamos ao pátio. Busquei a foto no meu celular. Paramos no jardim de Connie para olhar.

— Um nude. — Tentei prepará-lo e acrescentei: — Um autorretrato com corgis.

Jack soltou um assobio baixo.

— É muito bom, na verdade.

Concordei com a cabeça.

— Ela é talentosa.

— Talvez eu *devesse* engravidá-la.

— Ei! Você não vai engravidar ninguém no meu turno! — Então, só para o caso de ter sido enfática demais, deixei claro: — A menos que você queira.

E lá estava ele, de novo – gargalhando.

— Senti sua falta — disse ele então.

— Como é?

— Agora. — Jack gesticulou na direção do QG. — Você ficou muito tempo fora.

— Tínhamos muita coisa para discutir.

— E o que você acha disso?

— Disso o quê?

— De eu sentir sua falta.

Talvez porque Robby tivesse acabado de usar tudo aquilo contra mim, eu não conseguia ver nada que Jack fazia como verdadeiro. Ali estava ele, com um meio sorriso tímido, olhando para meus tênis e se inclinando na minha direção – tão *previsivelmente* sem jeito... e eu só conseguia ver aquilo como calculado, como construído, vazio e falso. E o fato de ele fingir tão bem – tão bem que eu nem conseguia ver a maldita diferença – era simplesmente humilhante.

Ele estava atuando. O tempo todo. Mas eu não estava.

Será que eu devia entrar no jogo? Não podia. Nem faria isso. O que eu achava de ele me dizer que sentia minha falta?

— Acho que você é muito melhor ator do que as pessoas pensam — respondi. Nem sequer tentei disfarçar a amargura em minha voz.

Jack estremeceu ao ouvir aquilo – microscopicamente, mas eu senti. Tudo bem. Ótimo. Melhor assim.

Porque algo começava a fazer sentido para mim ali, cercada pelo jardim de outono de Connie, bem no meio do nada. Eu não era tão diferente assim da Mulher dos Corgis. Eu também vivia em um mundo de fantasia.

Minhas chances de ficar com Jack Stapleton eram tão ruins quanto as dela.

Até piores, talvez.

Pelo menos a Mulher dos Corgis sabia pintar.

CAPÍTULO 21

EU ESTAVA DETERMINADA A MANTER DISTÂNCIA DEPOIS DAQUILO. MAS ENTÃO, NAQUELA NOITE, JACK TEVE UM pesadelo.

Um bem ruim.

Acordei com o barulho dele se debatendo e parecendo engasgado. Ele tinha dito para eu não me alarmar, mas não vou mentir: era alarmante. Ele não é um cara pequeno, e o que quer que estivesse acontecendo naquele pesadelo... ele estava lutando com todas as forças.

Eu me levantei bem rápido, com o coração acelerado, e subi na cama.

— Jack — falei, tentando segurar os ombros dele. — Acorde.

Mas ele se debatia como um javali. Seu braço veio e me acertou a clavícula como se fosse uma prancha de madeira. Dei um passo para trás, recuperei o fôlego e me recompus.

Me aproximei novamente.

— Jack! Acorde!

Desta vez ele me ouviu, e abriu os olhos. Agarrou minha camisola para conseguir se sentar – engasgando, tossindo, soluçando e olhando ao redor como se não tivesse ideia de onde estava.

— Você está bem! Está em segurança! — eu disse, enquanto ele tentava focar. — Foi só um sonho. Só um sonho muito ruim.

E então o que eu fiz? Eu o abracei.

Me sentei perto dele e apertei os braços ao redor dele com força, e falei todas as coisas tranquilizadoras nas quais pude pensar.

Assim que conseguiu registrar tudo – onde ele estava, quem eu era, o que estava acontecendo –, ele também passou os braços ao meu redor e não me deixou sair.

Fiquei bem onde estava.

Eu fazia carinho e dava tapinhas em suas costas. Esperei que a respiração dele se acalmasse. Eu o confortei. Como gente de verdade faz com pessoas com as quais realmente se importa.

Mesmo depois que ele ficou tranquilo, quando pensei que talvez estivesse se sentindo melhor e poderia querer ficar sozinho para dormir, era – digamos – desafiador deixá-lo. Quando tentei me afastar de seus braços, ele me abraçou com mais força.

— Você está bem agora — falei.

Mas então ele disse:

— Fique comigo mais um pouco, está bem?

A voz dele estava tão trêmula que não havia outra resposta além de *É claro*.

E, quando ele decidiu se deitar no travesseiro e manteve os braços ao meu redor, me abraçando como se eu fosse seu ursinho de pelúcia, eu o deixei fazer isso também.

— Só mais um minuto — ele pediu.

Eu podia inventar cem motivos pelos quais eu fiquei. Mas o único que importa é: eu *queria* ficar. Gostava de estar ali. Gostava de abraçá-lo – e de ser abraçada. Eu gostava da sensação de ser importante para alguém. Não há nada como a reciprocidade de um abraço – o jeito como você dá conforto, mas também é confortado.

Eu não sabia mais o que era real e o que era falso, mas, naquele momento, isso não importava.

Nós ficamos nos encarando, deitados de lado. Ele mantinha os braços ao meu redor. Apoiei a cabeça em seu bíceps e me dei mais cinco minutos. Depois mais cinco. Decidi esperar até que ele dormisse. Mas ele não dormiu.

Eu fechava os olhos, mas, cada vez que os abria, via seus olhos bem ali, abertos, me encarando, com as pupilas escuras e dilatadas.

Depois de um tempo, perguntei:

— É o mesmo sonho toda vez?

— Sim.

— Pode me contar o que é?

Ele não respondeu. Por fim, falei:

— Porque eu já me informei sobre "como curar pesadelos".

— É mesmo?

— Sim. Eu me informo sobre muitas coisas.

— Você ia me falar sobre isso?

— Estou falando agora mesmo.

— Vamos ouvir, então.

— Existem muitos métodos, mas um muito usado é falar sobre o sonho.

— Não quero falar sobre o sonho.

— Eu entendo. Mas parece que ajuda. Você conta a história do sonho... enquanto está acordado... mas então reescreve o final.

— Como dá para reescrever o final se ele já terminou?

— Você o reescreve para a próxima vez.

— Eu sempre espero que não tenha uma próxima vez.

— Mas sempre tem.

Jack confirmou com a cabeça.

— Então vamos tentar.

Ele sorriu e deixou os olhos vagarem por todo o meu rosto.

— Dá para ver por que minha mãe gosta de você.

Eu não queria desfrutar tanto daquele comentário.

— Reescrever o final — expliquei — é como oferecer para o seu cérebro um roteiro diferente. Então, quando for contar a história novamente, ele tem a escolha de contar de um jeito novo.

— Não tem um jeito diferente.

— Ainda não. Porque você não escreveu um.

Jack suspirou como se estivéssemos andando em círculos.

— Vou dar um exemplo — sugeri. — Um cara tem um pesadelo recorrente sobre um monstro que o persegue. Durante anos e anos. Então, um dia, ele se vira e pergunta para o monstro por que estava sendo perseguido. E então nunca mais teve aquele sonho.

— Bela solução — comentou Jack. — Mas tem um problema, no meu caso.

— Qual?

— No meu pesadelo, *eu sou* o monstro.

— Ah.

Um minuto se passou. Então Jack falou:

— É o mesmo toda vez.

Esperei ele respirar fundo e prosseguir:

— Estou em um carro esportivo com meu irmão caçula, Drew. É uma Ferrari. Comprei para me exibir. É tão nova que ainda tem etiqueta. Drew acha o carro o máximo. E estamos indo tão rápido que é como se estivéssemos voando. Quanto mais rápido vamos, mais rápido seguimos... até que uma ponte aparece diante de nós. É fim de uma tarde de inverno, e, embora não esteja tão frio, tem uma camada de gelo na ponte... o tipo que é da cor do asfalto, o tipo que você não percebe, até que seja tarde demais. Assim que chegamos lá, começamos a derrapar. Estamos rodopiando, e tudo é um borrão e então batemos na mureta. Não consigo acreditar que aquilo está acontecendo, mesmo enquanto está acontecendo. Tudo está em câmera lenta e em hipervelocidade exatamente ao mesmo tempo. Caímos da ponte e estamos em queda livre, e a gravidade está virada do avesso. Tudo acontece em segundos... e horas... e anos... e então nós atingimos a superfície da água... batendo o chassi com tudo, como um mergulho de barriga. *Isso é bom*, eu penso. *Isso vai nos dar tempo*. O carro balança na superfície... e tudo começa a dar errado. Abro a janela e grito para Drew fazer o mesmo. Seguro o botão com uma mão, enquanto tento destravar o cinto de segurança com a outra... então olho para Drew e ele não está fazendo nada. A janela dele está fechada. O cinto dele está travado. Ele me olha, em choque. *Abra sua janela!* Eu me inclino e solto seu cinto de segurança. Passo sobre o peito dele para apertar o botão de sua janela... e ela está quase totalmente aberta quando o carro se enche com uma corrente de água, e está tão fria e brava. *Temos que nadar!*, grito, antes que a água nos cubra e enquanto o empurro pela janela e o sigo. A água está tão cinza, tão *escura,* e eu mexo braços e pernas com toda a força que tenho... mas não consigo encontrar a superfície. Perdi a superfície, e não há tempo para encontrá-la. A água se emaranha ao meu redor, me puxando cada vez mais para o fundo, e, quando acordo, estou me afogando.

Uau. Ok.

Não é de estranhar que ele tenha ficado nervoso comigo no Bravos.

O que eu tinha na cabeça? Uma hora de pesquisa na internet não significava experiência suficiente para curar isso.

Mas eu tinha começado a conversa. Tinha dito a ele para contar a história. Não podia desistir agora.

Então fiz a primeira pergunta que me veio à mente:

— Por que você acha que é exatamente o mesmo sonho toda vez?

Uma longa pausa. Jack respondeu, bem devagar.

— Porque... exceto pela parte em que eu estou me afogando... é basicamente como aconteceu.

Eu me afastei um pouco para analisar a expressão de Jack.

— Foi isso que aconteceu? Na vida real?

Jack confirmou com a cabeça.

— Você caiu da ponte, no rio?

Ele confirmou com a cabeça novamente.

— Eu tinha ouvido dizer que foi um acidente de carro.

— E foi, tecnicamente.

Jack tirou os braços de mim e se deitou de costas, dobrando um braço por sobre os olhos, cobrindo metade do rosto.

— Ele morreu no rio. A polícia acha que ele ficou se virando na escuridão e acabou nadando para o fundo, em vez de para cima.

Essa era a versão da história que tinha sido enterrada.

Será que tinha sido culpa de Jack? Será que havia álcool envolvido, como diziam os rumores? Será que Jack tinha matado o irmão caçula?

Não tive coragem de perguntar.

— Eu sinto muito. De verdade — falei, por fim, esperando que meu tom de voz pudesse compensar a inadequação daquelas palavras. — Eu não sabia.

Jack assentiu com a cabeça.

— O pessoal de relações-públicas encobriu tudo. Ninguém sabe. Tirando eu. E minha família. E alguns policiais locais em Dakota do Norte. E, é claro, Drew.

Pensei por um segundo.

— É por isso que o estúdio insistiu que você contratasse proteção?

Ele balançou a cabeça em confirmação.

— Já causei problemas suficientes.

Na sequência, perguntei:

— E esse é o motivo da guerra entre você e Hank?

— A causadora de problemas é a minha mãe. Ela fica querendo me ver, me pede para vir visitá-la. Ela simplesmente continua me amando e me perdoando.

— E, quando ela ficou doente, Hank não queria que você viesse para cá?

— Exatamente.

— Mas você veio mesmo assim.

— Não dava para dizer não para ela.

— E agora você só está esperando até poder desaparecer de novo?

— Basicamente isso.

— Acho que parece que você está sendo horrivelmente duro consigo mesmo.

— Da próxima vez que você deixar alguém se afogar no rio, me ligue e vamos comparar as nossas anotações.

— Então você não consegue se perdoar?

— Não consigo. — Jack deu de ombros. — Nem vou.

— Parece um pouco extremo.

— Eu acordo todos os dias pensando que uma pessoa... uma pessoa realmente ótima, uma pessoa muito melhor do que eu... não está aqui, e eu estou. O único jeito de tornar minha existência tolerável é tentar fazer alguma coisa todos os dias que justifique a minha vida.

— O que você faz?

— Ah, você sabe... criar uma fundação. Financiar bolsas de estudo. Fazer aparições em hospitais infantis. Ajudar senhorinhas com as compras. Doar sangue.

Uau. Um sortudo recebeu o sangue do Destruidor e nem sabe.

— Coisas grandes — Jack continuou — e coisas pequenas também. Simplesmente... *alguma coisa*. Uma coisa boa a cada dia.

— É muito remorso.

Jack assentiu com a cabeça.

— Você pensaria que o pesadelo já devia ter desaparecido agora, mas ele ainda é forte.

— Tudo bem — falei. — E se o pesadelo não for uma punição? E se for uma *chance*?

Jack me olhou nos olhos.

— Uma chance de fazer o quê?

— Ver seu irmão novamente.

— Eu diria que as chances são bem baixas. Já que ele está morto.

— Tenho uma ideia, mas provavelmente você vai odiá-la — continuei.

— Isso parece um desafio.

— Você já ouviu falar em sonho lúcido, certo? Quando você está ciente de que está sonhando, no sonho?

— Mais ou menos.

— E se você ensinasse a si mesmo como fazer isso e, então... conversasse com Drew?

— Ensinar a mim mesmo a sonhar de propósito?

— Quero dizer, sim.

— E depois ter uma conversa com meu irmão morto?

Confirmei com a cabeça.

— Como? Quando? Enquanto o carro está enchendo de água?

— E se você simplesmente... desviar o sonho em uma direção distinta?

— Não é como os sonhos funcionam. Eles não têm roteiros.

— Mas, tecnicamente, você o escreve. Todos nós escrevemos.

— Essa ideia é horrível. E, mesmo se funcionasse, não seria Drew de verdade.

— Mas talvez conversar com Drew fosse um jeito de falar com você mesmo.

Jack me olhou por um minuto.

— Você está certa. Eu odiei.

— Tudo bem — falei, tentando descer da cama. — Pode odiar. Como queira.

No entanto, quando me mexi, ele me segurou e me puxou de volta, de encontro ao seu peito. Era sólido, quente e, como sempre, cheirava a canela.

— Fique.

Apoiei a cabeça no travesseiro ao lado dele.

— Estou cansada.

— Dois minutos.

— Sessenta segundos — falei. — É isso ou nada.

— Fechado.

— Sessenta segundos, então — concordei. — Só não me deixe dormir.

CAPÍTULO 22

É CLARO QUE EU DORMI.

Quando acordei, na manhã seguinte, estava na cama de Jack Stapleton, embaixo do turbilhão do que quer que ele fazia com os lençóis todas as noites, e estava presa ao colchão por um dos braços enormes dele, pendurado em meus ombros, e também por uma de suas pernas – enroscada ao redor de uma das minhas.

Na verdade, tudo aquilo era muito bom. Me dei um instante para saborear.

Quero dizer... *certo*? Aquele tipo de coisa não acontece todo dia. Eu estava tentada até a tirar uma selfie, para poder acreditar mais tarde.

Mas então meu telefone – que estava configurado para não tocar antes das oito da manhã – começou a tocar às 8h01.

Muito.

Quando consegui sair de debaixo de Jack para ver o que era, encontrei mil mensagens de todas as pessoas com quem eu trabalhava e de várias outras pessoas.

Aparentemente eu tinha me tornado, sem querer, famosa da noite para o dia.

Porque, enquanto estávamos dormindo aqui, lá na internet as coisas estavam bem despertas.

Em menos de vinte e quatro horas, três coisas principais relacionadas a Jack aconteceram.

Um: a Mulher dos Corgis decidiu atualizar seu site sobre Jack Stapleton com fotos e vídeos de todas as suas estripulias de stalker – espalhando a notícia para quem quisesse ouvir de que Jack estava em Houston e que ela conseguira descobrir o endereço de sua casa. Incontáveis posts foram publicados com legendas tipo "O amor está no ar na minha primeira e única propriedade alugada de luxo de Houston! Ele pode correr, mas não pode se esconder! #JackStapleton #JackAtaque #JackNovamente #AmorVerdadeiro #ViciadaEmCorgis #VejaMeusNudes #VamosFazerUmBebê".

Dois: Uma foto minha e de Jack no hospital – naquela noite, quando eu lhe disse para se esconder se inclinando sobre mim – apareceu e explodiu on-line. Definitivamente, até para mim, parecia que estávamos nos abraçando, possivelmente até nos pegando como loucos. E aquela foto estava em todos os lugares, em matérias com títulos como "Quem é a nova namorada de Jack Stapleton?", "Mulher misteriosa beija Jack Stapleton" e o velho e bom "É isso aí, Jack!".

E três: aparentemente, a Mulher dos Corgis viu a foto, perdeu o que lhe restava de juízo e mandou entregar uma cesta cheia de filhotes de corgis de pelúcia na porta da casa alugada de Jack em Houston... com um bilhete dentro informando Jack de que definitivamente, sem sombra de dúvida, ela iria me matar. Com detalhes gráficos.

Glenn, nem preciso dizer, não estava satisfeito. Sua última mensagem dizia:

CORRA ATÉ O QG! AGORA! VAMOS VER O QUE A GENTE FAZ.

Aquilo definitivamente colocava Jack no nível de ameaça tangerina. Ou talvez até mesmo caqui.

Não era uma ameaça de morte contra o cliente, mas era uma ameaça contra sua "namorada", o que era perto o bastante. Além disso, as fotos que ela postara incluíam todo tipo de pistas reveladoras sobre a casa de Jack, que fãs empreendedores poderiam estudar. Sem contar que agora o mundo sabia que ele estava de volta à civilização – o que o colocava novamente no jogo.

Antes de sair do quarto de Jack, me dei um minuto para parar na porta e olhar para ele – ainda adormecido na cama na qual *eu também estava* havia poucos minutos. O cara naquela cama era tão diferente da pessoa que estava por toda a internet. Desde os óculos tortos até os truques que desafiavam a morte nos cavalos de circo, passando pelo modo como ele não conseguia arremessar um pedaço de lixo na lata nem para salvar a própria vida.

É tão engraçado olhar para aquele momento em retrospecto: Jack dormindo tão pacificamente, e eu o observando, ainda feliz pela noite em seus braços e me sentindo – sem nem mesmo perceber – mais próxima dele do que jamais me sentira de qualquer outra pessoa.

Eu estava confiante de que lidaríamos com essa nova complicação como tínhamos lidado com todo o resto.

Mas às vezes confiança não é o suficiente.

Porque sabe o meu relacionamento "falso mesmo assim de algum modo impossivelmente verdadeiro" com Jack Stapleton?

Estava praticamente acabado.

∎∎∎

De volta ao QG, tudo se movia de forma acelerada.

Glenn gritava ordens, Kelly estava juntando prints de telas, Amadi corrigia alguém no telefone. Taylor tinha ligado para dizer que estava doente, mas Robby estava ali – e a ideia de uma ameaça de morte contra sua ex-namorada o fizera entrar no modo macho.

— Você precisa tirá-la da missão — ele estava atormentando Glenn quando eu entrei. — Não é seguro agora. Ela é um alvo.

— Calma aí, Romeu — disse Glenn. — Você não pode me dizer o que fazer.

— Não mesmo — falei, fechando a porta atrás de mim.

Glenn nem se dignou a me olhar.

— Você também não pode.

— Eu posso continuar no caso — garanti. — Está tudo bem.

— Não tenho certeza se está tudo bem — falou Glenn, folheando uma pilha de impressões. — Essas ameaças são muito específicas. Essa mulher realmente pensou muito no assunto.

— Tem mais do que uma? — perguntei. — Achei que ela só quisesse me atropelar com seu carro.

— Ela também quer empurrar você de um telhado. E eletrocutar você. E te envenenar com iscas para rato.

— Meticuloso — comentei, me aproximando de Glenn para olhar por sobre seu ombro.

— Veneno de rato não é brincadeira — opinou Robby, mas eu o ignorei.

— Como ela conseguiu pensar em tudo isso em vinte e quatro horas? — questionei. — Aquela foto minha acabou de aparecer.

— Talvez ela tivesse um plano de contingência pronto — sugeriu Glenn —, para qualquer namorada que pudesse aparecer.

— Vamos ficar bem enquanto permanecermos no rancho — falei, surpresa em ver o quanto eu queria que isso fosse verdade.

Mas Glenn estava negando com a cabeça.

— Você está comprometida agora. É um risco para o cliente e para si mesma.

— Nós podemos minimizar esses riscos se...

Glenn me interrompeu.

— Se eu tirar você desse trabalho.

Robby parecia irritantemente triunfante.

— Olhe — falei para Glenn —, eu posso lidar com essa situação.

— Mas não há motivo para isso — ele respondeu. — Nós temos agentes suficientes que podem assumir no seu lugar.

— Eu assumo! — se voluntariou Kelly, do fundo da sala.

— Mas... — Eu não tinha muita certeza sobre o que dizer. — O que nós vamos falar para os pais de Jack?

— Simples. É hora de falar a verdade.

— Sobre mim?

— Sobre a situação toda.

— Você quer dizer... — Comecei a sentir faíscas de pânico no peito, mas tentei arduamente parecer que estava apenas esclarecendo, para meu arquivo mental. — Vou ter que dizer para eles que era tudo uma mentira e simplesmente... ir embora para sempre?

— Basicamente — confirmou Robby, alegremente.

— Cale a boca, Robby — Kelly e eu respondemos em uníssono.

— Eu concordei com a farsa quando o nível de ameaça era amarelo — explicou Glenn. — Mas agora é laranja para o cliente, e vermelho para você. Se ficar, você está atraindo o perigo... tanto para você quanto para eles. Eles precisam saber o que está acontecendo. Todo mundo vai ficar mais seguro se você contar a verdade e for embora.

Eu pensei nisso.

— Você não quer colocar a família Stapleton em risco, quer?

— É claro que não.

— Então está decidido. Você vai embora hoje à noite.

Espere! O quê?

— Hoje à noite?

Glenn olhou para mim, como se dissesse *Não é tão difícil assim.*

— Conte tudo para eles hoje, e então parta à noite. Vou enviar Amadi com o carro depois do jantar. Vamos colocar um agente no seu apartamento para ficar de olho em você por alguns dias. — Glenn se virou para checar sua escala.

Cruzei os dedos para que fosse Amadi. Ou Doghouse. Ou Kelly.

— Taylor está livre — disse Glenn.

— Sério? — reclamei. — Ela é minha inimiga!

— Deixe isso pra lá.

Então, com temor, percebi que, se ele estava colocando Taylor na minha cola, isso deixaria Robby livre dessa tarefa.

— Quem vai ficar no meu lugar?

Glenn sabia o que eu estava perguntando. Mas fingiu o contrário.

— Assim que tudo estiver esclarecido, vamos colocar uma equipe no rancho e outra na casa da cidade. E vou colocar Robby ao lado do cliente.

Eu sabia que ele ia falar isso.

— Ah, tenha dó!

— Ei — disse Glenn. — É exatamente como a operação que Robby coordenou em Jacarta. Você quer o melhor para o seu namorado, não quer?

— Não chame Jack de meu namorado.

— Tudo bem. Acho que nós terminamos por aqui — Glenn encerrou o assunto.

Robby assentiu, com um sorriso irônico que me fazia querer dar um soco bem no meio da sua cara.

— Mas eis a boa notícia. Você ainda está no páreo para Londres. E agora está livre para ir para a Coreia. — Glenn deu uma batidinha com o dedo no relógio de pulso, tipo *De olho no prêmio*, pensando que eu estava recebendo exatamente o que queria. — Só duas semanas.

CAPÍTULO 23

EU NÃO CONSEGUIA NEM REUNIR ENERGIA PARA FINGIR CORRER DE VOLTA PARA A CASA. SIMPLESMENTE caminhei, toda desleixada – protestando contra cada decepção da minha vida com uma postura ruim.

Jack me encontrou na estrada de cascalho, em sua Range Rover recém-substituída.

— Vi as notícias — disse ele. — Vamos até o rio.

— Ok. — Dei de ombros, sem ânimo, e subi no banco do passageiro.

Não conversamos durante o caminho. Eu apenas olhei o cenário com aquela consciência lenta que aparece quando você nunca mais vai ver alguma coisa novamente. A cerca de arame farpado. O caminho de cascalho esburacado. O mato se agitando pelos campos. As nogueiras altas roçando o céu. Os urubus dando voltas preguiçosas sobre nossas cabeças.

Era diferente de qualquer lugar em que eu estivera – ou em que estaria novamente.

Nunca havia ficado emotiva ao terminar um trabalho. Aquilo era parte de não se apegar. Você estava só trabalhando. Quando ia embora, estaria trabalhando em outro lugar.

Eu não sabia o que fazer com a tristeza que inundava meu coração. Ele parecia tão cheio que eu poderia esprimê-lo como uma esponja. O que as pessoas faziam com uma tristeza dessas? Como elas faziam aquilo secar?

Quando chegamos ao fim da estrada – o mesmo lugar onde Jack me dera aquela carona em suas costas logo no início –, ele desligou o motor, mas nenhum de nós desceu.

Expliquei tudo para ele, o que tudo significava e por que tínhamos que fazer todas as coisas que faríamos.

Ele tentou argumentar comigo.

— Não quero que Bobby substitua você.

— Ele não vai me substituir. Ele não vai, tipo, dormir no seu chão usando camisola.

— Graças a Deus.

— Vai ser uma missão completamente diferente, porque não vai haver mais fingimento. Ele simplesmente vai ficar parado por perto, estilo serviço secreto.

— Isso pode ser pior.

— Vai ser — comentei.

— Eu entendo por que nós temos que contar para os meus pais, e entendo por que nós precisamos aumentar o nível da segurança. Mas acho que você devia ficar.

— Eu devia ficar?

— Fique comigo e seja protegida.

— Pela minha própria empresa?

— Você está em perigo agora.

— Não é assim que funciona. Só estou em perigo porque estou perto de você. Assim que eu for embora, o nível de ameaça é completamente diferente.

Jack pensou nisso, então argumentou um pouco mais e finalmente desistiu. Todo o nosso meticuloso arranjo foi estragado por uma homicida que era criadora de corgis nas horas vagas.

— Então esse é o nosso último dia juntos — disse Jack, quando ficou sem meios de argumentar.

— Sim. Vou embora depois do jantar.

— Depois do jantar? Isso parece rápido.

— Quanto mais rápido, melhor.

— E então... não vou ver você depois disso?

— Não.

— Isso quer dizer que você não vem para o Dia de Ação de Graças?

— Jack me fez a pergunta mais estranha de todas.

Dia de Ação de Graças? Que ideia estranha.

— Claro que não venho no Dia de Ação de Graças. — Como ele não parecia compreender, completei: — Não venho para mais nada... nunca mais.

Jack se virou para me olhar nos olhos.

— Quando o trabalho termina, ele simplesmente termina — expliquei. — A gente não fica, tipo, amigo no Facebook ou coisa assim. Robby vai terminar o trabalho... e depois você vai voltar para o seu alce albino, e eu vou para a Coreia, comer noodles com molho de feijão-preto, e vai ser como se nunca tivéssemos nos conhecido.

— Mas nós nos conhecemos — disse Jack.

— Isso não importa, na verdade. É assim que a coisa funciona.

Jack parecia muito sério.

— Então, o que você está me dizendo é que este é o último dia em que nós vamos nos ver?

Eu queria dizer que sim. Que era o que eu estava dizendo para ele.

— Basicamente.

— Ok — disse Jack, assentindo. — Então vamos fazer com que seja um bom dia.

■■■

Jack insistiu que queria me carregar até a praia, em nome dos velhos tempos, embora eu estivesse bem com meus tênis – e eu deixei.

Caminhamos na beira da água por um tempo, pegando pedaços de madeira petrificada, assim como pedras, seixos e troncos. O vento era tão constante quanto a correnteza do rio, e eu não pude deixar de me sentir aliviada com sua agitação.

Depois de um tempo, chegamos em um tronco de árvore lavado pelo rio, e Jack decidiu se sentar nele.

Eu me sentei ao seu lado.

Geralmente, quando você vê alguém pela última vez, não sabe que é a última vez. Eu não tinha certeza se isso era melhor ou pior. Mas eu não queria falar a respeito. Eu queria falar sobre algo comum. Algo sobre o que teríamos falado se fosse qualquer outro dia.

— Posso perguntar uma coisa sobre ser ator? — perguntei.

— Claro. Manda.

— Como você faz para chorar?

Jack inclinou a cabeça para mim, como se fosse uma pergunta muito boa.

— Certo. O melhor jeito é entrar muito no personagem, a ponto de sentir o que ele está sentindo... e então, se ele está sentindo coisas que fazem as pessoas chorarem... de repente você está chorando também.

— Com que frequência isso acontece? — perguntei.

— Cinco por cento das vezes. Mas estou trabalhando nisso.

— Não é muito.

Jack assentiu com a cabeça, observando o rio.

— Sim. Em especial em um set de filmagem. Porque tem tantas distrações... tantos guindastes, estrondos, membros da equipe e figurantes por todo lado. E é muito frio ou muito quente, ou eles colocam um gel estranho no seu cabelo que meio que coça. Quando é assim, você precisa se esforçar mais.

— Tipo como?

— Você precisa pensar com força em uma coisa da sua própria vida... uma coisa verdadeira... que faça você se sentir triste. Você precisa ir até lá mentalmente e sentir aqueles sentimentos até que as lágrimas apareçam.

— Isso parece difícil.

— E é. Mas a alternativa é estragar o take, então você fica motivado.

— E se você não conseguir chorar?

Jack me olhou como se estivesse avaliando se eu podia lidar com a resposta.

— Se você não puder chorar, tem um bastão.

— Um bastão?

— Sim. O pessoal da maquiagem esfrega embaixo do seu olho, e isso faz seus olhos lacrimejarem. Tipo cebola.

— Isso parece trapaça.

— É totalmente trapaça. E todo mundo sabe que você está trapaceando, porque acabaram de ver acontecer. E as pessoas te julgam. E isso deixa tudo ainda mais difícil.

— Um círculo vicioso — falei, como se quisesse dizer *Já passei por isso*.

— Exatamente. Mas eu tenho outro truque.

— E qual é?

— Não pisque.

Eu pisquei.

— Esse é o truque — disse Jack. — Simplesmente não pisque.

— Você quer dizer que simplesmente mantém as pálpebras abertas, como se estivesse encarando?

— Tem que ser sutil... mas, sim. Se os seus olhos começarem a secar, eles vão lacrimejar. Então, *presto*. Lágrimas.

— Como você faz isso sem parecer estranho?

— Como você faz qualquer coisa sem parecer estranho?

— Espere... Não me diga que você fez isso em *Os destruidores*.

Jack fechou a boca.

Eu me inclinei para mais perto dele.

— Quando o Destruidor está chorando por todo um universo perdido, e é um dos momentos mais tocantes da história do cinema, me diga que ele não está simplesmente... com o olho ressecado.

— Sem comentários.

— Ah, meu Deus! Você é um monstro.

— Você *perguntou* — disse Jack.

Eu o encarei.

Ele estreitou os olhos para mim.
— Você sabe que eu não sou realmente o Destruidor, certo?
— É claro. — Em grande parte.
— Aquilo era um filme.
— Eu sei disso.
— Eu fui pago para atuar. Não era de verdade.
Mas eu ainda estava processando.
— Preciso ficar brava com você agora?
— Não. — Jack se moveu, girando o corpo no tronco, na minha direção. — Você devia estar me admirando. — Ele passou uma perna por sobre o tronco, de modo a ficar montado nele, e deu um tapinha no meu joelho para que eu fizesse o mesmo, até que estávamos nos encarando, com os joelhos encostados.
— Ok, o primeiro que chorar ganha — ele propôs, se inclinando na minha direção.
— O que você está fazendo?
— Estou ensinando você a chorar.
— Não preciso de ajuda com isso.
— Chorar *de mentira*. Pode ser surpreendentemente útil. Pense nisso como um concurso para ver quem pisca primeiro.
— Não quero participar de um concurso para ver quem pisca primeiro.
— Tarde demais.
Dei um pequeno suspiro em rendição.
— Mais perto, mais perto. — Ele acenou para que eu me aproximasse.
Tudo bem. Eu me inclinei um pouco para a frente.
Jack se inclinou para a frente também.
E então nós estávamos nos encarando, nossos narizes a poucos centímetros de distância – sem pestanejar. O ar entre nós parecia estranhamente sedoso.
E, quando ficou intenso demais, eu falei:
— Ouvi dizer que existe comprovação científica de que, ao olhar nos olhos de alguém por tempo demais, você se apaixona pela pessoa.
Jack afastou o olhar.
Anotado.

Então ele me olhou novamente.

— Não me sacaneie. Vamos começar de novo.

Depois de mais um tempo, reclamei:

— Meus olhos estão começando a arder.

— Isso é bom. Se apoie nisso. Em sessenta segundos você vai ser uma atriz profissional.

— Não é... confortável.

— A excelência nunca é.

Eu devia apreciar esse momento, pensei. Eu estava ali, pessoalmente, com Jack Stapleton – *o* Jack Stapleton –, sob a luz do meio da manhã, me embebedando dos contornos de seu rosto na vida real. As ruguinhas em volta de seus olhos. A barba por fazer em seu queixo. A partir de amanhã, eu só o veria novamente nas telas. *Lembre-se disto*, falei para mim mesma. *Preste atenção.*

— Sem trapacear — Jack falou então.

— Como eu poderia trapacear?

— Se você não sabe, não sou eu quem vai dizer.

— Você está tentando *vencer* isto aqui, não está?

— É claro.

— Eu achei que você estivesse só me ensinando.

— Tenho que manter a coisa interessante.

Já era interessante, mas tudo bem.

— E não me faça rir — disse Jack, todo severo.

— Você nunca ri.

— Estou falando sério — insistiu ele. — Pare com isso.

— Parar com o quê?

— Pare de fazer isso com o rosto.

— Não estou fazendo nada com meu rosto.

— Está me fazendo rir.

— Isso é problema seu, não meu.

Na sequência, Jack cedeu. Seu rosto inteiro mudou para um sorriso arrebatador. Então ele abaixou a cabeça e seus ombros sacudiram.

— Você é terrível nisso — falei.

— Não sou eu, é você. — Ele ainda não tinha erguido a cabeça.

— Sendo assim, não é a primeira pessoa a chorar que ganha... é a primeira pessoa que se dissolve em risadinhas que perde.

— Homens não se dissolvem em risadinhas.

— Você, sim.

Jack levantou a cabeça, os olhos ainda brilhantes, ainda sorrindo.

— Acho que é mais fácil se você não gosta do parceiro de cena.

Aquilo chamou minha atenção.

— Você não gostava dos seus parceiros de cena?

— Às vezes.

— Mas não nas comédias românticas. Não Katie Palmer.

Jack fez uma careta.

— Katie Palmer é a pior.

Arfei em protesto.

— Isso não pode ser verdade.

Ele confirmou com a cabeça, como se dissesse *Sinto muito*.

— Ela é mal-educada, narcisista e puxa-saco dos caras importantes. É o tipo de pessoa que humilha o garçom.

Coloquei as mãos sobre o rosto.

— Não fale mal de Katie Palmer! Ela é um tesouro nacional.

— Bem, ela é uma pessoa ruim. E uma péssima atriz.

Cobri a boca com a mão.

— Pare! Você está estragando ela!

— Ela já é estragada.

— Mas aquele filme! Vocês estavam tão apaixonados.

— Adivinha só? Estávamos atuando.

— Mas, aquele beijo. Aquele beijo épico!

— Quer saber por que aquele beijo foi tão bom? Porque, quanto mais cedo conseguíssemos fazer a cena, mais cedo o dia de gravação terminaria.

— Mas! Mas... — Era assim que o dia de hoje acabaria? Jack ia estragar meu beijo favorito de todos os tempos?

Então, ele acrescentou:

— E ela tem um mau hálito terrível também.

Ah, não!

— Isso não pode ser verdade!

— É verdade. Ela é famosa por isso. O hálito tem cheiro de elefante.

— Cheiro de *elefante*?

— Tipo quando você vai ao zoológico e fica perto dos elefantes. *Aquele* cheiro. Mas quente. E úmido.

Eu me limitei a apertar os olhos com força e negar com a cabeça.

Jack prosseguiu:

— É por isso que as pessoas a chamam de "amendoim".

Abri os olhos e pisquei para ele.

— A propósito, eu tenho um ótimo hálito — Jack falou então.

Pisquei novamente.

— Com cheiro de canela. — Ele me deu uma piscadinha.

O que estava acontecendo aqui?

— Mas... e quanto àquela coisa que você disse sobre chorar... quando está funcionando de verdade, você sente os sentimentos do personagem?

— Essa é uma boa questão — disse Jack, todo professoral, apontando para mim. — Quando você está trabalhando com alguém realmente bom, isso pode acontecer. Eu poderia facilmente fazer isso com a Meryl Streep.

— Espere... você beijou a Maryl Streep?

— Ainda não. Me dê mais algum tempo.

Dei um soco no ombro dele, tipo *Vai sonhando, amigo*.

— Tudo para dizer que sim. É possível duas pessoas se beijarem como os personagens — concluiu Jack.

— Obrigada — falei, como se ele tivesse acabado de colocar o mundo em sua ordem natural.

Então, ele acrescentou:

— Mas não quando você beija Katie Palmer.

— Que droga!

— É tudo coreografado — continuou. — Você pensa se está bloqueando a câmera, e nos ângulos, e em acertar sua marca, em não ter queixo duplo, e ter certeza de que seus lábios não estão dobrados de um jeito estranho. É muito técnico. Você fala sobre tudo isso antes. Sabe, tipo "vai ter língua?". Esse tipo de coisa.

— *Vai ter língua?*

— Quase nunca.

Aquilo era decepcionante? Eu não conseguia decidir.

— Você precisa bloquear tudo com antecedência. Isso é válido para todos os beijos na tela, na verdade. É o oposto de um beijo de verdade. Para o beijo na tela, o que importa é a sua aparência. Em um beijo de verdade, é claro — Jack desviou o olhar por um segundo —, o que importa é o que você sente.

— Hum — resmunguei.

— Pois é.

— Então você odiou beijar Katie Palmer... — comentei.

— Afirmativo. Odiei beijar Amendoim Palmer.

— Meu beijo favorito de todos os tempos — tentei absorver a notícia — é um beijo de ódio.

Jack negou com a cabeça.

— Seu beijo favorito de todos os tempos é um beijo "vamos fazer isso logo e vazar daqui".

Suspirei. Olhei para o rio, que continuava ali fluindo como se nada tivesse acontecido. Então, falei:

— Sinto falta do tempo em que eu não sabia disso.

— Eu também.

— Você acabou de estragar meu beijo favorito.

Jack deu de ombros, como se dissesse *Essas coisas acontecem*. E finalizou:

— Talvez algum dia eu compense você por isso.

CAPÍTULO 24

NO JANTAR, FIQUEI ESPERANDO QUE JACK CONFESSASSE O RELACIONAMENTO FALSO PARA SEUS PAIS – MAS ele continuava adiando.

Eu tinha feito tacos de peixe para o jantar. Será que, assim como eu, ele também não queria estragar a refeição?

Me peguei olhando furtivamente ao redor da mesa. Eu não achava que Hank fosse se importar muito, mas temia o momento em que Doc e Connie descobrissem que estávamos mentindo para eles todo esse tempo.

Quando Doc começou a tirar os pratos, e Jack ainda não tinha falado nada, eu comecei:

— Doc? Connie? Jack e eu precisamos falar com vocês sobre uma coisa.

Connie levou a mão ao osso da clavícula, deliciada.

— Eu sabia.

— Sabia? — perguntei, olhando de relance para Jack.

— Eu falei isso há uma semana. Não falei, querido? — Connie perguntou para Doc.

— Falou — confirmou Doc.

Olhei para Jack.

— Não acho que isso seja... — Jack começou a falar.

— Vamos fazer aqui — sugeriu Connie. — Nós cuidamos de tudo.

— Fazer o quê? — perguntou Jack.

A mãe dele franziu o cenho, como se dissesse *Dã*.

— O casamento.

Jack olhou para mim.

Eu suspirei.

— Mãe, nós não vamos nos casar — disse Jack.

Connie fez um aceno com a mão, como se dissesse *Besteira*.

— Claro que vão.

— Mãe...

— Estou falando para você. Eu já tinha dito. Vocês são perfeitos um para o outro.

Jack parecia um pouco verde. Isso ia ser pior do que ele pensara.

— Mãe, não vamos nos casar. Na verdade — ele me olhou de relance, em busca de coragem —, Hannah nem é minha namorada de verdade.

O pai de Jack tinha se sentado novamente – e agora ele e Connie nos encaravam, sem entender.

— Não é sua namorada? — perguntou Connie. — Por que não?

— Na verdade, ela é... — começou Jack. — Vejam... — Ele tentou novamente. — A verdade é que...

— Sou uma guarda-costas — falei.

Os pais de Jack me encararam, sem entender, mas Hank olhou fixo para Jack.

— Sou a guarda-costas *dele* — esclareci, apontando para Jack.

Demos um segundo para que a notícia se assentasse.

Então, Doc perguntou:

— Você não é um pouco pequena para ser guarda-costas?

— Sou mais alta do que pareço — respondi.

— Ela tem uma personalidade alta — Jack disse ao mesmo tempo.

Em seguida, me deu uma cotovelada e falou:

— Leve-o até o pátio e o jogue no chão.

Doc franziu o cenho e olhou para Jack.

— Ela consegue?

— Você não ia acreditar.

— Estávamos fingindo ser um casal — prossegui, permanecendo focada — para que eu pudesse ficar perto de Jack e protegê-lo.

Não sei que tipo de reação eu esperava... mas certamente não era a que consegui – de Connie, por fim.

— Bem, isso é ridículo — disse Connie. — Vocês deviam namorar. Estão claramente apaixonados um pelo outro.

— Era tudo fingimento — falei, gentilmente.

Mas Connie se virou para Jack, como se não acreditasse naquilo nem por um segundo.

— Jack — disse ela. — Era tudo fingimento?

Ele segurou o olhar dela por um segundo e então, com um aceno de cabeça decidido, falou:

— Era tudo fingimento.

— Por favor — Connie zombou, balançando a cabeça.

— Eu sinto muito — falei. — Ele estava atuando.

Mas aquilo só a fez rir.

— Ele não é um ator tão bom.

— Era um relacionamento de mentira — repeti.

— Vocês dormiram juntos todo esse tempo. Estavam fingindo *isso* também?

Jack abaixou os olhos.

— Hannah dormiu no chão.

Aquilo chamou a atenção dela.

— No *piso de cerâmica*?

— Eu ofereci a cama para ela. Ela não aceitou.

Isso deixou Connie irritada. Ela se levantou e estendeu a mão pela mesa para dar um tapa no ombro de Jack.

— Você deixou nossa Hannah dormir naquele chão frio e duro? Não foi para isso que eu te criei! Seja um cavalheiro!

Meu coração se agitou um pouco com as palavras "nossa Hannah".

— Eu fiquei bem. Sou durona.

— Você não devia precisar ser — disse Connie, e, por algum motivo, a ternura na voz dela fez meus olhos lacrimejarem.

Eu tossi.

— A questão é que nós estávamos tentando manter Jack... e todo mundo... em segurança. Sem preocupar vocês.

Agora, Hank, que estava ameaçadoramente quieto, tinha uma pergunta:

— Em segurança por quê?

Olhei para Jack, que assumiu as rédeas.

— Uma situação desimportante... quase inexistente... com uma stalker.

— Não queríamos correr riscos, mas também não queríamos criar estresse para ninguém — expliquei.

— Você tinha uma stalker? — Hank perguntou.

— Tenho. — Jack confirmou com a cabeça. — Só uma sem importância.

— Mas, em vez de simplesmente contar para todo mundo... vocês mentiram? — perguntou Hank.

— Bem... — Tentei pensar em um jeito de melhorar a situação. — Sim. Mas com... intenções nobres.

— Não me importa se vocês mentiram — disse Connie. — Só quero que vocês se casem.

Jack negou com a cabeça.

— Mãe, não vamos nos casar. Nós nem estamos juntos.

— Besteira — retrucou Connie e, chocando a mesa toda, ofereceu um acordo para Jack: — Peça a mão dela em casamento agora e está tudo perdoado.

Mas, antes que Jack pudesse responder qualquer coisa, Hank tinha outra pergunta para nós:

— Por que agora?

— Oi?

— Por que vocês estão nos contando agora? Por que não esperar até o Dia de Ação de Graças e seguir o caminho de vocês, sem nenhuma pergunta?

— Ah — murmurou Jack. — Então... Veja... a situação desimportante com a stalker se tornou um pouco menos desimportante recentemente.

Hank ficou tenso.

— O que isso quer dizer?

— Quer dizer que a stalker... que sempre foi muito inofensiva, me escrevendo cartas de amor e tricotando suéteres...

— Era dela que os suéteres vinham? — perguntou Connie.

Jack confirmou com a cabeça.

— Ela é muito talentosa — comentou Connie, com um aceno de respeito.

Decidi ajudar.

— Ela recentemente intensificou um pouco as coisas.

— Como? — perguntou Hank, ainda se preparando para a notícia completa.

— Acontece que alguém tirou uma foto minha e de Jack quando estávamos no hospital na outra semana, e, do ângulo que foi tirada, parecia realmente que nós estávamos nos beijando... o que definitivamente não estávamos... e agora toda a internet acha que eu sou a namorada de Jack. — Tentei tornar a situação engraçada.

— Eu falei que eles estavam apaixonados — Connie disse para Doc, que deu um tapinha na mão dela.

— O que não importaria muito — continuei falando —, se a Mulher dos Corgis não tivesse meio que...

— Surtado — finalizou Jack.

Confirmei com a cabeça.

— E agora ela se tornou um tantinho mais agressiva.

— Como? — Hank quis saber.

Jack e eu nos entreolhamos por um segundo, ele respirou fundo e falou:

— Ela quer matar Hannah.

Confirmei com a cabeça.

— De várias formas criativas.

Eu estava tentando, pelo menos, tornar a coisa engraçada – mas Hank não ia aceitar.

— Jesus! — Ele se levantou tão rápido que derrubou sua cadeira. E começou a andar pela cozinha. — Você tem uma stalker assassina na sua cola?

— Só descobrimos hoje de manhã — respondeu Jack.

— Ela realmente era muito benigna até agora... — comecei.

— Ela sabe onde nós estamos? — Hank se aproximou da janela para espiar para fora.

— Não — garantiu Jack.

— Hank — falei, tentando soar o mais profissional possível —, vocês não estão em perigo no momento presente.

— Até onde sabemos — concluiu Hank.

— Nenhuma ameaça foi feita contra vocês — expliquei. — Ou contra nenhum membro da família. A única pessoa em perigo aqui sou eu... e posso lidar muito bem com isso.

— E se ela atirar em você e errar?

— É por isso que estou sendo removida da missão e sendo substituída por uma equipe inteira... tanto aqui quanto na casa de Jack na cidade. A agência para a qual eu trabalho é a melhor do ramo. Assim que eu for embora, o perigo vai ser mínimo. Um carro vai vir esta noite para me levar de volta à cidade.

Eu esperava que meu tom de voz fosse tranquilizador.

— Ainda estou tentando entender o básico aqui — disse Hank para Jack, a raiva aumentando em sua voz. — Você estava preocupado o bastante para contratar uma guarda-costas, mas não achou adequado nos contar o que estava acontecendo?

— Eu não queria que nossa mãe se preocupasse.

A voz de Hank estava cada vez mais tensa.

— Por acaso lhe ocorreu que podia ser útil para nós ter essa informação?

— O nível de ameaça era muito baixo — informei.

— Foi excesso de precaução — disse Jack.

— Você sabia que estava em perigo. — O tom de voz de Hank era muito mais alto agora. — Mas veio para cá do mesmo jeito.

— Eu não estava realmente em perigo.

— Mas agora você está.

— Mesmo agora... — comecei a dizer.

Hank não estava realmente interessado no que eu tinha a dizer nesse momento. Ele se virou para Jack com os olhos tão sombrios e duros quanto obsidiana:

— Seu egoísmo realmente não conhece limites.

Jack se levantou rápido, e agora os dois se encaravam.

— Não me chame de egoísta. Você não tem ideia.

Doc, Connie e eu permanecemos sentados em nossos lugares na mesa – fora da linha de tiro –, enquanto Jack e Hank se encaravam.

— Há um milhão de motivos pelos quais eu não queria que você viesse para cá — Hank estava quase aos gritos. — Começando pelo fato de que eu ficaria perfeitamente feliz em nunca mais te ver. Mas confesso que você matar todos nós não passou pela minha cabeça.

— Eu não matei ninguém! — Jack gritou, tão alto que o silêncio que se seguiu parecia fino como cristal.

— Bem — Hank prosseguiu, abaixando a voz para um tom que, de algum modo, era cem vezes mais ameaçador —, acho que há uma pessoa morta nesta família que poderia discordar disso.

Ao ouvir estas palavras, Jack agarrou seu prato e o atirou no chão com tanta força que eu meio que esperava que formasse um buraco ali. Então, ele gritou:

— Eu não matei Drew!

— Sério? — Hank gritou de volta, a voz saturada de amargura. — Você está se absolvendo? — Ele começou a erguer os dedos enquanto contava: — Você entrou no carro... dirigiu rápido demais... chegou na ponte a cento e quarenta por hora... rodou na pista congelada... bateu na mureta e despencou no rio gelado, levando você e o nosso irmão caçula! Em qual parte você não o matou?

— Na parte em que *eu não estava dirigindo*! — Jack berrou.

O aposento ficou em silêncio.

Jack pestanejou olhando para o chão, como se não pudesse acreditar que tinha confessado aquilo.

Hank deu um passo para trás e balançou a cabeça, como se estivesse tentando entender.

— Querido, você... — Connie falou, olhando para Jack totalmente confusa.

— Eu não estava dirigindo o carro naquela noite — Jack repetiu, mais baixo. — Drew estava dirigindo.

A voz de Hank estava mais baixa também.

— Está dizendo...

— Estou dizendo que não percebi que Drew tinha bebido até já estarmos na estrada. E, quando eu pedi para ele parar o carro, ele acelerou. Estou dizendo que a garrafa de uísque que vocês encontraram no carro era de Drew.

— Mas Drew não bebia mais. — Doc apertou os olhos, como se não conseguisse encaixar todas as peças. — Não desde o ensino médio. Ele estava no AA. Fazia anos.

Jack deixou os olhos fixos no chão.

— Acho que ele teve uma recaída.

O rosto de Connie brilhava com as lágrimas.

— Por que você não nos contou, querido?

— Porque Drew me pediu para não contar.

Todo mundo esperou.

— Quando nós batemos na mureta — contou Jack — e atingimos a água, flutuamos na superfície por um minuto. Eu estava abrindo as janelas e soltando nossos cintos de segurança, mas tudo o que Drew conseguia fazer era balançar a cabeça e dizer "Não conte para nossa mãe e nosso pai. Não conte para Hank". Ele falou isso umas dez vezes... talvez vinte? Sem parar. E eu estava tentando mantê-lo focado e tirá-lo de lá, então eu ficava falando: "Não vou contar, mano. Mas abra sua janela". No fim, quando a água entrou no carro, eu o empurrei pela janela. E, quando eles o encontraram afogado, tudo no que eu podia pensar era: *Aquele foi o último pedido dele. Foi a última coisa que ele quis. Não decepcionar ninguém.* Então eu honrei isso. Parecia o mínimo a fazer por ele... por todos nós.

Não tornar as coisas piores. Mesmo depois que começaram os rumores de que era eu quem estava bebendo, eu não fui capaz de quebrar aquela promessa. Eu ia levar tudo aquilo para o túmulo, não importa o quanto custasse. Mas acho que não consegui nem isso.

Jack soltou um suspiro, como se estivesse desapontado consigo mesmo.

Por um minuto, todos nós apenas o encaramos.

Eu pensei em como, em seus sonhos, era sempre Jack quem se afogava, e não Drew. Talvez Jack estivesse tentando salvá-lo. Ou talvez quisesse tomar seu lugar.

Ele parecia o tipo de cara que faria isso, se pudesse.

Então, com passos decididos, e as botas esmagando os pedaços do prato quebrado de Jack, Hank foi direto até o irmão.

— É por isso que você usa o colar dele? — perguntou Hank.

Era o colar de Drew.

Jack confirmou com a cabeça, e então se inclinou e pressionou a testa no ombro de Hank, que ergueu os braços e os dobrou em um abraço.

E então eu vi que pelos ombros de Jack que ele estava chorando.

Doc ajudou Connie a se levantar, para que eles pudessem ir até os rapazes e colocar os braços ao redor deles.

E bem quando pensei que devia me afastar em silêncio e deixar que aquela pequena família tivesse um momento a sós... Connie estendeu o braço para pegar minha mão e me puxar para o abraço em grupo também.

■■■

Depois Hank levou Jack para fora, para tomar um pouco de ar. Um momento entre irmãos havia muito esperado.

Foi só depois que os dois saíram que o restante de nós lembrou que eu estava no meio das minhas despedidas.

Depois de um segundo, Connie se virou para mim e perguntou:

— Toda essa coisa de relacionamento de mentira quer dizer que você não vem para o Dia de Ação de Graças? — Ela estava secando o rosto choroso com um guardanapo.

Neguei com a cabeça.

— Não, não venho.
— Você e Jack ainda vão se ver?
— Não. Não depois que eu for embora.
— Nem mesmo por diversão?
— Não sou muito boa em diversão — falei.
Com isso, Connie irrompeu em uma gargalhada:
— Você foi a melhor diversão que Jack teve em anos.

Lembrei de Robby me dizendo que eu não era divertida e me senti tão grata por Connie contradizê-lo.

— Você sempre será bem-vinda para nos visitar — Connie concluiu.

Mas eu neguei com a cabeça.

— Não é assim que funciona — falei, sentindo como minha garganta estava apertada. — Eu não vou ver nenhum de vocês nunca mais depois de hoje.

Connie balançou a cabeça, como se simplesmente não visse sentido naquilo.

Pobres Doc e Connie. Era muita coisa para assimilarem.

E foi quando decidi ir em frente e dizer algo verdadeiro:

— Eu sei que o momento é estranho, mas, já que é minha última chance de dizer, quero que vocês saibam que essa foi uma missão muito atípica para mim. Eu nunca, jamais, me apego aos clientes. Mas fiquei muito apegada a você.

— A mim? — perguntou Connie.

— A todos vocês. De modos diferentes. — E, ainda que não tivesse planejado dizer isso, antes mesmo de perceber, já estava acontecendo: — Minha mãe morreu este ano, e estar com você foi muito... significativo para mim.

— Ah, querida. — Connie segurou minha mão entre as dela.

— Ela não era parecida com você em nada — eu me peguei dizendo. — Ela era perturbada. E difícil. E sempre tornava as coisas piores em vez de melhores. Você não me lembra ela, mas... — Minha garganta apertou, mas eu segui em frente — ... acho que você me lembra a mãe que eu sempre desejei ter.

Connie me olhou nos olhos.

— Estou feliz por poder ter sido isso para você.

— Enquanto eu estive aqui — prossegui —, eu senti como se tivesse uma família. — Respirei fundo. — Minha infância não foi... — Eu não sabia o que dizer. — Acho que eu nunca soube como era uma família amorosa. E ainda que... — Senti que minha voz começava a tremer. — Ainda que eu não seja capaz de fazer parte de uma no futuro, amei estar com vocês. E estou grata por saber que famílias como a sua existem.

Inspirei e segurei o ar, tentando me recompor. Mas havia mais uma coisa:

— Vou sentir saudade, é o que estou tentando dizer. De verdade.

— E quanto a Jack? — perguntou Connie. — Vai sentir saudade dele?

Debati internamente sobre o quanto devia confessar.

— Vou sim. — Isso pareceu o suficiente.

— Ele gosta de você. Dá para ver.

Mas ali estávamos nós, no fim. Eu não me permitiria sequer desejar que fosse verdade. Em vez disso, balancei a cabeça.

— Acho que talvez ele seja um ator muito melhor do que você pensa — respondi.

CAPÍTULO 25

AMADI APARECEU PARA ME LEVAR DE VOLTA À CIDADE ANTES QUE JACK E HANK VOLTASSEM.

— Você está um pouco adiantado. — Verifiquei meu celular.

— Sim — disse Amadi. — Estamos com um dos pequenos doente em casa, então minha esposa...

— Entendo. — Assenti.

Não demorou muito para eu fazer as malas. Não havia muito o que guardar. Até coloquei a tampa da pasta de dente de Jack para ele.

Pensei, por um segundo, em deixar um bilhete ou em tirar uma foto. De que outra forma eu me lembraria da imagem da cama desfeita de Jack, ou das pilhas de roupas espalhadas, no formato de Jack, como se fossem tapetes de pele de urso?

Mas retomei meu profissionalismo. Havia um protocolo de partir sem deixar rastros para essas coisas. *Eu nunca estive aqui.*

Amadi guardou minha mala no nosso Tahoe preto da empresa, estilo serviço secreto, e então, sem perder o passo, abriu a porta do passageiro para mim e deu a volta para se acomodar no banco do motorista.

Ele estava pronto para partir.

Fui até minha porta, mas hesitei.

Olhei ao redor, em busca de sinais de algum dos irmãos, mas não vi nada – apenas árvores farfalhando, as primeiras estrelas no céu, um bando de vacas perto da cerca nos observando com olhos tristes.

— Sinto muito... — falei. — Posso ter mais um minuto?

Amadi verificou seu relógio e respondeu:

— Ok.

Havia luz no celeiro. Talvez eles estivessem ali?

Mas o celeiro estava vazio.

Voltei devagar, esquadrinhando os campos. Dava para ver Clipper no cercado. Mandei um beijo para ele.

A ideia de não me despedir de Jack me fazia sentir... em pânico – ainda que eu nunca dissesse adeus para os clientes. Será que me despedir importava? Não mudaria nada. Mas era como se eu tivesse uma centena de mensagens urgentes para Jack – e tudo o que eu queria era transmitir todas elas. O que quer que fossem.

De volta ao Tahoe, fiquei parada ao lado da porta aberta por mais um minuto, esquadrinhando o pátio e esperando.

Mas era hora de parar de enrolar.

Entrei no carro, fechei a porta e coloquei o cinto de segurança.

— Ok. Vamos nessa.

Amadi entrou no caminho de cascalho e nos guiou para fora do pátio, por sobre o mata-burro, e pela longa estrada onde Jack me abraçara de mentira tantas vezes.

Estava tudo bem. Era melhor desse jeito. Provavelmente.

Inspirei fundo para controlar o aperto no peito. Eu não ia chorar. Não na frente de um colega de trabalho. Não por causa de um cliente.

Pelo menos eu tinha algo em que me concentrar: manter o controle. Eu podia fazer isso. *Eu podia fazer isso.*
    Mas então Amadi brecou. Ele diminuiu a velocidade e parou na estrada.
    — Por acaso aquele é o cliente? — Ele estava verificando o retrovisor.
    Eu me virei para olhar para trás.
    Sim. Era Jack. Correndo atrás de nós no caminho de cascalho.
    — Me dê um minuto — falei, descendo do carro.
    Jack me encontrou no meio do caminho, parando a menos de sessenta centímetros, sem fôlego.
    — Você foi embora — ele falou, ofegante — sem se despedir.
    — Eu esperei. Mas precisávamos ir.
    Jack tentou controlar a respiração.
    — Eu pensei que tivéssemos mais tempo.
    — Onde você estava? — perguntei.
    — Hank tinha algumas coisas para dizer.
    Assenti.
    — Eu sinto muito mesmo — disse Jack — sobre as ameaças de morte. Eu sinto muito mesmo por ter colocado sua vida em risco.
    — Vai ficar tudo bem. Desde que eu fique longe de você.
    Era meio que uma piada, mas Jack não achou engraçado.
    — Não se preocupe. A Mulher dos Corgis vai deixar isso pra lá em algum momento. É como essas coisas funcionam.
    — Obrigado. Por tudo. — Ele deu um passo mais perto. — Eu queria dizer isso antes que você fosse embora.
    Assenti novamente.
    — Eu queria dizer uma coisa para você também.
    Jack me encarou e esperou.
    Mas então vinte coisas diferentes apareceram na minha cabeça. Não dava para falar tudo. Ou sequer priorizar. Finalmente optei por:
    — Você fez a coisa certa lá dentro.
    Jack soltou uma risadinha engraçada e olhou para o chão.
    — Eu sei que foi o último desejo de Drew, e eu não o conheci, mas não acho que acreditava que algo dito em um momento de pânico fosse destruir a família de vocês para sempre.

— Vamos esperar que não. É tarde demais agora.

— Sua mãe estava certa — falei.

— Minha mãe está sempre certa.

— Obrigar você e Hank a conviverem foi uma coisa boa.

Jack confirmou com a cabeça.

— A coisa boa é que ele é ótimo em me tirar do sério.

No carro, Amadi acendeu e apagou as luzes.

— Parece que chegou a hora — disse Jack.

— Sim — falei. — Mas eu preciso que você saiba...

Hesitei. Era realmente hora de ir embora. Havia uma parte minúscula de mim que achava que eu devia dizer algo verdadeiro para Jack. Que eu gostava dele. Que eu me apaixonara por ele. Que, ainda que tivesse sido falso – talvez até porque tivesse sido falso –, de algum modo aquilo se tornara a coisa mais real da minha vida.

Mas quão humilhante seria?

Assim que nos separássemos, não haveria como entrar em contato. Ele desapareceria atrás da cortina da fama que separava as celebridades de todos os demais, e eu desapareceria na minha vida fugitiva de workaholic. Se essa era realmente a última vez que eu o veria, então seria minha única chance de dizer a verdade, e não queria passar o resto da vida lamentando alguma coisa que deveria ter dito.

Ele significava algo para mim. Ele era importante para mim. Ele me ensinara coisas que eu não sabia que precisava aprender. Meu tempo com ele havia me transformado, e eu era grata por isso.

Queria que ele soubesse disso.

Essa era minha única chance de dizer...

Mas eu me acovardei.

Era não profissional demais. Era assustador demais. Era muito como a Mulher dos Corgis.

Pelo jeito, essa era eu: com medo de vacas e com medo do amor.

Por isso, estendi a mão como se estivéssemos em um evento corporativo:

— Quero que você saiba que foi um prazer trabalhar com você — falei.

E então, assim que eu nos trouxe de volta à atitude profissional, Jack não teve escolha a não ser me acompanhar.

Ele franziu o cenho, mas apertou minha mão.

— Obrigado pelos seus serviços.

Fiz um aceno de cabeça profissional, dei meia-volta em formação contida e comecei a voltar para o carro – as mangas curtas da minha blusa bordada de namorada esvoaçando em meus ombros.

Mas, quando abri a porta, ouvi Jack me chamar:

— Hannah!

Eu me virei.

Ele estava com as mãos nos bolsos, e olhou para mim por um bom momento antes de dizer:

— Preciso que você saiba de uma coisa.

Segurei a respiração.

Jack confessou:

— Eu realmente vou sentir saudade de você. E não estou atuando.

CAPÍTULO 26

EU PARTI NAQUELA NOITE, MAS NÃO FUI PARA CASA.

Minha casa era meu antigo apartamento, um cantinho em um prédio antigo, da década de 1920, na parte descolada da cidade. Minha casa tinha um arco na sala de estar e um nicho para telefone embutido na parede do hall de entrada. Minha casa era onde eu morara durante três anos, antes de sair correndo em uma tentativa desesperada de nunca mais ver Taylor na porta do lado novamente.

O apartamento para onde voltara agora era o que eu alugara sem ver, no oitavo andar de um complexo de apartamentos novinho em folha, ultramoderno e totalmente genérico – também na parte descolada da cidade.

E será que eu posso notar a ironia daquilo? Quando cheguei diante da minha porta pela primeira vez, adivinha quem estava parada, de guarda?

Taylor.

Porque *claro* que ela estaria.

— Tinha que ser você, hein? — Digitei o código na fechadura eletrônica. Então, falei: — Glenn deve ser sádico mesmo.

Ela não virou a cabeça.

— Eu pedi essa tarefa.

O que eu deveria responder? Será que deveria agradecê-la, ou algo do tipo? Não. Sem chance. Ela poderia fazer muitas coisas para mim, mas não me obrigaria a conversar com ela. Entrei em casa e fechei a porta atrás de mim, e aquela foi a única resposta que ela teve: uma batida alta e oca.

E então eu estava sozinha.

De verdade. Pela primeira vez em semanas.

O lugar estava cheio de pilhas de caixas, e a empresa de mudanças tinha adotado uma abordagem "deixe os móveis em qualquer lugar". A cama, por exemplo, estava no meio do quarto, como uma ilha.

Mas estava tudo bem.

Fui até a varanda e saí para olhar a vista.

Parece bom, disse para mim mesma. Era um tempo para mim mesma. Tempo para recarregar as baterias e refletir. Talvez eu começasse um diário de gratidão. Talvez fizesse aulas de caligrafia. Eu tinha algum tempo livre antes de partir para a Coreia. Devia ter um jeito de aproveitar isso ao máximo. *Talvez não seja uma punição. Talvez seja uma chance.*

Mas uma chance para quê?

Pedi um delivery de comida coreana para o jantar, e, quando o entregador apareceu, falei: *"Kamsahamnida"* para ele, com um pequeno aceno de cabeça, e com o tom de voz mais caloroso possível – para deixar totalmente claro para Taylor, parada bem ao nosso lado, que ele era alguém a quem eu respeitava calorosamente... e *ela* definitivamente não era.

Então entrei, me sentei sobre algumas caixas com hashis descartáveis e comi sozinha.

Quando terminei, tinha comido demais, derrubado comida em cima da caixa, e havia tanto bulgogi e bibimbap sobrando que não consegui impedir que um pensamento invadisse minha mente, dizendo que eu deveria levar alguma coisa para Taylor.

Mas isso era como deixá-la vencer.

Então, guardei as sobras na geladeira para o café da manhã, me sentei no chão de pernas cruzadas e fiquei olhando pelas janelas sem cortinas.

Minha mente estava vazia. O apartamento estava vazio. Minha vida estava vazia.

Eu deveria me sentir feliz. Aliviada. Desde o início, eu não queria ter ido para o rancho, e fugir era minha atividade favorita, então eu deveria ter voltado triunfante para a cidade.

Mas aquilo parecia o oposto do triunfo.

Eu conseguira o que queria – só que não era mais o que eu queria.

Eu tinha me apaixonado pelo nosso relacionamento falso, como a mais idiota de todas as idiotas, e dera uma volta de cento e oitenta graus. Agora tudo o que eu queria fazer era *ficar*.

Mas era claro que não podia.

Eu tinha desempenhado meu papel e feito meu trabalho. Tinha feito o que Glenn queria. E continuava no páreo para Londres.

Era hora de voltar à minha vida real. E minha vida real – o jeito como eu a organizara, o jeito como eu sempre a preferira – era sempre baseada em *ir embora*, não em ficar. Eu era boa nisso. Eu me divertia com isso. Em menos de duas semanas, eu partiria para a Coreia e para um recomeço em Seul – um novo trabalho, novos clientes, e nada para me lembrar de Jack Stapleton.

Exceto que, do jeito como as coisas eram, ele provavelmente apareceria de algum modo nos outdoors.

A questão é: não, eu não ia abrir aquelas caixas. Eu não ia até a Ikea comprar almofadas e arranjos de flores em vasos escandinavos coloridos. Eu não ia *fazer um ninho*. Eu ia manter minha vida em Houston tão triste, estéril e não convidativa quanto possível, pelo tempo que eu conseguisse, dessa forma, não teria absolutamente nada para me fazer querer ficar aqui.

Nada mais, de toda forma. Além do óbvio.

Aquele era o plano. Eu maximizaria meus níveis de miséria para que qualquer coisa parecesse uma melhoria.

Não era um grande plano, sequer um plano bom. Mas era tudo o que eu tinha.

E acontece que eu não teria que me esforçar tanto para me sentir miserável.

O mundo faria isso por mim.

Porque, três noites depois que deixei o rancho, quando eu estava sentada em uma caixa, comendo comida Tex-Mex direto na embalagem do delivery e olhando meu celular sem prestar atenção, acabei me deparando com um vídeo patrocinado por ninguém menos do que Kennedy Monroe.

— Puta merda — falei em voz alta, derrubando meu taco.

Parece que ela estava no Texas – gravando algum tipo de filme de super-herói localizado em uma paisagem infernal ressecada perto de Amarillo.

E ela tinha acabado de decidir que ia aparecer e surpreender o namorado. Jack Stapleton. Em Houston. Diante das câmeras.

— O que motivou a sua viagem até Houston? — o cinegrafista perguntou.

— Ah, você sabe... — respondeu Kennedy Monroe. — Eu estava nas redondezas.

— Que redondeza é essa?

Ela sorriu.

— No Texas.

Nas redondezas? Faça-me o favor. Amarillo ficava a nove horas de Houston. Isso se você não fosse pego por uma tempestade de poeira.

Mas eu estava hipnotizada por ela. A perfeição. A beleza de outro mundo. Ela não tinha uma protuberância, um caroço ou um lugar não simétrico no corpo. Ela podia ter sido feita em uma fábrica – e, ok, ela provavelmente tinha sido. Quero dizer, claro, ela era uma garota-propaganda de cirurgias plásticas... mas eram *boas* cirurgias plásticas. Eu tinha que reconhecer. Ela era uma obra de arte.

Admirei minha própria capacidade de ser tão elogiosa e emocionalmente generosa com ela, em vez de, digamos, apodrecer internamente de inveja quando a câmera recuou um pouco e percebi que ela estava parada diante de uma porta azul muito elegante.

Ao lado de um vaso de fícus inconfundível.

Ah, merda. Ela estava *na casa de Jack*.

Toda a generosidade de espírito se desintegrou.

Pelo jeito, era algum tipo de websérie de "pegadinhas", e ela ia surpreender Jack com sua visita. Ela caminhou até a porta na entrada elegante e bateu. Então se virou para o cinegrafista, fez um biquinho com os lábios e um gesto de *psiu*.

Pausei o vídeo para mandar uma mensagem para Glenn.

SABIA QUE KENNEDY MONROE LEVOU UMA EQUIPE DE FILMAGEM ATÉ A CASA DE STAPLETON???

SIM. É NOTÍCIA ANTIGA. JÁ CUIDAMOS DISSO.

Mandei mais algumas mensagens.

MAS O QUE É ISSO? QUEM DEIXOU ISSO ACONTECER?

E, quando Glenn não respondeu, voltei para terminar de assistir:

A porta de Jack se abriu, e ele mesmo apareceu.

Descalço. Usando a calça Levi's. E a camisa de flanela favorita sobre uma camiseta que, da última vez que vi, estava amontoada no chão do banheiro.

Só o fato de vê-lo – mesmo no tamanho do celular e feito de pixels de luz – fez um formigamento de prazer tomar conta do meu corpo.

— Opa! Ei! — disse Jack quando Kennedy Monroe se lançou em um abraço que, de algum modo, a deixou parecida com um gato siamês. Será que era o jeito como ela empinou a bunda e apertou os peitos contra o torso dele? Ou como se esfregou nele como se estivesse marcando território? Ou seu ronronar?

Não importa. Seria algo que eu nunca poderia apagar da memória.

— Eu só queria dar um oi. — Kennedy Monroe virou-se para as câmeras. — E trouxe alguns amigos comigo.

E então ela se lançou na entrevista de celebridades mais insípida e sem sentido que eu já vi na vida – composta basicamente de viradas de cabelo, risadinhas, takes acidentais em seu decote e perguntas contundentes para Jack como:

— Você está ficando mais gostoso?

Vou poupar você dos detalhes ofensivos. Eu assisti, então, você não precisa passar por isso.

Na verdade, eu *assisti sem me mexer*.

Eu não conseguia me forçar a desviar o olhar.

Era principalmente por Jack, claro – a visão dele era como um banquete para meus olhos salivando. Mas era também por causa de Kennedy Monroe. Vê-la ali, com ele. Tentando imaginar os dois como um casal. Procurando qualquer fagulha de química entre os dois. Qualquer coisa.

Eu meio que tinha esquecido dela.

Jack foi gracioso, charmoso e implacavelmente lindo.

Mas eu percebi mais uma coisa enquanto o observava: ele não estava atraído por ela.

Depois de todas aquelas semanas sentindo que meu radar estava quebrado – como se toda aquela atuação estivesse embaralhando meus sinais –, eu de repente percebi que tinha me subestimado.

Eu conseguia ler Jack muito bem.

Kennedy Monroe estava posando para a câmera, e jogando o cabelo, e se arrumando – e ele a observava e seguia o jogo. Mas a inclinação de sua cabeça, a curva de sua sobrancelha, os olhos apertados, o ângulo de seu sorriso, a tensão em sua coluna... tudo aquilo dizia não.

Estou parafraseando, mas você entendeu.

O ponto era que *eu conseguia lê-lo*. Mais do que isso, conseguia ver a atuação. Todo esse tempo, achei que não podia distinguir a verdade nele. Mas acontece que eu conseguia lê-lo tão bem quanto qualquer outro. Talvez melhor.

E uma coisa era clara como o dia. Ele estava mais atraído por aquele fícus do que por Kennedy Monroe.

Será que esse também era um relacionamento falso?

Quando ela jogava o cabelo, ele mal percebia. Quando ele sorria, era mecânico. Quando ela puxou a camiseta dele, tentando atraí-lo para um beijo, ele se virou como se achasse que alguém tinha chamado seu nome.

— Jack — Kennedy disse então, voltando-se novamente para a câmera e olhando direto para ela. — Vou precisar de toda a sua atenção.

Jack se virou.

— Tudo bem — respondeu. — É toda sua.

— Porque eu tenho uma grande pergunta para fazer, e você não vai querer perder isso.

— Tudo bem — repetiu Jack, colocando as mãos nos bolsos. — Pode mandar.

Por fim, ela se afastou da câmera para olhar Jack nos olhos.

— Minha pergunta — prosseguiu ela, agora se inclinando para chegar mais perto dele — é a seguinte. — Ela se virou novamente para a câmera e deu mais uma piscadinha, então se voltou para Jack. — Você quer se casar comigo?

■■■

Ao ouvir essas palavras, derrubei o celular.

E, quando o peguei novamente, o vídeo tinha terminado.

Eu *tinha mesmo* visto aquilo? Kennedy Monroe acabara de pedir Jack em casamento?

De repente, eu me senti muito menos segura de mim mesma.

Será que eu era capaz de lê-lo? Ou era só meu próprio desejo de que aquilo fosse verdade?

Retrocedi o vídeo um pouco, querendo ver a resposta de Jack ao pedido. Mas a segunda vez que vi não foi mais útil do que a primeira. Parece que eles encerraram o vídeo no suspense. Kennedy faz a pergunta, a câmera dá um zoom em Jack olhando para ela, e então encerramos os trabalhos do dia.

Retrocedi mais uma vez. Só por precaução.

Nenhuma resposta ainda. Mas, na terceira vez que assisti ao vídeo – que, honestamente, não foi a última –, percebi algo mais interessante que o choque no rosto de Jack.

No minuto 8:03, logo depois da tentativa de beijo, quando Kennedy Monroe puxou a camiseta de Jack e ele se virou para a câmera, a camiseta dele estava torta. Ela tinha puxado o tecido para a frente e o colarinho ficou mais baixo.

O que revelou o colar de couro dele pela primeira vez.

Dei um pouco de zoom no rosto dele, deixando que meus olhos o saboreassem por um minuto. Por que não? Um crime sem vítimas.

E foi quando percebi mais do que o colar de Drew.

Pendurado no pescoço de Jack estava – colorido, desafiador e inconfundível – meu alfinete com miçangas.

...

Nem sequer tive tempo de reagir ao que tinha acabado de ver antes de ouvir uma batida na porta do meu apartamento.

Olhei pelo olho mágico, e era Robby, ainda usando os óculos de sol, mesmo em um ambiente interno, como um babaca.

— Vá embora, Robby! - gritei pela porta.

— Não consigo ouvir você! — Robby gritou. — A porta é à prova de som!

Abri uma fresta só para gritar *Vá embora!* de novo, mas, ao fazer isso, Robby enfiou a ponta do pé na abertura.

— Preciso falar com você — ele disse. — Me deixe entrar.

— Não vou deixar você entrar. — Olhei para o sapato dele que segurava minha porta aberta.

Robby deu um passo para trás.

— Eu realmente preciso falar com você. — Ele tirou os óculos de sol e olhou de relance para Taylor, estoica como o demônio.

— Fale, então.

— Aí dentro.

— Você não vai entrar.

— Olhe — disse Robby, olhando de soslaio para Taylor novamente —, eu sei que, quando estava no rancho, você estava no bolso de Jack Stapleton, mas eu esperava que, agora que está livre, você pudesse pensar um pouco mais racionalmente.

Mantive meus olhos fixos nele.

— Nunca estive no bolso de ninguém, Robby. Nem mesmo no seu.
— Você sabe o que eu quis dizer.
— Estou no meio de uma coisa, então...
— Eu soube que largar você tinha sido um erro assim que o avião aterrissou em Madri.
Fiz uma pausa.
— E aí você foi atrás da Taylor.
— Eu estava triste! Eu estava solitário! Eu estava me sentindo rejeitado!
— *Você me largou!*
Robby olhou para Taylor, mas decidiu continuar falando mesmo assim:
— Eu nem gostava dela, ok? É que ela estava... ali.
Senti um pingo de empatia pelos ouvidos de Taylor terem de escutar aquilo.
— Você percebe que isso torna tudo muito pior?
— Em um momento difícil da minha vida, ela era melhor do que nada, entendeu? Foi tudo o que ela foi.
Era bom vencer daquele jeito diante de Taylor?
Eu não tinha certeza.
Quero dizer, será que alguém realmente vencia nessa situação?
— Você sabe que ela está parada bem aqui, né? — perguntei.
— Isso é culpa sua! — Ele continuou, dizendo algo que me atingiu do jeito certo, no momento certo: — Você não me deixou entrar!
Ao ouvir isso, eu parei. De vez em quando alguma coisa realmente, genuinamente, atravessa o caos da vida e consegue sua total atenção.
— Eu não deixei você entrar? — repeti, mais para mim do que para ele. Era como se alguém tivesse acendido a luz em um quarto escuro.
— Ah, meu Deus, Bobby. Você está certo.
— Pare de me chamar de Bobby.
— Mas você está certo. Está mesmo.
Robby franziu o cenho.
— Estou?
Era como se eu o estivesse vendo pela primeira vez.
— Eu não deixei você entrar. Quando eu estava trabalhando e perdi sua festa de aniversário? E quando tive que desistir da nossa viagem de

fim de semana no último minuto? E quando perdi a pulseira que você me deu? E quando eu "trabalhava o tempo todo"? E quando eu "não era divertida"? Essa era eu não deixando você entrar.

Possivelmente também quando eu "beijei mal". Mas eu não ia reconhecer essas palavras pronunciando-as em voz alta.

Robby olhou para Taylor, como se dissesse *O que está acontecendo?*

Ela o ignorou.

Eu prossegui.

— Eu achei que você estivesse me culpando, mas você só estava dizendo a verdade. Eu pensei que, se nós estávamos dormindo juntos, era amor. Mas você estava tão certo. Eu não sabia o que era o amor.

Pensei em Jack. Pensei na carona nas costas que ele me deu quando estivemos no rio. Pensei em como me sentia quando o fazia rir. Pensei em como torcia por ele toda vez que ele tentava arremessar alguma coisa na lata do lixo e errava. Pensei no medo que atravessou meu corpo quando ele deu uma cambalhota em cima de Clipper, como se Jack quebrar o pescoço pudesse quebrar o meu também. Pensei na felicidade que tomou meu corpo inteiro quando acordei em sua cama, presa sob o peso de seu corpo. Pensei na agonia dilacerante do meu corpo enquanto o procurava em vão naquela última noite, para dizer adeus. Pensei no ciúme verde-escuro e turbulento que sentira poucos instantes atrás, vendo Kennedy Monroe se jogando sobre ele.

Agora eu sabia.

Assenti com a cabeça para Robby.

— Você estava certo. Eu não deixei você entrar.

Robby ficou só me encarando. Com que frequência você acusa uma ex-namorada de alguma coisa e simplesmente... a vê concordar com você?

— Quero dizer — falei, olhando para ele de cima a baixo —, você não merece entrar. Então, no fim, é uma boa coisa. Mas obrigada.

Robby estava tão confuso que sua boca não fechava.

— Pelo quê?

— Por me mostrar o que o amor não é — respondi.

E fechei a porta, passando a tranca.

CAPÍTULO 27

NA VÉSPERA DO DIA DE AÇÃO DE GRAÇAS, MEU TELEFONE TOCOU, E, QUANDO VERIFIQUEI, A TELA MOSTRAVA POSSÍVEL SPAM.

Atendi mesmo assim, se é que isso mostra o quão solitária eu estava.

Mas não era uma atendente de telemarketing.

Era Jack Stapleton.

— Oi — disse ele quando atendi, e eu o reconheci por essa única sílaba.

Apenas por sua voz, conseguia ouvir que ele estava sorrindo.

Então, de repente, estávamos em uma ligação de FaceTime – eu ainda de camisola, com o cabelo espetado em dez direções diferentes –, e pude ver que ele estava sorrindo.

— Sentiu saudade de mim? — perguntou, parecendo satisfeito consigo mesmo.

Eu estava distraída com meu reflexo no telefone.

— Não — respondi, alisando o cabelo com a mão.

— É tão bom ver minha camisola favorita novamente.

— Por que você está me ligando?

— Assunto importante.

— Como você conseguiu meu número?

— Eu convenci Kelly a me dar.

— Aposto que sim.

— A questão é — disse Jack — que estou ligando para contar sobre o plano que nós bolamos para pegar a stalker.

— Vocês bolaram um plano para pegar a stalker?

Jack confirmou com a cabeça.

Uma operação policial. Para pegá-la no ato. E depois colocá-la na cadeia. E depois assustá-la, pressioná-la e convencê-la, você sabe, a *não matar você*.

— Esse foi o plano que vocês bolaram?

— Sim — respondeu, parecendo satisfeito consigo mesmo.

— Você convenceu Glenn a embarcar nessa?

— Sim — garantiu Jack. — Glenn, Bobby e um pessoal da polícia.

Era tão estranho ver o rosto dele novamente, mesmo pelo telefone. Desde que tinha vindo embora, tentei evitar qualquer coisa que pudesse me obrigar a vê-lo – assistir televisão, olhar revistas na fila do caixa, ou mesmo desde aquela propaganda de uísque até olhar para os ônibus que passavam na rua.

Mas não previ uma chamada por FaceTime.

— Olhe, odeio decepcionar você, mas é quase impossível resolver um problema com stalkers.

— Obrigado pelo pessimismo.

— Nem tenho certeza se o que você acabou de descrever é legal.

— Não se preocupe com isso. Tenho uma equipe inteira de advogados.

— Por que você se importa com a stalker? De qualquer jeito, você já vai embora depois do Dia de Ação de Graças. Mais dois dias e você está fora.

— Mas essa é a questão. Talvez eu não esteja.

Eu não pretendia, mas segurei a respiração.

— Minha mãe está com essa ideia de que eu devia ficar por um tempo. Pescar um pouco. Descansar. Conseguir um pouco de cura pessoal.

— É um ótimo plano.

— Mas você ainda não gosta do meu plano para a stalker, né?

— Eu nem sei os detalhes, mas já posso dizer que nunca vai funcionar.

Jack sorriu.

— Adivinha.

— O quê?

— Já funcionou.

Eu me inclinei na direção do telefone.

— Você já executou o plano?

— Já executamos o plano.

Como eu não fiquei sabendo disso?

— E deu certo?

— Deu certo. Eu sou um gênio. E também tenho muita sorte.

— Ninguém me conta nada.

— Como isca, fiz alguns posts nas redes sociais dizendo que não via a hora de passar um fim de semana tranquilo na minha casa em Houston.

— Isso foi o suficiente para atrair a mulher até a sua casa?
— O vídeo de Kennedy Monroe também não atrapalhou.
— Preciso falar com você sobre isso.
Mas Jack estava celebrando seu triunfo.
— E então, quando a Mulher dos Corgis apareceu, nós a prendemos por invasão.
— Isso não vai resolver.
— Não. Nós íamos tentar assustá-la com advogados, ameaças e cenários apocalípticos, mas então aconteceu uma coisa melhor.
— O quê?
— Ela usou a ligação a que tinha direito depois que a ficharam para ligar para a irmã.... que não perdeu tempo e entrou em um avião para o Texas, pegou o motorhome dela e a levou, com todos os corgis, de volta para a Flórida.
A irmã se desculpara profusamente com Jack e prometera manter a Mulher dos Corgis medicada.
— Ela sempre foi inofensiva — disse Jack, reproduzindo a fala da irmã. — Estava bem até o divórcio, ano passado. Devíamos tê-la levado para casa antes. Vamos fazer isso agora.
— Isso foi fácil — falei para Jack. Depois franzi o cenho. — Não foi fácil demais?
— Não existe isso de fácil demais.
— Mas, quero dizer, quão confiável é essa irmã?
— Não sei, mas uma stalker com a irmã na Flórida deve ser melhor do que uma stalker sozinha bem aqui na cidade.
— Concordo.
— De qualquer modo, é por isso que estou ligando.
— Para dizer que agora é menos provável que eu seja assassinada?
— Para te convidar para o Dia de Ação de Graças.
Fiz uma pausa. Então, falei:
— Não posso ir passar o Dia de Ação de Graças com vocês, Jack.
— Por que não? Sua suposta assassina está a caminho de Orlando agora.
— Não é uma boa ideia.

— Isso não é um motivo real.

Uma imagem de Kennedy Monroe *se espalhando* sobre Jack, como se ele fosse um bolo e ela, a cobertura, apareceu em minha mente.

— Acho que é melhor nós cortarmos relações de uma vez por todas — falei.

— Só um dia. Uma refeição. Para nos despedirmos adequadamente.

— Já nos despedimos. — Eu não queria fazer aquilo novamente.

— Mas eu tenho uma coisa para te dar.

E então ele passou o telefone por sua famosa boca e seu lendário pomo de adão, angulando a câmera para baixo, até parar no colar. E ali, encostado em sua clavícula, em um foco notavelmente nítido, estava meu alfinete.

— Você encontrou — falei, encostando o dedo na tela do celular. Eu sabia, é claro, mas não tinha acreditado inteiramente.

— Encontrei.

— Onde estava?

— Na praia, perto do rio.

— Como você conseguiu encontrá-lo lá? Isso é impossível.

— Sou muito bom em coisas impossíveis.

— Mas... como?

— Muita procura. E um certo otimismo delirante.

Eu teria que revisar minha opinião sobre otimismo delirante.

Jack prosseguiu:

— Lembra todas aquelas manhãs em que eu te falava que eu estava jogando bolas de golfe?

— Sim.

— Eu não estava jogando bolas de golfe.

— Você estava procurando meu alfinete?

Jack assentiu com a cabeça.

— Com o detector de metal do meu pai. Aquele que a minha mãe disse para ele que era um total desperdício de dinheiro.

— Era o que estava na bolsa de golfe?

— Com certeza não eram tacos de golfe. Eu não conseguiria acertar uma bola para salvar minha vida.

— Você ia lá todas as manhãs?

— Sim, ia.

— Era isso o que você estava fazendo?

Jack me olhou nos olhos e confirmou com a cabeça.

— Eu simplesmente achei que você estivesse sendo um mala sem alça.

— Isso foi um benefício colateral.

— Você devia ter me contado.

A expressão dele ficou um pouco mais séria.

— Eu não queria que você criasse esperanças.

— Mas, Jack... — Estudei o rosto dele. Eu estava tão confusa. — Por quê?

Ele franziu o cenho como se não tivesse muita certeza de como explicar. Então, ele falou:

— Por causa da expressão no seu rosto quando você percebeu que tinha perdido.

Senti lágrimas nos olhos.

— Nem sei como começar a te agradecer.

Agora ele estava sorrindo.

— A outra notícia é que eu comecei uma coleção de tampinhas de garrafa.

Ri um pouco, mas, ao fazer isso, as lágrimas saltaram. Parecia que eu tinha chorado mais nas quatro semanas desde que conheci Jack Stapleton do que em toda a minha vida antes disso. Esse cara simplesmente derrubava minhas defesas. Mas talvez não fosse uma coisa inteiramente ruim.

Ele falou novamente, com a voz mais suave:

— Imagino que você o queira de volta.

— Sim, por favor.

— Fácil. Sem problemas. Podemos fazer isso acontecer. Tudo o que você precisa fazer — e aqui ele fez uma pausa para me olhar com firmeza pelo telefone, como se falasse realmente sério — é vir para o Dia de Ação de Graças.

Bela jogada, Jack Stapleton. Bela jogada.

Eu suspirei.

— Tudo bem, que saco. Eu vou.

CAPÍTULO 28

ACHO QUE EU ESPERAVA QUE O DIA DE AÇÃO DE GRAÇAS FOSSE SER APENAS NÓS CINCO. COMO NOS VELHOS tempos.

Mas acabou sendo o maldito condado inteiro.

Quando cheguei, encontrei o pátio brilhando com cordões de luz, ziguezagueando ao acaso de árvore em árvore, e uma mesa comprida que pegava todo o jardim, coberta com toalhas de algodão de diversas cores.

Vizinhos, parentes e, na verdade — para minha surpresa —, toda a equipe da Glenn Schultz Proteção Executiva se espalhavam pelo pátio. Hank estava conversando com Amadi. Kelly estava admirando a pashmina de Connie. Doc e Glenn estavam vendo algo no celular de Glenn. Acho que todos realmente tinham criado laços.

— Parece que relaxamos um pouco desde que mandamos a Mulher dos Corgis para a Flórida — falei para Doghouse.

— Nível de ameaça branco, gata! — respondeu Doghouse, erguendo a mão para um high five.

Havia pelo menos trinta pessoas ali.

Doc usava uma gravata-borboleta com pequenos perus. Connie, com aparência saudável e bem recuperada, usava uma túnica de linho de gola aberta. E Jack usava apenas jeans e uma camisa simples de flanela vermelha.

Ele parecia tão bem que quase esqueci de respirar.

Eu tinha colocado meu vestido de namorada, pela nostalgia. Mas com um suéter, meia-calça, uma echarpe de pompom... e minhas botas vermelhas de caubói.

O Dia de Ação de Graças dos Stapleton era do estilo "cada um leva um prato". Porque, como Connie dizia, cozinhar uma refeição inteira de Ação de Graças era "desagradável e ridículo", então todo mundo levava seus pratos favoritos e os colocava na mesa para serem compartilhados. As pessoas se serviam e depois procuravam um lugar para se sentar. Havia velas espalhadas pela mesa, juntamente com flores em jarras de vidro antigas e garrafas de licor caseiro, feito com calda de pêssego Fredericksburg, e do moonshine caseiro de Doc.

Eu não costumava beber muito – minha mãe definitivamente drenara qualquer glamour do ato –, mas de vez em quando eu tomava um ou dois goles. Hoje parecia um bom dia para isso. Com que frequência você vai ao campo beber moonshine?

Quando me aproximei da mesa, havia um lugar vago perto de Jack. Será que eu deveria me sentar ali? Senti uma cócega de hesitação tímida atrás das costelas, mas me obriguei a caminhar na direção dele. Ele estava conversando com alguém na mesa, seu perfil iluminado pelas velas, e meus olhos se fartaram ao vê-lo. Eu o mantive sob mira enquanto me aproximava, mas, bem quando fui dar a volta na mesa, o lugar foi ocupado.

Realmente ocupado.

Por Kennedy Monroe.

Ao vê-la, dei meia-volta para me afastar. *Ela estava aqui?* Jack a convidara? Será que estavam juntos, no fim das contas? Espere... será que estavam noivos? Por causa do pedido de casamento que ela fizera no reality show? Por que diabos eu estava aqui?

Respirei fundo para me controlar.

Ela conseguia ser ainda mais bonita na vida real. Seu cabelo era mais brilhante. Seus lábios, mais carnudos. Seus seios eram... maiores. Ela irradiava a perfeição da garota sexy do campo, com um short jeans bem curto e uma blusa de algodão amarrada abaixo do decote. Ela parecia um pôster de si mesma – e, desnecessário dizer, também incrivelmente deslocada entre todas aquelas pessoas desarrumadas, amassadas e normais.

Ela era como uma Barbie na vida real. E, por mais que eu quisesse que isso fosse um insulto... simplesmente não era.

Ele deve ter dito sim, certo? Por que outro motivo ela estaria aqui?

E quem poderia culpá-lo?

Diante de toda aquela beleza extrema, irrepreensível, digna de manual, ninguém seria capaz de dizer não.

Com a pontada que senti no peito, tive minha resposta.

Por que eu estava aqui? Pelo mesmo motivo que Doghouse, Glenn e Amadi estavam aqui. Pelo mesmo motivo que todas as outras pessoas comuns estavam aqui. Lembrei de Connie batendo no ombro de Jack naquela vez e dizendo *Seja um cavalheiro!*

Olhei ao redor.

Era Dia de Ação de Graças. Eu estava ali como todas as outras pessoas pelas quais Jack Stapleton *não tinha uma queda*. Para agradecer.

Lutei contra a vontade de colocar meu prato na grama, seguir direto até meu carro e voltar para a cidade a duzentos por hora.

Mas isso seria pior, é claro.

Me sentir humilhada era uma coisa. *Admitir* que estava me sentindo humilhada era outra.

Dei meia-volta e encontrei um lugar na outra extremidade da mesa, perto de Doghouse, que podia pelo menos bloquear minha vista parcialmente.

Fechei os olhos com força. Claro que era assim que as coisas eram. Tinha sido um ato de automaldição imaginar algo diferente.

Respirei algumas vezes, mas meus pulmões pareciam trêmulos.

Então fiz o que sempre fazia: um plano de fuga. Eu toleraria esse momento em minha vida o máximo que pudesse, depois, me levantaria graciosamente com um sorriso, como se tivesse outro compromisso, e me esgueiraria de forma elegante para as sombras e desapareceria.

Fácil.

Por quanto tempo eu *conseguiria* tolerar esse momento?

Decidi que seriam quinze minutos – o que já era demais –, e então mantive os olhos no prato para não olhar acidentalmente para Jack e Kennedy.

Puta merda. Que nome de casal absurdo.

Mas Doghouse olhava para eles o suficiente por nós dois.

— Dá para acreditar que ela está aqui? — ele ficava dizendo, me cutucando com o cotovelo. — Aquela é Kennedy Monroe. É a neta da Marilyn Monroe.

— Isso foi desmentido — falei.

— Ela é ainda mais bonita na vida real — Doghouse continuou. — *Isso* não foi desmentido.

— De toda forma, você não gosta da Kelly? — cutuquei.

— O quê?! — exclamou Doghouse, sua voz subindo uma oitava.

Mas eu estava cansada do fingimento.

— É tão óbvio, cara. Dê um beijo nela. Seja homem e faça acontecer.

Doghouse olhou para seu prato e pensou naquilo por um segundo.

Então fez o que eu falei.

Não estou brincando. Ele se levantou, foi até onde Kelly estava sentada, deu um tapinha no ombro dela e disse:

— Ei, posso beijar você?

Kelly ficou olhando para ele por um segundo, e simplesmente respondeu:

— Pode.

Fácil assim.

Eu o vi pegar a mão dela e levá-la na direção do celeiro.

— Puta merda — falei em voz alta. Era só isso que era necessário?

Ele me deixou sem alternativa além de tomar um longo gole da caneca de moonshine.

O licor era doce no começo. Mas então o moonshine me pegou.

Acho que há um motivo pelo qual é ilegal produzir a bebida em muitas partes. Era como tomar anticongelante puro. Minha garganta ardia como se eu tivesse engolido ácido, e, por um segundo, me perguntei se poderia morrer. Para tentar aliviar um pouco a sensação, inclinei o corpo e chiei como se fosse um gato.

Nesse momento, os tênis de Jack – eu os reconheceria em qualquer lugar – apareceram no meu campo de visão.

— Queima, né?

Ergui os olhos. Ele estava assentindo, como se dissesse *Já passei por isso*.

Como resposta, fiz um barulho de engasgo.

Ele se sentou na cadeira vazia de Doghouse.

— Dá para remover a tinta do seu carro, com certeza.

Eu voltei a me sentar e o encarei, meio que dizendo *Você bebe isso?*

— Também é bom para limpar joias. Minha mãe mergulha a aliança de casamento nisso.

Levei a mão à garganta para massageá-la um pouco.

Jack assentiu de novo, todo simpático.

— Você precisa criar imunidade.

O que estávamos fazendo? Por que ele estava aqui? Estávamos batendo papo como velhos amigos? Quem precisava de amigos quando tinha Kennedy Monroe?

Na sequência, Jack me ofereceu o copo de água meio bebido de Doghouse com uma mão, e pegou uma garfada de algo que não lembrava comida do prato abandonado de Doghouse.

— Você consegue com um pouco de salada de inhame e marshmallows.

Neguei com a cabeça. Aquilo era um insulto ao meu estado. Então, conseguindo pronunciar alguma palavra, por fim, falei:

— Você devia voltar para o seu lugar.

Foi quando Doc se levantou na outra ponta da mesa e bateu com um garfo em sua caneca de moonshine até que todos lhe dessem atenção.

— Por favor, deem as mãos — pediu Doc, todo formal.

Jack segurou minha mão – e a sensação quente e suave da pele dele na minha mandou arrepios por todo o meu corpo.

Ou talvez fossem as toxinas do moonshine.

— Nesta bela noite — disse Doc —, aqui, com tantos amigos, agradeço a quaisquer quer sejam os deuses ou deusas para os quais todos oramos: pelas nossas bênçãos, pelo nosso grande, belo e imperfeito país e mesmo pelas nossas dificuldades. Que possamos cuidar uns dos outros, tolerar uns aos outros e perdoar uns aos outros. Amém.

Doc olhou para Connie e continuou:

— Nossa anfitriã quer acrescentar alguma coisa?

Connie se levantou e ergueu seu copo.

— Todos vocês sabem que eu estive doente este ano. Eu nunca teria escolhido ficar doente, claro, mas andei pensando muito no lado bom disso. Como isso te obriga a reduzir o ritmo. E repensar sua vida. Como permite que você deixe sua família se sentindo culpada o bastante para passarem um tempo juntos. Estou grata por meu sistema linfático estar limpo. Estou grata por terem tirado o tumor com as margens limpas. Estou grata por estar me curando. E, mais do que tudo, estou grata por aprender a ser grata. Obrigada por virem esta noite. Tomem cuidado com o moonshine. Amém.

As pessoas soltaram as mãos e voltaram a comer.

Doc voltou a falar:

— Se já participaram da Ação de Graças conosco antes, vocês sabem que a patroa sempre gosta que todos ao redor da mesa digam algo pelo que estão gratos... grande ou pequeno. Começando esta noite com — ele apontou — nosso filho Jack.

Jack não perdeu tampo. Ergueu o garfo que ainda estava segurando, como se fizesse um brinde, e disse:

— Sou grato por esta salada de inhame e marshmallow.

Eu achei que seria a próxima, mas o homem do outro lado de Jack pegou o bastão:

— Sou grato pelo fato de a previsão do tempo, que era de chuva, estar errada.

A mulher ao lado foi na sequência:

— Sou grata pelo meu netinho mais novo.

O cara a seguir estava grato pelo moonshine de Doc Stapleton.

E seguimos um a um. Amadi estava grato por sua esposa e filhos. Doc Stapleton estava grato por Connie Stapleton, e Connie estava grata por ele. Glenn estava grato por ter achado uma cadeira vazia ao lado de Kennedy Monroe, e Kennedy Monroe estava grata por ter conseguido quatro milhões de seguidores no Instagram, e Doghouse e Kelly não estavam em nenhum lugar ali por perto – e aposto que ambos estavam muito gratos por isso.

Eu sempre me sentia um pouco tímida em situações como essa. Toda vez que ouvia uma resposta, eu mudava a minha mentalmente.

Na minha vez, eu simplesmente... hesitei.

Todo mundo ficou me olhando, e esperando, enquanto eu tentava decidir o que dizer.

Por fim, Connie se inclinou para a frente:

— Você não consegue pensar em nada pelo que é grata, Hannah?

Eu a encarei.

— Consigo pensar em coisas demais.

Toda a mesa riu, aliviada, ao ouvir isso.

— Então diga todas elas, querida — incentivou Connie.

E eu fiz isso. Eu culpo o moonshine.

— Sou grata por estar aqui — comecei. — Sou grata pelo balanço do pneu. Sou grata pelo rio Brazos. Sou grata pela gravata de peru que Doc está usando. Sou grata pelo tempo que passei neste jardim. Sou grata pelas abelhas. Pela coleção de discos dos Stapleton. Por Clipper. Sou grata pelas primaveras espalhadas por todos os lados. Sou grata por ter visto como é uma família amorosa de verdade. E acho... — De repente, percebi que minha voz estava tremendo um pouco. Tentei disfarçar falando mais alto: — Acho que, só porque você não consegue manter uma coisa, não quer dizer que não valeu a pena. Nada dura para sempre. O que importa é o que nós levamos conosco. Passei muito tempo da minha vida tentando fugir. Passei tempo demais tentando fugir das coisas difíceis. Mas agora eu me pergunto se fugir é superestimado. Acho, agora, que vou tentar pensar no que eu posso levar adiante. No que eu consigo manter. Não só sempre no que eu preciso deixar para trás.

A mesa ficou quieta por alguns segundos depois que parei de falar, e senti um pequeno aperto de pânico me dizendo que talvez eu tivesse ultrapassado o nível de "reflexiva" e tivesse alcançado o "totalmente maluca".

No entanto, bem quando comecei a desistir de mim mesma, a mesa toda irrompeu em aplausos.

Doc ergueu sua caneca de moonshine e disse:

— Por tudo o que perdemos. E pelo que conseguimos manter.

E toda a mesa brindou com ele.

■■■

Depois do jantar, Jack e Hank acenderam uma fogueira.

Eu estava observando as chamas quando percebi Jack, do outro lado, sentado em uma das cadeiras de jardim, olhando diretamente para mim, através da fogueira.

Afastei os olhos. Mas então olhei novamente, e ele estava dando um tapinha no lugar ao seu lado, como um convite.

Dei a volta no fogo, insegura do que qualquer coisa queria dizer, e estava prestes a me sentar quando Kennedy Monroe foi mais rápida e se sentou primeiro.

Parei no mesmo instante.

— Essa é a garota? — ela perguntou para Jack, como se eu não estivesse bem ali. — Aquela com quem você estava dando uns amassos no hospital?

— Nós não estávamos dando uns amassos — respondeu Jack.

— Claro.

— De verdade — garantiu. — Era o ângulo da foto. Você sabe como essas coisas funcionam.

— Sei — respondeu Kennedy, olhando para mim. — E, de todo modo — ela acrescentou —, agora que dei uma boa olhada nela, posso ver que ela é muito... — Kennedy Monroe esticou a pausa por tanto tempo que as outras pessoas começaram a ouvir. Ela finalmente se contentou com — ... normal.

Eu entendia. Nenhuma namorada gostaria de ver fotos suspeitas como aquela pela internet. Nenhuma namorada gostaria de ver outra mulher apoiando a cabeça do namorado em seu ombro do jeito que eu fiz naquela noite – mesmo que fosse por um bom motivo. Claro que ela não estava nada satisfeita em me ver aqui.

Do mesmo modo que eu não estava particularmente entusiasmada em vê-la.

— Definitivamente, não estávamos nos beijando nas fotos. — Me apressei em tranquilizá-la.

Ela soltou uma gargalhada bem alta, alta o bastante para chamar a atenção de todos. Então se levantou – meio que se desdobrou da cadeira – deu um passo na minha direção e disse:

— Tá bom. *Dã*.

— Eu só estava na equipe de segurança dele — expliquei. — Estávamos só tentando impedir que ele fosse fotografado.

— Ah, meu Deus. — A voz de Kennedy era falsamente amistosa. — Você é hilária. Não precisa me dizer que vocês dois não estavam se beijando. — No início, a voz dela tinha um tom agudo, doce, que disfarçava uma vibe tipo *Confio no meu namorado*. Mas então ela abaixou uma oitava no tom e acrescentou: — Isso é um fato.

Jack se levantou.

— Kennedy...

— Quero dizer... — Ela se inclinou na direção de Jack. — Olhe só para ela.

Com isso, ela me olhou da cabeça aos pés e dos pés à cabeça, em um ritmo glacial que convidava todos os presentes a fazerem o mesmo.

Fiquei positivamente rígida sob o escrutínio. Me peguei me perguntando se o rigor mortis era desse jeito.

— Quero dizer, pare com isso — disse ela. — Certo?

— Não seja competitiva, Kennedy — pediu Jack, em um tom de voz que dizia *Já conversamos sobre isso*.

— Não estou sendo competitiva — respondeu Kennedy. — *A internet é competitiva*. Você viu todos aqueles posts? Todos os comentários?

— Acho que já conversamos sobre ler os comentários.

— As pessoas estão me escrevendo! Me mandando DMs! Até minha mãe quer saber!

— Você sabe que nada é de verdade — retrucou Jack, tentando convencê-la.

— Nada é de verdade, mas ainda é ofensivo. — Ela voltou os olhos na minha direção. — Quero dizer... — ela prosseguiu. — O mundo inteiro acha que você escolheu *isso* — ela gesticulou na minha direção — ... em vez *disto*. — Ela colocou a mão no quadril e ergueu os peitos como se fosse colocá-los em uma prateleira.

Mesmo eu era obrigada a admitir que ela tinha razão.

Qual era a vantagem de ter a aparência dela, se alguém que tinha a minha aparência... em semelhança, ainda que não de fato... podia convencer Jack Stapleton a traí-la? Eu entendia. Violava a ordem natural das coisas.

— Foi tudo um mal-entendido — falei.

— Mas esse é meu ponto! — exclamou Kennedy, com a voz mais alta agora. — Como isso aconteceu? Certo? Quero dizer, *apenas pare*. Essa é a parte difícil. Que alguém possa pensar que Jack poderia escolher uma — e aqui ela me analisou, tentando encontrar as palavras — pessoa sem graça, comum, totalmente medíocre, em vez de mim! — Honestamente, a expressão dela parecia um pouco selvagem. — Certo? — Ela olhou para os convidados da festa. — Certo? É um absurdo! — Ela voltou os olhos na minha direção por um segundo, como se olhasse um inseto.

— Qual é o objetivo de ser *eu* se o mundo todo pode acreditar com tanta facilidade que Jack Stapleton escolheria *você*? — Ela se virou novamente para o grupo ao nosso redor. — É sério! Levantem as mãos. Quem neste grupo escolheria essa garota em vez de mim? Quem? De verdade! Alguém faria isso? Essa é uma pergunta séria! Eu realmente preciso saber. Vamos ver! Alguém? Pelo menos uma pessoa faria isso?

E então ela ficou em silêncio.

Assim como todos os demais.

E, por mais que eu entendesse que ela se sentia humilhada pelas fotos da internet e agora queria me humilhar também, eu estava tão horrorizada pela cena que se desenrolava ao meu redor que paralisei. O jeito óbvio de acabar com aquilo teria sido eu ir embora. Simplesmente me mandar. Certo? Eu não tinha que ficar parada ali aguentando um concurso de beleza no qual nunca me inscrevi contra alguém que já tinha sido capa da *Vogue*.

Hora de ir embora.

Mesmo assim: eu não conseguia me mexer. Estava imobilizada pelo terror.

Assim como o restante das pessoas, pelo que eu podia ver.

Todo mundo ficou olhando – boquiaberto – para Kennedy Monroe parada ali, inflamada com justa indignação. Ela esperou. Deu bastante tempo para todos. Uma era se passou – ou talvez tenham sido apenas alguns segundos. Mas ela garantiu, em câmera lenta, que ninguém pudesse negar o resultado.

Então, no que devia ter sido o tiro mortal, ela disse:

— Última chance! Vamos fazer isso! Quem nesta multidão escolheria ela em vez de mim?

— Eu escolheria. — Jack levantou a mão. E então acrescentou: — Sem pensar duas vezes.

Eu estava paralisada demais para sentir qualquer alívio.

Jack se virou e me olhou nos olhos, com expressão suave:

— Eu escolheria sem sombra de dúvida.

E assim que ele rompeu a tensão superficial, outra mão se ergueu: a de Hank.

— Eu escolheria.

Depois, em uma linda cascata, todo mundo se juntou a eles – dando um passo à frente e levantando a mão: Amadi, Glenn, Kelly e Doghouse – depois de uma cotovelada nas costelas. Um coro de "eu escolheria", "eu também", "eu aqui" e "Time Hannah" se ergueu. Até mesmo Doc e Connie se juntaram, acenando com os braços para ter certeza de que seus votos eram contados.

As pessoas levantaram as mãos e as mantiveram assim – até que, por fim, Jack olhou ao redor e deu o resultado:

— Unânime.

A expressão de Kennedy mudou para um beicinho fervoroso.

E, em resposta a isso, Jack a encarou:

— Você sabe o que isso significa, né?

Ela franziu o cenho para ele.

Jack deu de ombros.

— Hora de deixar esta festa para as pessoas que realmente foram convidadas. E hora de cair fora daqui.

■■■

Tenho que admitir uma coisa sobre o moonshine caseiro.

É uma bebida muito relaxante. Venenosa, mas relaxante.

Connie ficou encantada em descobrir que eu acidentalmente tinha ficado um pouco embriagada, e teria que passar a noite no rancho.

— Jack pode emprestar uma camiseta para você dormir. Ele pode ficar no sofá e você no quarto dele — sugeriu ela, dando um tapinha no meu joelho. Então, acrescentou: — A menos que você prefira o chão, em nome dos bons tempos.

— Não, obrigada — falei.

— Você era feliz ali antes — comentou Jack.

— Era meu trabalho ficar feliz ali antes.

Um a um, amigos e vizinhos foram embora, e os Stapleton mais velhos foram para a cama.

Jack e eu acabamos sob o céu noturno, observando o fogo terminar de arder. Nós dois juntos. Como nos velhos tempos.

— Guardei um lugar para você no jantar — ele disse. — Por que você não se sentou ali?

Sorri para minha caneca de moonshine.

— O lugar estava ocupado.

— Na verdade, não.

— E o que eu devia ter feito? Me sentado no colo de Kennedy Monroe?

— Acho que tenho mais razão aqui.

Será que ele tinha? Do que estávamos falando? Graças a Deus pelo moonshine. Decidi perguntar, finalmente:

— Então. Aquela entrevista com ela terminou com um suspense...

— Foi?

— Sim. Ela pediu para você se casar com ela.

— Pediu?

— Você não lembra?

— É possível que eu não estivesse ouvindo. É difícil não divagar com Kennedy.

— Mas o que você falou?

— Quando?

Dei um chute nele.

— Quando ela te pediu em casamento?

Jack deu de ombros.

— Não tenho ideia.

Agora eu me inclinei para perto dele.

— Uma mulher *pede você em casamento* e você não tem ideia do que respondeu?

Jack franziu o cenho como se não conseguisse imaginar por que aquilo era estranho. Então algo lhe ocorreu.

— Não era real. Claro. Era tudo para as câmeras. Eu pensei que você soubesse.

Senti meu corpo relaxar, como se estivesse começando a derreter.

— Por que eu saberia disso?

Ele franziu o cenho.

— Como você não saberia disso?
— Então... era só para o programa?
Jack olhou para mim como se eu fosse uma idiota adorável.
— Claro.
— Kennedy Monroe não é... sua noiva?
— Por favor.
— Ela é sua namorada?
— Absolutamente não.
— *Ela* sabe que não é sua namorada?
— É claro.
— Então, o que ela estava fazendo aqui?
Jack deu de ombros novamente.
— Tédio? Oportunidade para umas fotos? O agente dela ligou para o meu agente e perguntou se ela podia vir.
— Mas o que foi tudo aquilo na fogueira?
— Competição. E uma insegurança patológica.
Balancei a cabeça.
— Como uma mulher que é o protótipo da perfeição humana pode ser insegura?
— Boa pergunta.
— Só para resumir: você e Kennedy Monroe não estão juntos?
— Nunca estivemos juntos.
— A capa da *People* com suéteres combinando conta uma história diferente.
— Aquilo foi tudo montado.
Era tão difícil compreender.
— Mas por quê?
— Para dar alguma coisa para as pessoas falarem.
— Mas você não se importa que não seja verdade?
Jack se recostou.
— Eu prefiro que as pessoas fofoquem sobre coisas falsas do que sobre as verdadeiras.
Tentei entender tudo aquilo.

— Mais uma vez. Só para esclarecer: você nunca namorou Kennedy Monroe?

Jack fez um aceno de cabeça, como se dissesse *Afirmativo*. E então falou:

— Nunca.

Meu corpo todo derreteu de alívio. Depois, bati no ombro dele.

— Por que você não me contou antes? Eu pensei o tempo todo que ela fosse sua namorada.

Jack deu de ombros.

— Na verdade, eu não devia falar sobre isso.

— Mas eu te perguntei especificamente sobre isso quando nos conhecemos.

— Era informação sigilosa. E você não precisava saber. — Ele acrescentou: — Não naquela época.

Era justo.

— E quanto a você? — Jack perguntou na sequência.

— O que *tem* eu?

— Ouvi dizer que Bobby foi na sua casa uma noite dessas.

— Como você soube disso?

— Vocês não voltaram nem nada assim, né?

Olhei para o rosto impossivelmente bonito de Jack, delineado pelo fogo. Tudo bem. Íamos fazer isso?

— Hum. Ele me largou na noite seguinte ao funeral da minha mãe, e depois dormiu com minha melhor amiga, e depois a largou também, então... não. Não vamos voltar.

— Uau — disse Jack.

— Mas essa não é a pior parte.

— Qual é a pior parte?

— Ele disse uma coisa muito, muito terrível para mim. Algo que eu nunca vou esquecer.

Jack se inclinou para mais perto.

— O que ele falou?

— Não posso te falar.

— Por que não?

— Porque eu morro de medo que possa ser verdade.

— Definitivamente, não é verdade. O que quer que seja. Ele está totalmente errado.

— Você nem sabe o que ele falou.

— É por isso que você precisa me contar.

— Não posso! — falei, ficando em pé e começando a andar ao redor da fogueira.

Jack se levantou e me acompanhou.

— Me conte. Estou bêbado demais para lembrar.

Olhei bem para ele. Eu era boa em julgar essas coisas.

— Você não está nem perto disso — falei.

Mas Jack estava pronto para fazer aquilo acontecer.

Ele parou bem diante de mim, a poucos centímetros de distância.

— Você não me pediu seu alfinete de volta ainda.

Estreitei os olhos.

— Eu me distraí com a sua namorada malvada.

Jack ergueu as mãos para seu colar de couro, abriu o fecho, tirou-o do pescoço, com meu alfinete ainda preso nele.

— Não consegui encontrar o colar — disse ele —, então fique com o colar também.

— Esse é o colar de Drew.

— Ele não se importaria.

Jack estava me dando o colar de Drew? Algo naquilo parecia ser muito importante.

Ele segurou o colar e o pingente, como se eu devesse pegá-los.

Mas, quando fui fazer isso, Jack simplesmente me deu um sorriso malicioso, fechou a mão em torno de ambos e, em vez de me entregar, ergueu o braço bem alto.

Fiquei boquiaberta com a injustiça disso.

— Me dê! — exclamei, pulando para tentar alcançar a mão dele.

— Talvez essa seja uma daquelas situações em que achado não é roubado.

— Isso não é legal. — Pulei mais um pouco.

— Você é hilária. Parece uma chihuahua.

— Me devolva! — continuei, ainda pulando, usando os ombros dele como apoio.

— Com uma condição — Jack disse.

Quando parei para descobrir qual era, ele propôs:

— Me conte o que Bobby disse para você.

Comecei a pular novamente.

— Nunca.

— Ok, então, baixotinha. Dê adeus para esta coisinha barulhenta. — Ele levou a mão para trás da cabeça, como se estivesse prestes a arremessar meu alfinete no meio do pasto.

Ele não faria isso. Claro que não faria. Mas a ameaça era o suficiente. Suspirei. Parei de pular. Olhei nos olhos de Jack.

— Tudo bem. Mas não me chame de baixotinha.

— Tudo bem o quê?

— Tudo bem eu conto pra você?

— Sério?

— Sério.

— Está mentindo?

— Não.

— Vai inventar alguma coisa para poder levar para o túmulo a dor causada pelo que aquele babaca falou?

Isso chamou minha atenção.

— Não. Mas é uma ótima ideia.

Jack abaixou a mão, com uma expressão no rosto que dizia *Tudo bem, vou confiar em você.*

Então ele se inclinou, tão próximo que eu podia sentir seu hálito contra minha pele, colocou o colar ao redor do meu pescoço e prendeu o fecho.

Quando ele se afastou, levantei a mão e toquei as miçangas, espantada por estarem realmente ali. Ele as encontrara. Ele procurara e procurara até encontrá-las. E agora as estava devolvendo para mim – algo tão precioso para mim, juntamente com algo tão precioso para ele.

O que ele estava fazendo?

Jack deu um passo para trás. Eu devia ter saído correndo nesse momento, para nunca precisar contar o que Robby dissera.

Mas não fiz isso.

Eu culpo a bebida. Ou talvez fosse o olhar irresistível de Jack Stapleton. Ou talvez fosse o jeito como ele me escolhera naquela noite – na frente da família, dos meus colegas de trabalho e da própria Kennedy Monroe. Mas demorei um segundo para poder apreciar meu alfinete, agora são e salvo, e então... contei para ele.

Ainda não consigo acreditar que eu disse aquelas palavras em voz alta. Talvez o moonshine remova magicamente a inibição. Ou talvez eu soubesse muito bem que os segredos não contados podiam apodrecer. Ou talvez, apenas talvez, eu ousasse desejar que Jack pudesse tentar provar que eu estava errada.

O ponto é que... ele fez isso.

— Bobby disse... — comecei a falar, respirando fundo. — Ele disse... que eu... *beijava mal*.

No minuto em que as palavras saíram, eu me arrependi.

Porque sabe o que Jack fez?

Ele caiu na gargalhada.

Eu tinha acabado de compartilhar a coisa mais humilhante que eu sabia sobre mim mesma – e ele riu.

— Esqueça — falei, dando meia-volta.

— Espere... — disse Jack.

Mas eu não esperei. Eu podia estar um pouco alta demais para poder dirigir para casa, mas estava sóbria o suficiente para entrar e me trancar no banheiro até poder fugir pela manhã.

Jack me seguiu.

— Me desculpe por ter rido. Eu sinto muito!

— Não é engraçado. — Minha voz oscilou.

Na varanda lateral, assim que alcancei a porta da casa, ele me alcançou e me virou pelo ombro.

— Mas *é* engraçado. É hilário. Mas só porque é totalmente errado.

— Não tire sarro de mim. — Eu podia sentir as lágrimas em meus olhos. Que humilhante.

— Não estou tirando sarro de você. Ele é um mentiroso.
— Claro que é. Mas ele acertou mais do que algumas coisas.
— Bem, ele não está certo sobre o beijo.
— Você não tem como saber isso.
— Eu definitivamente tenho.
— Como? Ele me beijou de verdade centenas de vezes e você só me beijou de mentira.
— Confie em mim.
— *Confiar em você?*
— Eu consigo perceber, viu?
— Como? Como você consegue perceber?
— Eu simplesmente sei. Já beijei muita gente.
— Olhe, você é doce...
— Eu dificilmente sou doce.
— ... mas não posso aceitar sua palavra no lugar da de alguém *que me beijou de verdade.*
— Mil dólares — disse Jack.
— O quê?
— Aposto mil dólares. *Ele* beija mal, mas está culpando você.
— Isso é ridículo, Jack. Você acha que eu tenho mil dólares para sair rasgando?
— Eu empresto para você.
— Meu Deus do céu. Deixa pra lá.
— Não.
— Nem todos nós podemos beijar bem, Jack. Não tem problema. Sou boa em outras coisas.
— Ele não pode mentir para você. E você não pode simplesmente... *acreditar nele.*

Ótimo. Dicas de autoestima do Homem Vivo Mais Sexy.
— Obrigada pelo conselho. Vou dormir.

Eu me virei para abrir a porta de correr, mas foi quando ele estendeu o braço para fechá-la novamente.

— Não estou errado. — Ele me encarou direto nos olhos, intensamente.

— Ok — cedi. — Você não está errado. Eu sou incrível. Arrebento corações. Tiro as pessoas do eixo. Feliz agora?

Mas Jack simplesmente negou com a cabeça.

E então ele se inclinou na minha direção e pressionou a boca na minha. E, quando digo "se inclinou", quero dizer com o corpo todo. Ele me pressionou contra aquela porta com tudo o que tinha.

E acho que eu estava esperando por isso o tempo todo.

Meus braços circundaram seu pescoço, e minhas mãos abriram caminho até seu cabelo, e minhas pernas envolveram sua cintura. Será que ele tinha me levantado ou eu tinha pulado? Nunca saberemos. Mas ele estava me beijando, e eu o beijava de volta, e estava acontecendo.

Lembro daquilo em instantâneos de sentimentos. Ternura, tensão, calor e conexão. A barba por fazer em seu pescoço, a força de seus braços, o cheiro de canela, e aquela sensação incomparável de ser amparada.

De ser *acarinhada*.

Eu desejava aquele beijo fazia tantas semanas, tantos dias, tantas horas infinitas – e durante todo aquele tempo pensei que isso nunca aconteceria, que era impossível... Então, quando aconteceu, do nada, não importava o que era ou o que significava... não havia decisões a serem tomadas. Não havia mais nada a ser feito além de entrar de cabeça.

Era tão fácil quanto arremessá-lo no chão.

Não pensei nos mil dólares. Não pensei em Robby. Não estava tentando provar que ninguém estava errado.

Eu só queria aquele beijo.

Aquela era minha chance.

E eu não ia desperdiçá-la.

Antes que eu percebesse, estávamos avançando pela porta, com os lábios ainda se tocando, ele ainda me segurando, eu ainda enroscada nele, e cambaleamos pela sala – sem equilíbrio, colidindo no sofá e depois quase tropeçando em um galo de cerâmica na entrada –, na direção do quarto de Jack.

Então paramos ao lado da porta dele – ele me pressionando contra a parede enquanto tentava encontrar a maçaneta com uma mão.

Um bom beijo eclipsa todo o resto.

Tudo exceto o toque, o desejo e um ao outro.

E esse era um beijo e tanto.

Quando Jack não conseguiu encontrar a maçaneta imediatamente, ele deixou pra lá e se permitiu ser levado pelo momento. A mão atrás da minha nuca, seu corpo pressionado contra o meu, sua boca na minha boca. Era como se ninguém ou nada no mundo existisse além de nós dois.

Quer dizer... até que ouvimos a voz de Doc do quarto principal, no fim do corredor.

— Jack? É você?

Aquilo rompeu o feitiço.

Ficamos paralisados, abrimos os olhos e nos encaramos, ainda respirando pesado.

— É o meu pai — Jack sussurrou.

— Eu sei — sussurrei de volta.

Jack balançou a cabeça, como se quisesse clarear a mente. Então levantou a cabeça e tentou soar coerente.

— Sim, pai?

— Jogue água da mangueira naquela fogueira para apagar as cinzas, por favor? Não chove há semanas.

— Sim, senhor — Jack respondeu.

— E, Jack?

— Sim?

— Enquanto estiver lá fora, você pode dar uma olhada em tudo para ver se toda a comida foi guardada e não tem nada que possa atrair coiotes para o pátio?

— Sim, senhor.

— E Jack?

Jack suspirou para mim, como se dissesse *Sério?*

— Sim?

— Vá buscar alguma coisa para aquela garota poder dormir, e mande-a para a cama. — E, então, Doc acrescentou: — Sozinha.

Jack suspirou.

Depois de mais alguns segundos:

— Entendeu, Jack?

— Sim, senhor.

— Esse é meu garoto.

Com o clima destruído, Jack relaxou os braços e me soltou um pouco. Escorreguei até ficar em pé.

Era bom que tivéssemos sido interrompidos.

Nunca vá para a cama com um ator famoso depois de uma caneca de moonshine, um pouco antes de se mudar para a Coreia.

Não é o que dizem?

Nós nos encaramos por um minuto, tentando recuperar o fôlego e nos recompor, enquanto Jack puxava meu suéter para endireitá-lo, me limpava e me arrumava.

Eu me recostei na parede e olhei para ele, como se dissesse *O que foi que acabou de acontecer?*

Então, Jack falou:

— Hannah?

Encarei seus olhos.

— O que foi?

— Quer sair comigo?

— O quê?

Jack assentiu com a cabeça.

— Um encontro. Amanhã. Na cidade. Sem pais por perto.

— Você está querendo ir a um *encontro* comigo? — perguntei, como se aquela palavra pudesse não significar a mesma coisa para nós dois.

— Sim. Quero pedir comida, me sentar no telhado da minha casa e comer com você.

Mas eu ainda não tinha muita certeza do que estávamos falando.

— Por quê?

Ele franziu o cenho, como se fosse óbvio.

— Porque eu tenho uma queda por você.

— Eu não estou entendendo.

— O que há para entender? Eu gosto de você.

— Mas... não estávamos fingindo? — perguntei.

— *Você* está fingindo? — Jack perguntou.

Eu não sabia como responder.

— Pensei que nós dois estivéssemos. Não era esse todo o conceito?

— Não estou fingindo — disse Jack. — Não mais.

Sei que já confessei minhas inseguranças sobre o fato de eu ser ou não digna de ser amada, mas essas eram questões profundas e sutis.

Preciso apontar aqui que, durante a maior parte do tempo, na minha vida, eu andava por aí me sentindo razoavelmente confiante. Eu era boa no meu trabalho. Era uma boa pessoa. Tinha um cabelo bonito. Se fosse um homem *mediano* dizendo que gostava de mim, tenho bastante certeza de que aquilo teria soado plausível.

Por que não, certo?

Mas aquele não era – acho que todos nós podemos concordar – um homem mediano.

Por favor. Aquele era *Jack Stapleton*. E eu era apenas... eu. Quero dizer, de qualquer perspectiva racional, *nada disso podia estar acontecendo*.

Aquela não era minha opinião.

Não era eu sendo dura comigo mesma.

Era só... a verdade.

— Acho que estou tendo um derrame ou algo assim — falei. — Sobre o que nós estamos falando?

— Estou dizendo que tenho uma queda por você.

— E eu estou dizendo que isso não faz sentido.

— Faz sentido para mim.

— Talvez *você* esteja tendo um derrame.

— É tão difícil acreditar que eu gosto de você?

— Hum. Meio que é. Você me chamou de "simples", "não hollywoodiana" e "epítome do comum".

— Ok. Mas essas coisas são *boas*.

— E baixota! — acrescentei.

— Bem. Você não é alta.

— Eu vi suas namoradas, Jack. Tenho um arquivo inteiro delas. Não sou nada como essas pessoas.

— É exatamente o que estou dizendo.

— O quê? O que você está dizendo?

— Estou dizendo que você é *melhor*.

Olhei para ele com ironia.

— Agora você acabou de insultar todo mundo.

— Você é uma pessoa real.

— Pessoas reais têm de monte por aí.

Jack pensou por um segundo.

— Ok. Sabe as bonecas que minha mãe resgata?

— Sim?

— O que estou dizendo é que as mulheres no seu arquivo... aquelas mulheres do meu passado... são as bonecas "antes". E você... — ele me olhou direto nos olhos — ... você é "depois".

E foi assim que eu entendi.

Entendi o que Jack Stapleton queria dizer com "real".

Mais do que isso, acreditei nele.

Jack prosseguiu:

— Quando você não está por perto, mesmo que por pouco tempo, sinto que preciso ir atrás de você. Sinto essa atração por você. Quero saber o que você está pensando, e o que está a fim de fazer, e como se sente. Quero levar você a lugares e mostrar coisas para você. Quero *memorizar* você... aprender você como se fosse uma canção. E aquela camisola, e o jeito como você fica brava quando deixo minhas coisas espalhadas por todo lado, e como prende o cabelo nesse seu coque maluco. Você me faz rir todo santo dia... e ninguém me faz rir. Eu sinto como se tivesse perdido toda a minha vida até agora... e, de algum modo, com você, eu simplesmente... me encontrei.

Jack fez uma pausa e esperou que eu discutisse com ele.

Mas eu simplesmente falei:

— Tudo bem.

— Tudo bem o quê?

— Tudo bem, eu acredito em você.

— Acredita?

Confirmei com a cabeça.

— Então isso é um sim?

— Para o quê?

— Para o encontro?

— Sim — falei, mais determinada a cada palavra. — Sim.

Foi quando ouvimos:

— Jack?

Era Doc novamente, do quarto dos fundos.

— Sim?

— A fogueira? Em algum momento antes do nascer do sol?

— Sim, senhor.

Eu esperava que Jack se afastasse então, mas, em vez disso, ele se aproximou, apoiando as mãos na parede atrás de mim. Trouxe o rosto bem perto do meu, ainda um pouco sem fôlego, ficou parado ali por um segundo, e então colocou a boca sobre a minha novamente – dessa vez mais suave, mais doce, apenas lábios, calor e sedosidade.

E eu simplesmente me derreti.

As mãos dele estavam apoiadas na parede, e não estávamos nos tocando em nenhuma outra parte... mas não havia absolutamente nenhum lugar em que eu não o sentisse.

Quando ele se afastou, parecia tão perdido quanto eu me sentia.

Então ele pareceu se lembrar de algo e me deu um sorriso maroto.

— O que foi? — perguntei.

O sorriso se aprofundou, e ele olhou para o alfinete em meu pescoço e depois de novo em meus olhos. Jack deu um passo para trás, relutante, quase atordoado, e apontou para mim, como se dissesse *Te peguei*.

— Você me deve mil dólares — disse ele.

CAPÍTULO 29

UM ENCONTRO. NA CASA DE JACK STAPLETON.

Em que diabos eu estava pensando?

Eu estava doida para ir. E seria louca se *não* fosse.

Mesmo assim, isso ia exigir alguma coragem. E alguma preparação.

Especialmente considerando que eu não tinha aberto as caixas da mudança. Então, quando repentinamente precisava achar uma roupa linda – uma que pudesse, em teoria, se eu escolhesse bem, me ajudar a encarar o desafio –, eu não conseguia achar nenhuma.

Quero dizer, depois de um tempo, comecei simplesmente a espalhar o conteúdo das caixas no chão e vasculhar entre elas.

Ali, em algum lugar, eu tinha uma roupa para encontros.

Eu tinha separado bastante tempo, mas, enquanto, caixa após caixa, só apareciam moletons amassados, comecei a ficar tensa.

Foi quando ouvi uma batida na porta.

Olhei pelo olho mágico.

Ali, do outro lado da lente, estava Taylor.

— Não estou em casa — falei pela porta.

— Você claramente está.

— Mas estou ocupada.

— Posso ter sessenta segundos? Preciso dizer uma coisa.

Abri uma fresta na porta.

— Sessenta segundos — falei.

Ela estendeu uma sacola de supermercado, e, quando olhei para aquilo, Taylor disse:

— São os sapatos que você me emprestou para aquilo. E a assadeira em formato de coração que eu tinha pegado emprestada. E alguns livros.

— Fique com tudo — falei. — Eu não quero.

— Não vou ficar com isso.

— Tudo bem. Doe, então.

— Você ama esses sapatos!

— Não mais.

Taylor estava estendendo a sacola na minha direção, mas, com aquilo, ela o puxou de volta.

— Ok, então — disse ela.

— O que você precisava dizer? — perguntei, tipo *Vamos acabar com isso*.

— É mais uma "pergunta", na verdade.

— Tudo bem. Pergunte.

— Tem alguma coisa... que eu possa fazer por você?

Franzi o cenho.

— Foi para isso que você veio aqui?

— Eu só... queria fazer alguma coisa por você. Qualquer coisa.
— O que você poderia fazer por mim?
— É o que estou perguntando.
— Você está tentando fazer as pazes?
— Não precisamos rotular isso.

Claro que minha resposta era não. Não, não havia nada que ela pudesse fazer por mim. Não, eu não ia deixá-la se sentir melhor por me fazer favores magnanimamente. Não. *De jeito nenhum.*

Mas.

Algo na calma de sua voz chamou minha atenção.

— Eu acho... que eu só queria que você soubesse que eu sinto muito de verdade — disse ela então.

Não é tão frequente que pessoas que fizeram mal a você realmente peçam desculpas. Em geral, na minha experiência, elas seguem em frente, mantendo a inocência. Insistindo que não são tão más, ou que tinham seus motivos ou que, de certa forma, a culpa é sua.

Mas, em seu jeito clássico de ser, Taylor estava simplesmente assumindo tudo.

Aquilo me fez sentir saudade dela.

Ela recuou, se virou e estava se afastando pelo corredor. A gola de sua jaqueta estava virada do lado errado.

Meu plano era deixá-la ir.

Eu disse a mim mesma para deixá-la ir.

Mas então me ouvi dizendo:

— Você podia me ajudar a encontrar alguma coisa para vestir.

Taylor ficou imóvel. Em seguida, se virou.

— Alguma coisa para vestir?

Endireitei um pouco o corpo.

— Tenho um encontro.

Taylor foi educada a ponto de não perguntar com quem era.

Eu continuei falando:

— Não consigo achar nada para vestir. E falo isso literalmente. A equipe de mudança não rotulou as caixas. Então você podia me ajudar a encontrar minhas roupas.

Taylor tentou conter o sorriso.

— Eu posso fazer isso.

— A propósito: não estou perdoando você — falei, apontando para ela enquanto ela caminhava na minha direção.

— Eu não iria querer que você fizesse isso.

— Estou só deixando você diminuir a quantidade de culpa que esmaga a sua alma.

— Obrigada. — Ela parou diante de mim. — Será que você também não precisa de ajuda para fazer o cabelo e a maquiagem para esse encontro?

Fiquei imóvel. Agora ela estava forçando.

— Só ofereci porque às vezes, quando você passa sombra, fica parecendo que levou um soco nos dois olhos, de pessoas diferentes.

— Obrigada por isso. — Ela não estava errada.

Além disso, ela era muito boa para fazer cabelo e maquiagem.

E eu teria um encontro com Jack Stapleton.

— Tudo bem — falei. — Mas só para reiterar...

— Eu sei. Eu sei — disse Taylor. — Não estou perdoada.

■■■

Duas horas mais tarde, caminhando até a casa de Jack, enquanto lutava internamente contra pensamentos intrusos sobre as muitas, muitas namoradas passadas dele, parecia bem claro que eu fizera a escolha certa.

Se algum dia for deixar que Taylor faça algo por você, que seja o cabelo e a maquiagem. E ela me convenceu a usar o vestido vermelho mais justo que eu tinha.

Eu estava tentada a colocar um terninho.

Se eu me sentia dolorosamente vulnerável com os ombros desnudos e a barra sedosa sussurrando ao redor das minhas coxas nuas? Claro que sim.

Emocional e fisicamente, eu me sentia nua como o inferno. E não de um jeito bom.

— Elas são os "antes" — eu repetia, como um mantra, enquanto uma verdadeira passarela com as namoradas de Jack desfilava em minha mente. — Você é o "depois".

Tudo em mim estava tremendo.

Eu não me importava em gostar dele, desde que fosse recíproco. Mas será que era? Pareceu mais do que recíproco ontem, quando ele estava me pressionando contra a parede no corredor da casa dos pais.

Mas ontem foi há um milhão de anos.

Eu me perguntei se o golpe triplo – perder minha mãe, depois perder Robby e, por fim, perder Taylor – deixara uma cicatriz emocional maior do que eu imaginava.

Será que eu era digna de ser amada? Quero dizer, algum de nós é realmente digno de ser amado se pensarmos bem?

Era tentador me acovardar.

Mas então lembrei de Jack fazendo *có-có-có-có*, e me perguntei se ter fé em si mesmo era apenas decidir que você era capar de fazer algo – o que quer que fosse – e com isso se obrigar a ir em frente.

Então percebi uma coisa naquele instante: toda chance que você aproveita é uma escolha. Uma escolha para decidir quem você é.

E foi isso o que aquela longa caminhada até a entrada da casa dele significou para mim. Não se tratava do que Robby e Taylor tinham feito. Ou do que Jack podia ou não dizer, ou fazer, ou sentir. Tratava-se de escolher quem eu seria diante de tudo aquilo... e de recusar a desistir da esperança. Ou de mim mesma.

Era totalmente ridículo que eu tentasse namorar um astro do cinema?

Com certeza.

Eu ia fazer isso mesmo assim?

Pode apostar.

CAPÍTULO 30

COMO O NÍVEL DE AMEAÇA CONTRA JACK FORA REDUZIDO A BRANCO, NÃO HAVIA EQUIPE DE SEGURANÇA EM SUA casa – graças a Deus. A última coisa de que eu precisava usando essa sandália de salto alto era atravessar algum tipo de pista de obstáculos e julgamentos de um Agente de Proteção Executiva.

As câmeras de segurança da propriedade ainda estavam funcionando, claro. Toquei a campainha de Jack, tentando não imaginar Glenn me vigiando e dizendo:

— Aquela é *Brooks*? Usando um *vestido*? Que diabos ela tem nos pés?

Eu só podia esperar que ninguém as estivesse monitorando.

Mas Jack não apareceu na porta imediatamente.

Observei uma formiga atravessando o concreto.

Então toquei novamente.

Será que ele estava no banho? Cruzei os dedos, torcendo para que ele não tivesse decidido *cozinhar*, pelo amor de Deus.

Então, alguns minutos após meu segundo toque, Jack abriu a porta – mas apenas parcialmente.

Ele tinha cortado o cabelo – e agora estava arrumado de um jeito astro de cinema que intimidava um pouco, como se ele tivesse acabado de sair de uma sessão de fotos para a *GQ*. Ele também estava recém-barbeado. Estava usando um suéter norueguês. E outra mudança: ele estava usando lentes de contato, em vez dos óculos. Era a primeira vez que eu o via sem óculos na vida real.

Tudo aquilo junto? Fazia com que ele parecesse um pouco uma pessoa totalmente diferente.

Menos Jack Stapleton que dava carona em suas costas e mais Jack Stapleton, o astro de cinema.

Puta merda. *Jack Stapleton era um astro de cinema.*

Senti uma cólica de ansiedade. A impossibilidade de tudo aquilo me atingiu novamente.

Aquilo estava acontecendo? Acho que estava.

Mas foi quando Jack falou:

— Pois não? — em uma voz que parecia... em branco.

Apenas um tom levemente cortante – anônimo e desinteressado, como se não me conhecesse, e tivesse certeza de que não queria conhecer. Como se eu fosse, talvez, o técnico da TV a cabo. Ou um cabo eleitoral de algum partido político. Ou o cara do censo.

Foram só aquelas duas palavras. Mas foram o suficiente para registrar.

— Ei — falei, segurando uma garrafa de vinho com um leve ar de cautela. — Eu trouxe vinho.

Dei um passo na direção dele, esperando que ele abrisse a porta.

Mas ele não abriu.

Em vez disso, ele franziu o cenho:

— Por quê?

— Por que o quê?

— Por que você está aqui?

— Ok — falei. — Isso não tem graça.

Mas foi quando Jack fez um gesto com a cabeça, na direção do interior da casa, e disse:

— Na verdade, estou com algumas visitas aqui, então...

— Está? — perguntei.

— Sim. Então.

— Espere... não era hoje?

— O que não era hoje?

O que estava acontecendo? Ele *tinha* me convidado para um encontro, certo? Eu não tinha *sonhado*, tinha?

— O que está acontecendo?

Ele franziu o cenho para mim, como se não tivesse ideia do que eu estava falando.

— Estou com alguns amigos aqui, então... estou meio ocupado.

Ele começou a fechar a porta.

Por instinto, tentei usar o truque de Robby de bloquear a porta com meu pé – esquecendo, é claro, do meu sapato ridículo –, e Jack acabou batendo a porta nele, e o metal cortou os dedos dos meus pés e arrebentou a tira de couro da sandália.

A dor subiu pela minha perna como um foguete. Puxei o pé para trás, e soltei um monte de palavrões, e então pulei em uma perna por um minuto, até perceber que estava sangrando.

— Ops — disse Jack em um tom de voz que queria dizer "que droga é a sua vida". Ele me observou sem nenhuma compaixão detectável. Basicamente parecendo entediado.

Quando parei de pular, ele disse.

— Se me dá licença... — E começou a fechar a porta novamente.

— Espere! — falei.

Jack soltou um suspiro irritado.

— E quanto... — comecei a falar. Mas não sabia como fazer a pergunta. Estendi a garrafa de vinho.

— Você pode deixar na varanda — disse ele, como se eu fosse o entregador. — Eu pego mais tarde.

— Jack! — chamei, então, por fim me endireitando. — Nosso encontro não era hoje?

Jack franziu o cenho como se não tivesse ideia do que eu queria dizer. A completa incompreensão em seu rosto foi o suficiente para inundar meu corpo todo de humilhação. Então, como se tivesse uma vaga lembrança, das profundas brumas do tempo – e não, você sabe, *de ontem* –, ele disse:

— Aaaaah. — Assentindo com a cabeça. Como se isso explicasse tudo. — O *encontro*.

Que diabos? Ele tinha me convidado fazia menos de vinte e quatro horas. Será que estava brincando? Estava sonâmbulo? Bêbado? E quem machuca outra pessoa sem querer – ou qualquer outra criatura viva – a ponto de deixá-la sangrando em sua porta e simplesmente fica parado ali, como um psicopata? O que estava acontecendo?

Revirei a situação mentalmente, como se tivesse uma última peça do quebra-cabeças, mas não conseguisse encaixá-la.

Mas então Jack colocou a peça no lugar para mim.

Ele inclinou a cabeça, com uma voz completamente saturada de pena, franziu o cenho em simpatia sarcástica, e disse:

— Você achou que aquilo era de verdade?

Tudo no meu corpo parou nesse momento. Meu coração parou de bater, meu sangue parou de fluir, minha respiração parou de entrar e sair.

Talvez o tempo também tenha parado.

Jack me olhava como se eu supostamente fosse responder à sua pergunta – e esperava. Seu rosto estava repleto de curiosidade.

— Não foi... de verdade? — perguntei, quando o tempo voltou a andar. Minha voz parecia estar saindo do corpo de outra pessoa.

Os olhos de Jack tinham uma expressão que eu só podia descrever como "desdém incrédulo".

— Claro que não.

Claro que não.

— Você caiu nessa mesmo? Você acreditou em mim? Isso é tão engraçado — Jack acrescentou.

— Espere... então... — balancei a cabeça. — Ontem? Tudo o que aconteceu?

Jack deu de ombros.

— Falso — disse ele.

Eu não parecia capaz de parar de balançar a cabeça.

— Você estava...? — Eu não sei o que estava perguntando.

— Entediado — ele confirmou.

— Você fingiu...?

— Fiz o que chamam de atuação sob demanda.

— Então... a coisa quando você... — a questão ardia em minha boca com a humilhação, mesmo quando perguntei: — ... me escolheu em vez de Kennedy Monroe...?

Mas Jack apenas confirmou com a cabeça, como se eu tivesse feito uma grande afirmação.

— Eu sei. Peguei vocês duas com aquela. Dois coelhos com uma cajadada.

Eu me senti afundar.

— Você estava atuando — falei, tentando absorver.

— Só mais um dia no escritório.

— Mas... — Eu ainda não entendia. — Mas por quê?

Jack deu um suspiro curto, como se dissesse *Tente me acompanhar*.

— Lembra quando minha mãe disse que eu não era um ator tão bom assim? — Jack perguntou então. — Aquilo pareceu um desafio pessoal.

— Você fingiu gostar de mim — fiz uma pausa por um segundo, tentando juntar as peças — para desmentir a afirmação da sua mãe sobre suas habilidades como ator?

Ele deu de ombros.

— Foi uma coisa que eu arranjei para fazer. Certo? De que outro jeito você se mantém ocupado no meio do nada?

Minha cabeça continuava balançando.

— Então... ontem? Todos aqueles... beijos?

— Coreografados. — Jack confirmou com um aceno de cabeça.

Eu me senti atordoada. Coloquei a mão na maçaneta para me apoiar. Em algum lugar, em outro universo, meu pé sangrando latejava.

— Mas aceito o vinho — disse ele, em um tom que dizia *Pode ir embora*.

Estranhamente, eu o entreguei para ele.

Ele olhou o rótulo.

— Barato.

O ar ao redor de nós de repente pareceu estranho, como se fosse feito de fumaça. Eu me perguntei se ia desmaiar.

— Falando em tédio — disse Jack. — Eu realmente tenho amigos esperando.

Não estávamos falando sobre "estar entediado", mas tudo bem.

— Claro — falei.

Os olhos dele pareciam embotados e sem vida.

— Eles vão morrer de rir com essa história. É tão hilária quando você começa a pensar.

— É? — perguntei, sem ter certeza de que havia uma resposta.

— Já terminamos aqui, certo? — Jack falou.

E então, sem nem esperar pela minha resposta, ele simplesmente... fechou a porta. Presumivelmente para poder contar a história da segurança mais estúpida e crédula de toda a história para algum grupo vicioso de amigos VIP reunidos ao redor de uma tábua de frios.

Era assim que o amor da minha vida terminaria? Comigo sendo a piada do dia de Jack Stapleton?

É tão hilário quando você começa a pensar.

Não tenho ideia de quanto tempo fiquei parada ali. Até onde eu sabia, o tempo tinha entrado em colapso, caindo em um loop infinito.

Meu cérebro parecia vazio. Minha garganta parecia cheia de areia. Todo o meu ser positivamente *vibrava* de vergonha. A humilhação era total. Não havia uma célula no meu corpo que não estivesse saturada dela.

Ele estava atuando. Ele estava atuando. Ele tinha atuado o tempo todo.

Claro que ele estava atuando.

Claro.

Em câmera lenta, eu me abaixei para tirar as sandálias, e percebi pela primeira vez quão profundo era o corte no meu pé machucado, e como o sangue deixava a sola do sapato escorregadia.

Depois, descalça e sangrando, me levantei.

Ele estava atuando.

Como se estivesse ticando os itens de uma lista, engoli em seco, endireitei os ombros e ergui o queixo. Agarrei minha bolsinha estúpida com uma mão e deixei os sapatos pendurados nos dedos da outra.

E então voltei mancando pelo caminho, como se o mundo todo estivesse me olhando ir embora.

■■■

Levei mil anos para chegar ao meu carro.

Por um lado, eu estava andando descalça sobre granito triturado, que parece muito mais com vidro quebrado do que você pode imaginar.

Por outro, todos os meus sentidos estavam exacerbados.

Então eu tinha que ir devagar.

Vista de fora, eu provavelmente parecia uma mulher com o pé machucado, sensatamente tomando seu tempo.

Por dentro, claro, era uma história totalmente diferente. Minha mente estava positivamente se *atacando*, revendo cada minuto daquele encontro na porta da frente de Jack sem parar, e com tanta vividez que eu mal podia ver o que estava diante de mim.

É incrível que eu não tenha acabado vagando até o trânsito.

É incrível que eu não tenha morrido de tristeza.

É incrível que eu não tenha simplesmente *deixado de existir*.

Mas... no fim... cheguei ao meu carro.

Um carro que fora guiado até aqui por uma pessoa muito diferente daquela que voltava agora.

Caminhei até ele, dobrei o corpo e pressionei a cabeça contra o capô.

Que diabos tinha acabado de acontecer?

A pessoa que eu devia odiar naquele momento era Jack. Obviamente. Eu sabia daquilo. Eu devia odiá-lo por ser o babaca mais insensível e desalmado da história do mundo. Eu devia ter queimado de raiva incandescente e purificadora.

Mas Jack não era a pessoa que eu odiava naquele instante.

A pessoa que eu odiava era a mim mesma.

Eu me odiava por ter sido enganada. Por ter sido ludibriada. Por querer tanto ser amada que facilmente me tornara alvo de alguém.

Eu devia saber como eram as coisas.

Eu devia ter me protegido melhor.

A parte de mim que supostamente estava sempre de guarda, em estado de alerta, e em serviço – a parte que tinha como tarefa proteger o restante de mim –, tinha fracassado. Miseravelmente.

Mais uma vez.

Eu devia conseguir antecipar essas coisas. Eu devia conseguir me manter vigilante. Eu devia conseguir manter todas as minhas falhas e deficiências sempre diante da minha consciência, para nunca esperar, tola e ridiculamente, por mais.

Eu sabia disso. Eu sabia desde a noite do meu aniversário de oito anos.

Mais tarde, decidi, eu ficaria brava com Jack. Eu convocaria toda a minha raiva hipócrita, salvaria minha dignidade e encontraria forças para seguir em frente.

Eu *não* era a babaca aqui. Eu não tinha feito nada errado.

Eu me defenderia, no final. Eu faria isso.

Mas naquele instante, naquele momento surreal logo após o choque, a única coisa que eu conseguia sentir era uma decepção apocalíptica comigo mesma.

Recostada no capô do carro, eu estava surpresa em ver quão física era minha reação.

Minha cabeça girava. Eu não conseguia recuperar o fôlego. Me sentia tonta.

Flashes do que acabara de acontecer continuavam aparecendo na tela da minha mente, sem minha permissão. Jack abrindo a porta em modo astro de cinema total – o rosto totalmente sem expressão, como se eu fosse uma desconhecida. Jack inclinando a cabeça com sarcasmo enquanto dizia: "Você achou que aquilo era *de verdade*?". Jack cortando meus dedos dos pés e então me observando, sem demonstrar emoção alguma, enquanto eu sangrava diante dele. A postura de Jack, rígida como um manequim, enquanto esperava que eu me controlasse, agarrasse minha própria estupidez desprezível e fosse embora.

Ei...

Espere um minuto...

A postura de Jack, rígida como um manequim?

Jack Stapleton – renomado desleixado e campeão mundial em se espalhar – com a postura rígida como um manequim?

Aquilo não parecia certo.

Com isso, meu pensamento começou a mudar. Eu sabia que ele tinha acabado de dizer que tudo tinha sido uma piada e que ele nunca gostara realmente de mim. No entanto, quanto mais eu ficava parada ali, mais começava a me perguntar se eu acreditava cem por cento nele.

Era difícil saber no que acreditar.

E, quanto mais eu pensava naquilo, mais eu me perguntava se a versão apaixonada de Jack que eu vira na noite anterior era mais convincente do que o psicopata com quem eu acabara de me encontrar.

Agora meu cérebro mudava de perspectiva, e comecei a folhear de trás para a frente as páginas da minha lembrança, com o propósito de reler aquele momento.

Algumas coisas estavam estranhas, certamente.

Jack só abrira a porta parcialmente, por exemplo – mas ele era muito mais o tipo de cara que abria a porta toda de uma vez. Eu presumi que ele estivesse tentando me manter separada de seus amigos, mas, se estava realmente se divertindo com a pegadinha que acabara de fazer, ele não deveria deixá-los me ver? E, se ele era realmente um sociopata, será que teria se importado se eu os visse?

Continuei esquadrinhando as anormalidades. Havia uma tensão não familiar em seu rosto – como se ele estivesse tentando parecer relaxado sem estar realmente relaxado.

E aquela expressão em seus olhos era frieza – ou intensidade?

A tensão em sua voz era irritação – ou ansiedade?

Continuei revendo nossa interação, esquadrinhando tudo com um olhar diferente – até um momento que me deixou imóvel.

Logo depois que disse que estava atuando, logo depois de acenar com a cabeça confirmando, Jack olhara de relance para sua esquerda. Quase como se tivesse alguém parado ao lado dele. E a emoção que cruzara seu rosto então, no segundo daquele olhar, era bem inconfundível para quem estava nesse negócio tempo o bastante...

Era medo.

■■■

Tinha alguma coisa errada.

Havia alguma coisa naquela casa da qual Jack tinha medo.

Alguém.

Peguei minhas chaves, abri o carro e mergulhei no assento de trás, em busca do meu iPad.

Entrei no sistema para verificar a gravação da câmera de segurança de Jack, avançando e retrocedendo na maior velocidade possível.

Nada na câmera da entrada. Nada câmera do jardim dos fundos. Nada na câmera da piscina. Mas então, de repente, na câmera interior ativada por movimento, no hall de entrada, vi Jack conversando com um homem alto, usando jeans. Diminuindo a velocidade, para ver melhor, eu me perguntei se aquele podia ser um dos "amigos" que Jack afirmara estar ali.

Até que o homem puxou uma pistola nove milímetros e apontou para a cabeça de Jack.

Puta merda.

Passei rapidamente pela filmagem, tentando conseguir informações básicas. Vi Jack erguer as mãos e depois abaixá-las novamente. Vi ambos se virarem na direção da porta e então vi Jack abri-la, apenas alguns centímetros, e o outro homem dar um passo para trás e se posicionar a alguns metros de distância com a arma apontada para a frente.

Aquilo era o bastante.

Era tudo o que eu precisava ver.

Liguei para 911 para colocar a polícia a caminho.

Na sequência, liguei para Glenn.

— Código prata na casa de Jack Stapleton na cidade — falei para Glenn enquanto voltava em direção à casa, sem nem sentir o cascalho sob meus pés descalços agora. E completei: — Situação com refém.

Glenn não estava acompanhando.

— Brooks, do que você está falando? Ele é ameaça nível branco.

— Verifique a gravação do vídeo — instruí. — Tem um homem armado dentro da casa de Jack.

— Agora? — Glenn perguntou.

— Agora.

— Onde você está?

— No caminho que dá na casa. Me aproximando.

— Está sozinha?

— Sim. Mas Jack também está.

— Jack não está sozinho. Ele está com um intruso armado.

— Certo. Pior do que sozinho.

— A polícia está a caminho?

— Sim.

— Espere pela polícia — Glenn falou. — Estou alertando a equipe.

— Não vou deixar Jack ali sozinho.

— Brooks! Espere a polícia!

— Chame a equipe. Verifique o vídeo. Ligue se conseguir alguma coisa que eu possa usar. — E, com isso, coloquei o celular no modo silencioso.

— Brooks! Não entre na cena! Não é seguro!

Eu sabia que ele estava certo. Claro. Eu não tinha uma arma. Não tinha um plano. Nem sapatos eu tinha. Lembra quando falei que os sapatos são realmente cruciais? Isso foi quando eu pensava que não havia nada pior do que saltos altos.

Enquanto me movia na direção da casa, classifiquei minhas chances de sobrevivência em sólidos cinquenta por cento.

Quero dizer: claro que eu era boa no meu trabalho. Mas não era uma super-heroína.

Parte de ser boa neste trabalho era fazer escolhas inteligentes?

Essa era uma escolha inteligente?

Sem chance. Mas eu não me importava.

A única coisa que realmente importava agora: duas pessoas ao lado de Jack eram melhores do que uma. Mesmo estando descalça, sem arma, sem retaguarda e machucada, eu não o deixaria ali sozinho.

— Brooks! — Glenn gritou pelo meu telefone. — Escute e escute bem. Estou falando para você manter a posição. Se entrar lá contra minhas ordens, pode dizer adeus para Londres.

Claro que ele diria isso. Claro que ele usaria a única coisa que eu mais queria para tentar me impedir de conseguir ser morta. Era sua melhor arma.

Exceto por uma coisa. A coisa que eu mais queria não era mais Londres.

A coisa que eu mais queria era Jack.

Desliguei o celular.

Foda-se Londres.

Eu já estava correndo.

■■■

Eu sabia o código da porta. Entrei na casa.

O térreo estava vazio. Há uma quietude que você reconhece em uma sala vazia depois que faz isso por um tempo. Mas verifiquei tudo mesmo assim – cada armário e canto. Até a despensa.

Nada.

Passando pela mesa de jantar, vi uma tábua de frios e uma garrafa de cabernet, aberta e respirando ao lado. E perto da garrafa de vinho? Um saca-rolha.

Finalmente. Uma arma. Peguei-a quando passei, sem perder um passo, e – porque, de algum modo, as mulheres neste mundo não merecem bolsos – enfiei-o dentro do sutiã.

O primeiro andar também estava vazio.

Ou eles tinham deixado a casa ou...

Estavam no telhado.

Subi os degraus de dois em dois até o salão de jogos no segundo andar.

Passei pela mesa de sinuca e caminhei até a porta que levava ao pátio da cobertura.

Abri uma fresta na porta para conseguir espiar e avaliar a cena – e tive a visão mais surreal de todas: as lâmpadas penduradas na beira do telhado estavam acesas, o centro da cidade, visto no horizonte, estava iluminado pelo sol poente, o céu tinha um tom púrpura enquanto escurecia... e ali estava Jack Stapleton, com os punhos e tornozelos presos por braçadeiras, encarando, talvez a dois metros de distância, um homem exatamente da mesma altura que ele, vestido com camiseta rasgada e jeans sujo, apontando uma arma na direção dele, com o dedo no gatilho.

Qualquer outro agente teria esperado pela polícia.

Mas não havia tempo. Um dedo no gatilho estava a um impulso – ou uma coceira, ou uma tossida, ou um espirro – de fazer coisas irreversíveis.

Hora de interferir. Do jeito que eu pudesse.

Eu estava entrando de mansinho, pronta para anunciar gentilmente minha presença com as mãos para cima, para não assustar o atirador, quando três coisas aconteceram ao mesmo tempo:

Uma: quando passei pela porta, uma rajada de vento atravessou o telhado, vinda do nada, arrancando a maçaneta dos meus dedos e batendo a porta com um *bum* quase sônico que assustou até a mim.

Duas: ao ouvir o som, o atirador virou na minha direção e, aparentemente, puxou o gatilho ao fazer isso, porque...

Três: ele atirou em mim.

CAPÍTULO 31

NO INÍCIO, EU ACHEI QUE ELE TINHA ERRADO.

No início, foi só um som tão alto que senti no peito, e uma rajada de vento que passou pelo meu rosto.

Então: senti antes mesmo de entender.

Quando penso nisso agora, vejo tudo em câmera lenta. A bala passando pela minha cabeça, arrancando uma fina linha de cabelo ao fazer isso. Uma pontada aguda tomando conta da minha consciência, e então uma umidade quente escorrendo pelo meu pescoço, como se alguém estivesse espremendo uma garrafa de xarope de chocolate.

Claro que não era xarope.

Mas eis o mais importante – pelo que senti, percebi que estava tudo bem.

O sangue no meu pescoço me convenceu: era só um tiro de raspão.

Não sei como eu sabia – eu simplesmente soube. Era exatamente do jeito que você imaginaria ser receber um tipo de raspão – apertado, pequeno, pungente. Quase como se fosse uma mistura de um corte com uma queimadura.

Eu simplesmente não me sentia uma pessoa cujo cérebro estava espalhado pela parede atrás de si.

Se eu tinha certeza daquilo?

Não.

Mas decidi seguir daquele jeito, até ter evidência do contrário.

Mas eu devia estar com uma aparência macabra.

O atirador me encarou, horrorizado.

— Jesus! — ele gritou. — Você me assustou!

A ironia.

Ergui as mãos.

— Sinto muito — falei.

— Não bata a porta quando alguém está segurando uma arma, ok?

— Foi sem querer — respondi. — O vento bateu a porta.

A voz dele era só frustração.

— Agora você me fez atirar em você.

Meu pescoço estava quente e molhado de sangue, que escorria até encharcar o tecido do vestido. Tanto esforço para ser o banco de sangue pessoal de Jack.

— Você não atirou em mim.

— Hum. Todo esse sangue diz o contrário.

— Foi só um arranhão — falei. — Pegou de raspão. Estou completamente bem.

— Bem, você parece acabada — disse o atirador.

— Ferimentos na cabeça sangram muito — falei, como se quisesse dizer *Não é nada demais*. — Quase não dói.

Atrás dele, Jack parecia totalmente horrorizado em me ver. Ele estava agachado, pronto para a ação, como se tivesse esquecido que seus tornozelos e pulsos estavam amarrados, e poderia – *o quê?* Pular no bandido para me salvar? Assim que percebeu que não conseguia mesmo se mover, ele fez a próxima coisa possível.

— O que você está fazendo aqui? — ele quis saber.

— Hum. Ajudando você?

— Eu não acabei de falar para você ir embora? — disse ele. — Não acabei de dizer que nada entre nós é de verdade?

— Sim. E eu não acreditei em você.

Jack ficou me olhando, como se aquilo não fizesse sentido.

Então eu acrescentei:

— Você não é um ator tão bom assim.

Nem mesmo uma risadinha de cortesia.

— Eu mandei você embora — disse Jack. — Sem deixar margem para dúvida.

Assenti com a cabeça.

— Sim. Mas depois eu verifiquei a gravação da câmera de segurança.

— Vá para casa — ordenou Jack, voltando os olhos novamente para o stalker. — Isso não tem nada a ver com você.

— Bem. Meio que tem agora.

O atirador parecia em pânico agora. Isso nunca era bom.

As mãos dele tremiam tanto que eu podia ver a arma vibrar. Ele abaixou a mira – esquecendo-se da pistola por um minuto, pelo jeito –, alternando olhares entre Jack e mim.

— Não era assim que as coisas deviam acontecer.

Ele parecia desapontado.

Tentei pensar nos meus protocolos para negociação de reféns, mas estava um pouco enferrujada. *Estabeleça uma relação* veio à minha mente, então eu disse:

— Ei, amigo, você pode me dizer o seu nome?

Não houve resistência alguma.

— Wilbur.

— Wilbur? — perguntei. — *O* Wilbur?

Wilbur não tinha certeza do que responder.

— WilburOdeiaVocê321?

Aquilo o fez sorrir – um pouco lisonjeado por ter sido reconhecido.

— Você conhece meu nick?

— Você é muito famoso. Em grande parte por causa do livro.

— Que livro?

Do que mais podíamos estar falando?

— *A teia de Charlotte*.

Wilbur ficou me olhando como se eu tivesse falado grego.

Ok. Chega de criar laços.

— Ei, Wilbur? — falei, então, como se tivesse tido uma ideia divertida. — Você pode me dar a arma?

— Eu não estava tentando atirar em você — garantiu Wilbur.

— Eu sei — falei, tentando manter minha voz como veludo. — Foi um acidente. Estou realmente bem.

— Alguém vai morrer aqui — disse ele na sequência —, mas não devia ser você. — Então ele gesticulou entre si mesmo e Jack. — Jack e eu já decidimos. Quando você tocou a campainha, eu perguntei: "Quem vai morrer esta noite? Você ou a moça?". Ele nem hesitou. Ele se ofereceu para morrer *sem pensar duas vezes*. — Wilbur deu de ombros. — Não é doce?

Confirmei com a cabeça, como se dissesse *Muito*.

Hora de pegar aquela arma.

Devagar, dei um passo para a frente.

Só que, quando Wilbur viu o que eu estava fazendo, ele balançou a cabeça.

— Você não pode ficar com ela — disse ele. — Preciso da arma.

Foi quando ele deu vários passos para trás – e, ao fazer isso, percebi que ele estava mancando. Ele se inclinou em direção à borda do telhado, e usou a perna boa para subir nela.

— O que você está fazendo? — perguntei.

— Aposto que você acha que esse cara é ótimo — Wilbur falou para mim. — Todo mundo acha que ele é tão incrível.

— Ele é ok — falei, dando de ombros.

— Todo mundo o ama. O Destruidor. Acham que ele salvou o universo, né? Todo mundo pensa que foi ele de verdade. — Wilbur balançou a cabeça para Jack e apontou a pistola novamente para ele. — Mas ele não é um herói.

— É isso mesmo — falei, com toda a gentileza. — Ele é só uma pessoa. Só uma pessoa normal. — Enfatizar a humanidade de Jack parecia ser uma boa ideia.

— Mas ele não é *normal*. Não como você e eu. Porque ele tem tudo o que quer. — Wilbur se virou para Jack e ergueu a arma, segurando-a bem em sua direção. — Não é, Destruidor? Você não tem tudo o que quer?

Jack negou com a cabeça, lentamente.

— Ninguém consegue tudo o que quer.

— Mas o suficiente. Demais da conta, até. E eu não tenho mais nada. Então, se você tem que ser o Destruidor, eu tenho que ser o Punidor.

Deu para sentir a energia mudar nesse momento. Jack e eu olhamos um para o outro. Algo estava prestes a acontecer. Era quase como um clique. Tínhamos mudado de marcha.

Será que eu teria que empurrar esse cara do telhado para poder salvar Jack? Eu podia correr de encontro a ele e arremessar nós dois pela lateral.

Uma queda de três andares não nos mataria.

Provavelmente.

Mas foi quando Wilbur se virou para mim e disse:

— Minha mulher me deixou por causa dele. — E então, para Jack. — Você está com ela agora? Vocês dois estão juntos?

Jack apenas franziu o cenho.

— Lacey? — Wilbur continuou falando, quase como se estivesse brincando com o jogo dos nomes, com um velho amigo de faculdade. — Lacey Bayless? Sra. Wilbur Bayless? Ela encontrou você?

— Não conheço nenhuma Lacey — disse Jack.

Wilbur se virou na minha direção.

— Depois que eu me machuquei no trabalho — ele gesticulou na direção da perna que mancava —, ela ficou obcecada com ele. Começou um fã-clube, e depois outro. Começou a mandar e-mails para o agente dele. Passava o tempo todo na internet, fazendo GIFs. E eu ficava tipo

"Está tudo bem. É saudável ter um hobby". Eu a apoiei! Eu não tinha ciúme! Eu estava tipo "Viva sua melhor vida, querida!". Mas, uma noite, voltei para casa e havia malas na porta da frente. E ela tinha deixado uma lasanha na geladeira. E me disse que estava indo embora. — Ele olhou para Jack. — Ela me disse que minha perna deformada embrulhava seu estômago. Que tinha se apaixonado por Jack. Eu nunca seria capaz de me comparar a ele. Por que eu não podia beijá-la do jeito que Jack Stapleton beijou Katie Palmer?

Olhei para Jack, tipo *Devemos contar para ele?*

Revi todo o treinamento de desescalada em minha mente. Lembrei que devíamos usar os nomes das pessoas o máximo possível. O som – na teoria, pelo menos – era reconfortante.

— Wilbur — eu falei. — Isso é complicado. Eu entendo.

Mas ele não queria minha solidariedade.

— O que *você* acha? — ele me perguntou.

— Sobre o quê?

— Eu sou bonito?

Wilbur era bonito?

Hum. Isso era obrigatório?

Observei seu físico em forma de pera, sua calvície, os dentes amarelos, a pele oleosa, o jeans sujo e a camiseta larga do Darth Vader que dizia: VENHA PARA O LADO SOMBRIO. TEMOS COOKIES.

— Eu acho que você é muito bonito, Wilbur — disse e acrescentei: — *Muito*. — Então, quando ele não pareceu convencido: — Estonteante, mesmo.

— Então... — ele gesticulou com a arma entre si mesmo e Jack — ... se você tivesse que escolher entre nós dois, quem você escolheria?

Jack me resgatara noite passada me escolhendo, e eu ia salvá-lo esta noite escolhendo... Wilbur.

— Você, Wilbur! — declarei imediatamente. — Cem por cento você! Sem pensar duas vezes!

— Né? — disse Wilbur. — Era o que eu ficava dizendo para ela! Jack Stapleton é um famoso merda.

— Um merda lendário — concordei.

Jack me deu uma olhada.

Wilbur continuou.

— "Ele nunca poderia amá-la do jeito que eu a amo", eu falei.

— Ele não sabe nada sobre o amor.

Jack tossiu.

— "Ele não vai construir para você uma casa de passarinho do zero, com persianas e camélias pintadas a mão!" Não dá para competir, dá?

— Não dá para competir. Jack Stapleton nunca construiu uma casa de passarinho na vida.

Jack abriu as narinas na minha direção, como se dissesse *Pega leve*.

Wilbur ficou em silêncio por um minuto.

Eu devia tentar pegar a arma dele?

— Mas ela foi embora. — Wilbur continuou falando. — Ela foi embora mesmo assim. Levou a casa de passarinho com ela. Não atendia minhas ligações. Não respondia às minhas mensagens.

— Quanto tempo faz isso, Wilbur?

— Um mês.

Um mês era muito tempo. Tempo suficiente para virar toda a sua vida de cabeça para baixo. Eu podia atestar.

— As coisas vão melhorar, Wilbur — garanti. — As coisas melhoram, depois pioram, e então melhoram novamente. É o ritmo da vida. É assim com todo mundo.

Mas Wilbur estava preso em sua história agora.

— Então eu vi que ele estava na cidade — Wilbur prosseguiu. — E pensei que devia vir atrás dele. Ver se ela também estava aqui.

— Ela não está — disse Jack, só para confirmar.

— Mas então eu vi a foto de Jack dando uns amassos em sua nova namorada. Quero dizer, um belo amasso. Do tipo "Vão procurar um quarto!". Vocês viram aquela foto... *concordam*?

— Nós vimos — Jack e eu respondemos em uníssono.

— E eu pensei — Wilbur continuou — que precisava colocar um ponto-final nisso.

— E por que isso, Wilbur? — perguntei.

Wilbur franziu o cenho para mim, como se fosse óbvio.

— Para não machucar os sentimentos da Lacey.

— Você ameaçou matar a nova namorada do Jack para libertá-lo, para que sua esposa pudesse ficar com ele?

Wilbur concordou com a cabeça, parecendo orgulhoso.

— As coisas que a gente faz por amor, né?

— Não. Isso não... — comecei a falar.

— Foi você que fez as ameaças de morte? — Jack perguntou, então.

— Nós pensamos que fosse uma criadora de corgis de meia-idade.

Wilbur deu uma batidinha na cabeça com arma, gesticulando na direção de seu cérebro.

— Eu copiei o estilo dela. Para enganar todo mundo.

— Deu certo — disse Jack.

Mas Wilbur continuou falando.

— Só que eu não queria *matar* a namorada. Só assustá-la o suficiente para que ela o deixasse.

— Só colocar medo nela para que ela terminasse o relacionamento — sugeri.

— Exatamente — disse Wilbur. — Mas não funcionou. E agora estou acabado. Não consigo dormir. Não consigo comer. Estou tão sozinho o tempo todo. E eu só... não aguento mais.

Então, bem quando eu estava tentando descobrir um jeito de alcançar Wilbur antes que ele atirasse em Jack, Wilbur falou:

— Então essa é a punição do Destruidor. Ele tem que me ver morrer.

Com isso, Wilbur ergueu o braço e encostou o cano da arma em sua própria cabeça.

Ele não estava aqui para matar Jack. Nem a mim.

Ele estava aqui para se matar.

Eu tinha alguma experiência com negociações de reféns, mas, de repente, essa não era mais uma situação desse tipo. Não do jeito que eu esperava, de qualquer forma. Eu não tinha um manual, ou um livro de regras, ou qualquer ideia do que poderia funcionar.

Eu tinha que agir apelo instinto.

— Wilbur — falei. — Preciso que você abaixe a arma.

Ele olhou para mim e depois para Jack, para ver se ele concordava. Jack assentiu com a cabeça e falou:

— Ela está certa.

Dei um passo na direção dele.

— Eu sei que você se sente sozinho agora, Wilbur — falei. — Mas você não está sozinho. Jack e eu estamos com você. Queremos que você fique bem.

Continuei falando, pensando que minha melhor chance era dizer alguma coisa verdadeira, e então me agarrei à primeira coisa na qual consegui pensar – mesmo que não tivesse nada a ver com a história dele.

Embora mais tarde eu me perguntasse se talvez não tivesse.

— Quando eu fiz oito anos — contei, então —, o namorado da minha mãe a espancou de um jeito que pensei que ela tivesse morrido. Passei a noite toda escondida dentro do armário.

Wilbur olhou para mim.

— Foi uma noite horrível. A pior noite da minha vida. Do jeito que estava acontecendo, era como se nunca fosse acabar. Mas acabou. E agora é uma lembrança distante. Você entende o que estou dizendo?

Wilbur negou com a cabeça.

— Coisas terríveis acontecem. Mas nós podemos superá-las, Wilbur. E mais do que isso... podemos sair melhores.

O homem ficou pensando nisso.

Então usou o cano da pistola para coçar a cabeça.

Continue tentando.

— Você não pode controlar o mundo... ou as outras pessoas. Também não pode fazê-las amar você. Elas vão te amar ou não, e essa é a verdade. Mas o que você pode fazer é decidir quem você quer ser diante de tudo isso. Quer ser a pessoa que ajuda... ou a que machuca? Quer ser a pessoa que arde de raiva... ou a que brilha de compaixão? Você quer ser esperançoso ou desesperado? Desistir ou continuar? Viver ou morrer?

Então Wilbur disse uma coisa que drenou toda a adrenalina do momento e meio que partiu meu coração:

— Eu só quero a minha Lacey de volta.

— Eu sei — falei. — Isso pode acontecer. Isso ainda pode acontecer. Mas não vai acontecer se você não estiver aqui.

Wilbur franziu o cenho, como se não tivesse pensado nisso.

— Sua vida é importante, Wilbur — garanti. — O mundo precisa de mais casas de passarinho pintadas à mão.

— Mas para quem eu vou fazer as casinhas se não estiver com ela?

— Faça para todos os pássaros! Faça para todas as pessoas que vão ficar encantadas em vê-las. Faça para você mesmo.

Havia lágrimas no rosto de Wilbur. E então ele disse uma coisa sobre a qual ainda penso até hoje. Ele disse, em uma voz que parecia genuinamente cansada:

— É que eu me odeio tanto por não ser amado.

Uau.

Eu entendia completamente.

Fiz um tom de voz bem suave:

— Não dá para fazer as pessoas amarem você. Mas você pode dar o amor que tanto deseja para o mundo. Você pode ser o amor que gostaria de ter. É um jeito de ficar bem. Porque dar amor para outras pessoas é um jeito de dar para si mesmo.

Wilbur mordeu o lábio enquanto pensava.

— É tudo o que a gente pode fazer — falei. — Tudo o que a gente pode fazer é deixar de lado nossa raiva, nossa culpa e nossas armas — *viu o que eu fiz aqui?* — e tentar tornar as coisas melhores em vez de piores. É a única resposta que existe.

Wilbur limpou as lágrimas com as costas da mão que segurava a arma. Dei um passo na direção dele.

— Dê um tempo para si mesmo... e me dê a arma.

Wilbur abaixou a arma e olhou para ela em sua mão.

— Você pode mudar a sua vida — continuei. — Você pode fazer coisas boas acontecerem. Você pode encher seu quintal com casas de passarinho pintadas à mão. Centenas delas. Milhares. — Minha voz parecia um pouco trêmula. Mas segui em frente: — Eu realmente adoraria vê-las. Devem ser muito mágicas.

Wilbur não afastou os olhos. Ele sabia que eu estava falando a verdade. Ele sentiu o quanto eu realmente queria aquilo.

— Desça aqui e me dê a arma, está bem? — falei.

Wilbur abaixou os olhos, encarando seus pés. Então, rendendo-se, deu um passo na nossa direção, descendo da beirada do telhado. Quando saltou, sua perna machucada cedeu e ele despencou no chão.

Naquele instante, Jack e eu o atacamos – Jack, ainda amarrado, jogou o corpo por cima de Wilbur, para mantê-lo preso no chão, e eu tentei pegar a arma –, embora o homem tivesse soltado o corpo e não precisasse ser contido.

Quando aterrissei, o saca-rolha em meu sutiã saiu voando e escorregou pelo telhado.

Torci o braço de Wilbur em suas costas, arranquei a arma de sua mão, e então ergui os olhos para ver Jack encarando o saca-rolha.

— O que, exatamente, você planejava fazer com aquilo?

— Nem queira saber — simplesmente respondi.

Bem fácil, agora que estava tudo acabado.

— Eu nunca mataria você, sabe? — disse Wilbur para mim, então, com o rosto pressionado no chão. — Nem Jack. A única pessoa que eu queria matar era a mim mesmo.

— Isso tem que mudar, Wilbur. — Meu joelho estava em suas costas. — Você precisa aprender a ser gentil consigo mesmo. E depois precisa dividir essa gentileza com o mundo.

— Com casas de passarinho — disse Wilbur, claramente gostando da minha ideia.

— É um jeito — concordei.

Agora podíamos ouvir as sirenes. E vozes lá embaixo. E botas no caminho de cascalho.

Não ia demorar muito. Eles seguiriam minhas pegadas ensanguentadas até aqui bem rápido.

Enquanto esperávamos, Wilbur falou:

— Eu só tenho uma pergunta para Jack.

Jack, esticado por sobre as pernas de Wilbur, para mantê-lo preso, falou:

— E qual é?

Foi quando Wilbur ergueu a cabeça, virou-a para poder dar seu melhor sorriso para Jack, e falou:

— Alguma chance de a gente fazer uma selfie?

CAPÍTULO 32

O MÉDICO NO PRONTO-SOCORRO CHAMOU O ARRANHÃO NA MINHA CABEÇA DE "FERIDA DE UM MILHÃO DE dólares".

Grave o suficiente, na teoria, para me garantir alguns dias de licença no trabalho, mas não o bastante para precisar de pontos.

Ou, você sabe, *para ter me matado.*

— Um milímetro mais perto — disse o médico, depois de soltar um longo assobio — e teria sido uma história totalmente diferente.

Assim que me limparam e consegui dar uma olhada, era como um risco de cinco centímetros, da largura de um lápis, acima da minha orelha – com as laterais um pouco levantadas. Jack tirou um monte de fotos com meu celular, para que eu pudesse ver.

Não tiveram que raspar muito do meu cabelo, o que foi bom. Apenas puxaram todo o volume em um rabo de cavalo lateral, surpreendentemente alegre. Depois irrigaram e desinfetaram, colocaram pomada antibiótica e cobriram com curativo – circundando minha cabeça com gaze, como as tiras de cabeça dos tenistas da década de 1970.

— Você fica realmente muito bem assim — brincou Jack.

Eu só pensava que podia ter sido muito pior.

Nem quiseram que eu passasse a noite no hospital. Assim que a ressonância magnética mostrou que estava tudo bem, eles me dispensaram com alguns antibióticos, Tylenol extraforte e instruções estritas de "tratar como concussão". Nada de dirigir, praticar esportes ou andar em montanhas-russas.

Feito.

Jack e eu chegamos ao pronto-socorro em uma ambulância, então Glenn mandou um carro para nos buscar mais tarde. E, em um clássico floreio sádico estilo Glenn Schultz, ele fez Robby dirigir.

Precisamos relembrar todas as vezes que Robby disse que não havia como eu passar pela namorada de Jack Stapleton? Precisamos refletir sobre a insensibilidade surpreendente de Robby desde que terminamos? Precisamos ter um momento de percepção aqui, de que a estratégia de

Robby para me manter em um relacionamento ruim era me convencer de que eu não merecia um melhor?

Tudo verdade.

Mas talvez possamos apenas saborear esse momento particular e requintado naquela noite, bem quando Jack e eu chegamos no carro, na hora em que Robby, tentando manifestar uma bela energia de agente poderoso do serviço secreto, abriu a porta do Tahoe e começou a me ajudar a entrar.

Robby podia ter passado por um cara legal naquele momento.

Se não estivesse parado a meio metro de Jack Stapleton.

E se eu não tivesse chegado a uma compreensão completamente nova do que, exatamente, era um cara legal.

De toda forma, Jack o impediu quando ele estendeu a mão na minha direção.

— Pode deixar comigo, cara — disse Jack.

— É meu trabalho — disse Robby, tentando continuar.

Mas Jack o impediu novamente, parando entre nós dois para bloquear o acesso de Robby e se movendo com tamanho propósito que meu ex simplesmente perdeu o ímpeto.

Na sequência, Jack colocou os braços ao meu redor, todo carinhoso, e me levantou no colo. Me colocou no assento de trás, colocou o cinto de segurança como se eu fosse algo precioso, me deu um beijo breve, mas sugestivo, na boca, e então se virou para Robby.

— Esse pode ser o seu trabalho — disse Jack, gesticulando para o Tahoe. — Mas esta — ele colocou a mão na minha coxa, como se pertencesse a ele — é a minha namorada.

Então.

Não foi a pior noite da minha vida.

No fim.

■■■

Jack acabou dormindo comigo.

Na minha casa. Na minha cama.

Nenhuma parede de travesseiro necessária.

Nada físico aconteceu, claro. Montanhas-russas não são a única coisa proibida em casos de concussões. Além disso, eu tinha uma gaze cirúrgica ao redor da cabeça, como Björn Borg. O que com toda certeza acabava com qualquer clima, sabe, não espiritual.

Mas coisas *emocionais* aconteceram.

Tipo, nos demos as mãos. E agradecemos um ao outro por tudo em que pudemos pensar. E nos sentimos gratos por estarmos vivos.

Pode ou não ter havido dormir de conchinha envolvido.

E acho que realmente há algo profundamente curativo em deixar alguém amar você.

Porque, na manhã seguinte, quando acordei e encontrei Jack sentado na beira da cama com a cabeça entre as mãos, percebi que havia algo diferente.

Antes que eu pudesse perguntar, Jack se virou e me olhou – a cabeça enfaixada, o cabelo fazendo suas próprias regras. Ele se levantou, deu a volta na cama e me perguntou:

— Como está o ferimento do tiro?

Fiz um aceno de desprezo.

— Totalmente bem.

— Tem sangue no curativo.

— É tipo um corte de papel.

Mas ele cuidou de mim mesmo assim. Me fez trocar o curativo da cabeça – e também o do dedo dos pés. Que doía muito mais. Também me fez escovar os dentes, colocar um roupão suave de chenile, tomar um pouco de chá morno e depois os antibióticos.

Então ele me agradeceu novamente por não ter morrido.

E, só depois que fizemos todas essas coisas, Jack me confessou:

— Tive meu pesadelo noite passada novamente.

— O mesmo pesadelo? — perguntei.

Ele confirmou com a cabeça.

— Sim. Mas foi diferente.

Eu esperava que diferente fosse bom.

— O que aconteceu?

— Entrei no carro com Drew, como sempre faço. Seguimos direto para a ponte, como sempre fazemos. Mas, então, quando nos aproximamos, vi algo na estrada.

— O quê?

— Uma pessoa. Fazendo sinal para pararmos.

— E vocês pararam?

— Por pouco. Drew pisou nos freios, e nós deslizamos uns trinta metros. — Jack balançou a cabeça. — Era tão real que eu consegui sentir o cheiro de borracha queimada.

— Mas vocês pararam — falei. — Isso foi diferente.

Ele confirmou com a cabeça.

— Bem a tempo. Quero dizer... a poucos centímetros de atingi-la.

Atingir quem?

— Era sua mãe?

Jack negou com a cabeça.

— Era você.

Eu me recostei para poder olhar bem para o rosto dele.

— Eu?

Jack confirmou com um aceno.

— Você veio até minha janela e gesticulou para que eu a abrisse. Então disse que a ponte estava fechada e "Vocês precisam voltar". Foi quando eu vi que Drew não estava mais no carro. Saí para procurar por ele e o vi se afastar... caminhando na direção da ponte, como se fosse atravessá-la. "Está fechada!", eu gritei. "Temos que voltar!" Ele parou. E se virou. Mas não voltou. "Ei", eu o chamei, determinado, como se pudesse mudar as coisas se fosse bem convincente. "Ei, temos que voltar." Drew negou com a cabeça. Saí correndo até onde ele estava, parando a poucos metros de distância. "Tem gelo na ponte", falei. "Temos que dar meia-volta. Vamos." Mas Drew simplesmente me olhou nos olhos. Ele precisava se barbear. E o redemoinho que ele tinha fazia aquele tufinho de cabelo ficar espetado na parte de trás. Ele não disse nada. Só ficou parado ali, até eu ter certeza de que ele não ia voltar comigo. Senti lágrimas no meu rosto. Tentei mais uma vez: "Volte comigo, tá? Vamos voltar juntos". Mas Drew negou com a cabeça. E eu sabia que ele não ia voltar. Não havia nada que eu pudesse fazer. Minha voz estava tão trêmula que eu quase não consegui pronunciar as palavras. Mas eu falei para ele: "Sinto muito por não ter conseguido te proteger". E então Drew fez um gesto com a cabeça, como se respondesse *Eu sei, está tudo bem*. E ele se virou e caminhou na direção da ponte. Eu o observei até perdê-lo de vista. E acho, pelo menos é como eu sentia, que você ficou parada ao meu lado e o observou partir também. Quando acordei, estava chorando. Mas me senti melhor, de certa forma.

Por algum motivo, ouvir aquilo me deu arrepios.

— Eu sei que não foi real — disse Jack. — Mas pareceu real.

— Talvez tenha sido real o bastante — comentei.

— Obrigado por estar ali.

Eu poderia ter apontado que foi ele quem me colocou ali. Mas simplesmente falei:

— De nada.

— De todo modo, acho que você estava certa sobre o sonho.

— Eu estava?

Jack assentiu com a cabeça.

— Aquilo foi uma chance.

— De dizer adeus?

Ele negou com a cabeça.

— De me desculpar.

...

Aquele sonho foi o último que Jack teve sobre a ponte congelada.

Ele ainda sonhava com o irmão de tempos em tempos – quase sempre ele o procurava na multidão até encontrar Drew sorrindo para ele, dando uma piscadinha ou um aceno de cabeça, tipo *Você consegue*.

Jack não acreditava naqueles sonhos exatamente. Não achava que fossem janelas literais para o pós-vida. Ele imaginava que era apenas sua imaginação lhe contando histórias.

Mas eram boas histórias. Histórias reconfortantes. E ele era grato por elas.

Eram histórias que ele precisava ouvir.

Jack se curou do medo de pontes?

Isso depende do que você define como "cura".

Ele ainda não é fã delas. Mas consegue atravessá-las agora.

Jack fica com uma covinha de concentração na bochecha, aperta as mãos no volante, mas consegue atravessá-las todas as vezes. Sem vomitar depois.

E vamos em frente e contamos isso como uma vitória.

CAPÍTULO 33

DEPOIS DA NOITE EM QUE EU, HUM, *LEVEI UM TIRO NA CABEÇA*, GLENN FEZ TAYLOR COBRIR AS PRIMEIRAS DUAS semanas da minha missão na Coreia, para que meu ferimento de um milhão de dólares pudesse se curar completamente. Ele queria deixar Taylor lá o tempo todo, mas eu declinei.

— Nada mais de dar minhas missões para Taylor — falei.

— Bem observado — comentou Glenn.

Jack esperou uma quantidade de tempo respeitosa para que meu ferimento "emocionalmente alarmante mas nem um pouco letal" sarasse... e então conversou comigo para tentarmos nosso encontro novamente.

— Podemos fazer uma releitura? — sugeriu.

— Do quê?

— Do encontro.

— *Do* encontro? — perguntei. — Aquele que quase me matou?

Jack assentiu com a cabeça, tipo *Esse mesmo.*

— Não, obrigada — falei. — Estou bem assim.

— Eu preciso de uma segunda chance — disse Jack. — E você também. — Ele se inclinou para perto de mim, reuniu toda a sua beleza e disse: — Prometo que você não vai se arrepender.

Será que eu queria caminhar até a casa de Jack, com um sapato ridículo, e tocar a campainha dele, toda nervosa, mesmo tendo certeza de que WilburOdeiaVocê321 estava sob custódia?

Sem chance.

— Vamos fazer outra coisa... — sugeri. — Minigolfe. Boliche. Karaokê.

Jack negou com a cabeça.

— Eu tinha algumas intenções bem específicas para o que ia fazer com você naquele momento, e realmente preciso realizá-las.

— Você quer dizer o momento em que eu apareci na sua porta, toda nervosa, e você me rejeitou na cara dura?

— Vamos deixar registrado que eu estava salvando sua vida.

— Mas eu levei um tiro mesmo assim.

— De raspão — corrigiu Jack.

Pensei nisso. Será que eu podia tentar novamente? Eu o analisei.

— Você está tentando recriar o encontro?

— Sim.

— Por quê?

— Porque sim — respondeu Jack. — Preciso de uma versão da história que não tenha Wilbur.

Eu podia ver o valor daquilo.

— Tudo bem.

— Hoje à noite — disse Jack.

— Tudo bem.

— E use aquele vestido vermelho.

Suspirei.

— Aquele que eu sujei todo de sangue?

— Mas você lavou, né?

— Quero dizer... sim.

— Então está tudo bem.

— Mas os sapatos foram para o lixo — comentei.

— Não estou nem aí para os sapatos. Venha descalça, se quiser.

Balancei a cabeça. Então apontei para Jack e disse:

— Vou usar minhas botas de caubói. — E quando ele assentiu, como se dissesse *Legal*, eu acrescentei: — Nunca mais vou usar aqueles sapatos estúpidos novamente.

...

Dessa vez, quando toquei a campainha, Jack abriu a porta imediatamente.

Ele estava vestido, barbeado e incrivelmente bonito... e, assim que me viu, deixou que seus olhos percorressem meu corpo até as botas, e depois de volta novamente, com um aceno de cabeça de apreciação. Jack me estendeu a mão, enroscou os dedos no cinto de pano ao redor da minha cintura e me puxou para dentro – fechando a porta atrás de nós.

Ele tinha uma expressão no rosto como se estivesse prestes a me beijar até que eu esquecesse meu nome.

Mas foi quando ergui um dedo e falei:

— Posso só verificar uma coisa com você?

Jack estava meio entusiasmado, mas parou mesmo assim.

— Claro.

— Da última vez que nós fizemos isso — falei —, você me parou na porta e me disse que nunca tinha gostado de mim. Que estava fingindo tudo o tempo todo.

— Eu lembro.

— Já que nós estamos fazendo uma releitura — falei —, será que eu posso conseguir uma confirmação sua de que você estava mentindo sobre fingir?

Jack franziu o cenho.

— Mas você já não sabe isso?

— Quero dizer, sim. Mas aquele momento realmente bombardeou o quadrante do meu cérebro que chamaremos de "meus piores medos sobre mim mesma". Como estamos reescrevendo a história... podemos consertar essa parte?

Jack confirmou com a cabeça, como se dissesse *É claro*.

Ele me olhou nos olhos.

— Eu estava realmente nervoso com o encontro. Contei isso para você? Estávamos morando juntos havia semanas, então eu não devia estar. Mas estava. Tinha pedido comida, então, quando a campainha tocou, eu simplesmente atendi. Mas não era a entrega. Era Wilbur. Com uma arma. E estava muito mais assustador do que qualquer pessoa chamada Wilbur devia estar.

Concordo.

— Ele estava transtornado — prosseguiu. — Com a respiração acelerada e parecendo meio maníaco, como se qualquer coisa pudesse acontecer a qualquer segundo. Pensei que ele pudesse estar drogado. A única coisa de que eu tinha certeza era que ele estava apontando uma pistola para o meu peito. Lembro de ter tido dificuldade para abrir mão da ideia do encontro. Lembro de pensar: *Esse não é um bom momento*. Tentei convencê-lo a me entregar a arma. Ele me fez mil perguntas, sem explicar nada. E, no momento em que eu estava pensando *o que Hannah faria agora?*, e tentando me lembrar exatamente como você tinha me jogado no chão daquela vez, você tocou a campainha.

Jack suspirou.

E prosseguiu.

— Wilbur entrou em estado de alerta. Queria saber quem era, e então olhou pelo olho mágico, viu você e disse "é uma mulher com um vestido indecente". Então se virou para mim e falou: "Ok. Quem vai ser?". Perguntei o que ele queria dizer, e ele falou: "Quem eu devo matar? Você? Ou ela?". Então eu respondi: "A mim. É claro. Obviamente". "Você nem teve que pensar", disse Wilbur, como se estivesse desapontado. Então eu falei: "Não há nada em que pensar". "Você quer morrer?", Wilbur perguntou. "Não", respondi. "Mas entre nós dois não há competição." "Não consigo acreditar que você escolheu a si mesmo", disse Wilbur. "Bem, eu tenho certeza de que não vou escolhê-*la*." "Ok, então", disse Wilbur. "Se livre dela." Fui abrir a porta, mas Wilbur acrescentou: "E faça direito. Se ela desconfiar de alguma coisa e chamar a polícia, eu juro que mato todos nós." "Eu acredito em você", respondi. E então fiz isso. Abri a porta e fiz a única coisa em que pude pensar para fazer você ir embora e não voltar.

Olhei nos olhos de Jack.

— Você agiu como se não gostasse de mim.

Jack assentiu com a cabeça.

— Não fiz todas aquelas aulas de improvisação por nada.

— Por que você não usou a palavra-código?

Jack me deu um olhar irônico.

— Hum. Porque eu não queria que minha última palavra fosse "joaninha"?

— Mas estou falando sério.
— Sério? Por que eu teria feito isso?
— Para que eu soubesse que tinha algo errado.
— O objetivo era que você *não* soubesse.
— Você percebe que eu faço isso como meio de vida? Eu era muito mais qualificada do que você para lidar com Wilbur321. Eu poderia tê-lo desarmado de dez maneiras diferentes.
— Eu não pensei nisso.
— Obviamente.
— Eu só não queria que você morresse — disse Jack, se aproximando de mim. — Eu não queria mesmo que você morresse.
Eu gostei disso. De verdade.
— Obrigada.
— Então eu atuei o melhor que pude.
— Você realmente me convenceu — falei.
— Bem — comentou Jack —, eu faço *isso* para viver.
Olhei em seus olhos.
— Só para confirmar: você não desgostava de mim.
— Eu não desgostava de você — confirmou.
— Você gostava de mim então — falei novamente. — De verdade. Ativamente.
— De verdade. Ativamente. Mais do que qualquer outra pessoa em toda a minha vida estúpida.
Eu o analisei.
— Eu não me importava se ele atirasse em mim — Jack continuou falando. — A única coisa que me importava era convencer você a ir embora... e fazer isso de um jeito que você não voltasse.
— Bem. Você arrasou.
— Mas então você voltou. Como uma bobona.
— Acho que você quer dizer *como uma fodona heroicamente corajosa*.
— Você não devia me salvar. *Eu* estava salvando *você*.
— Acho que nós salvamos um ao outro.
— É um jeito de colocar as coisas.
— Você não está nem um pouquinho feliz que eu salvei sua vida?

— No fim das contas, Wilbur disse que não ia me matar.

— Todas as evidências dizem o contrário.

— Assim que eu escolhi salvar você, ele decidiu que eu era um cara legal. Era um teste. E eu passei.

— Mas por que testar você se ele não pretendia te matar?

— Era um teste *de amizade*.

Analisei o rosto de Jack.

— Então não foi tão heroico quando você me salvou, no fim das contas.

Mas Jack me deu um olhar irônico.

— Foi bem heroico, sim.

— Estou honrado que você tenha voltado — disse ele, suspirando. E, mesmo enquanto falava, ele se aproximava, segurando minha nuca com as duas mãos e me olhando bem nos olhos, como se fossem um lugar para onde ele queria ir. — Mas — continuou —, nunca mais faça isso de novo.

Então ele levou a boca à minha, me pressionou contra a porta e me beijou como se nunca mais fosse ter outra chance.

Aí sim.

Uma releitura e tanto.

Peço desculpas a todos no mundo que não são eu, mas a verdade é: por mais que Jack seja bom beijando na tela, ele é mil vezes melhor na coisa de verdade.

Quero dizer, ele torna tudo fácil. Você não fica pensando nisso.

Você não pensa em nada, na verdade.

Você só se deixa levar, seu corpo assume e, antes que você perceba, seus braços estão em volta do pescoço dele, você está se pressionando contra aquele abdome tanquinho, se derretendo de encontro a ele e se dissolvendo em um momento que é tão entorpecente que é como se ele sequestrasse todos os seus sentidos.

Do melhor jeito possível.

Ele beija você como se fosse o destino. Como se fosse o que sempre aconteceu. Como se não houvesse outra versão concebível da história.

E você o beija de volta do mesmo jeito.

E todo o seu corpo parece feito de fogos de artifício.

Assim como sua alma.

E é como se você estivesse em seu corpo e flutuando sobre ele ao mesmo tempo. Como se estivesse ao mesmo tempo na terra e no céu. Como se fosse apenas seus batimentos cardíacos, sua pulsação acelerada, calor e suavidade – e você também fosse o vento e as nuvens. É como se você fosse tudo, tudo ao mesmo tempo.

É como se amar alguém – amar alguém de verdade, com coragem, com tudo o que tem – fosse a porta de entrada para algo divino.

E, mais tarde – muitas horas mais tarde –, depois que ele levou você para a cama, e suas botas vermelhas estão esquecidas no chão, e vocês dois estão exaustos, enroscados um no outro e meio adormecidos, e você o ajudou a fazer aquela coisa maluca que ele sempre faz com os lençóis, Jack, todo despreocupado, boceja, se espreguiça, esticando aquele torso famoso, e diz:

— Eu me pergunto se alguém ainda está monitorando as câmeras de vigilância.

— Que câmera de vigilância? — pergunto.

— No hall de entrada.

É claro que Robby está. Ele ainda é o agente principal na proteção de Jack.

Você se apoia nos cotovelos para analisar o rosto de Jack.

— Você me beijou no hall de entrada para se exibir para Robby?

— Eu beijei você no hall de entrada porque estava desesperado para fazer isso havia várias semanas — diz Jack, prendendo os braços ao seu redor e puxando você para bem perto.

E então acrescenta:

— Me exibir para nosso velho amigo Bobby foi só um bônus.

■■■

E, no fim, em algum momento você sabe verdadeiramente se é digno de ser amado?

Que bela pergunta.

Você não sabe. Não dá para saber. Claro que não.

A vida nunca entrega respostas como essa.

Mas talvez essa não seja nem a pergunta certa.

O amor, talvez, não seja um julgamento que você faz – mas uma chance a se aproveitar. Talvez seja algo que você escolhe fazer – várias e várias vezes.

Por você mesmo. Por todos os demais.

Porque o amor não é como a fama. Não é uma coisa que as outras pessoas concedem a você. Não é uma coisa que venha de fora.

O amor é algo que você faz.

O amor é algo que você *gera*.

E amar outra pessoa realmente acaba sendo, no fim, um jeito genuíno de amar a si mesmo.

EPÍLOGO

COMO VAI O WILBUR? PODE NÃO SER A PERGUNTA MAIS PREMENTE PARA VOCÊ NESTE MOMENTO.

Mas posso te dizer uma coisa? O homem está prosperando.

Está vivendo sua melhor vida, vezes dez.

Tudo para dizer: as casas de passarinho realmente fizeram sucesso.

Depois que saiu da prisão, ele abriu uma empresa para fazer casas de passarinho, e encheu todo o quintal da frente de sua casa com elas. Centenas. Todas em diferentes cores, com suportes de alturas distintas, em formatos variados: celeiros com portas deslizantes, moinhos holandeses que giram e até uma réplica moderna da Casa Kaufmann. Tornou-se a locação com tema de casa de passarinho mais fotografada da internet. Não só pelo capricho, mas porque era o fundo perfeito para selfies.

Ele batizou sua empresa de Casinhas de Passarinhos Faça Melhor.

Hoje em dia, ele dirá que a noite no telhado de Jack foi o momento mais sombrio de sua vida. De fato, está na declaração da missão em seu site, embaixo do título "Por que casinhas de passarinhos?". Ele encontrou uma poderosa dose de gentileza no exato momento em que mais precisava – e foi uma revelação. Ele conseguiu ajuda profissional, alguns remédios, e agora tenta todos os dias retribuir o que recebeu.

Rejeitar a raiva – e, em vez disso, escolher a gentileza.

E casinhas de passarinho.

Ele até fez um TED Talk sobre isso.

Da última vez que vi, tinha quatro milhões de visualizações.

É bem capaz que Wilbur acabe sendo o mais sábio de todos nós.

Quero dizer, mais ou menos.

Ele também está bem ciente de que quase matou a mim e a si mesmo naquela noite, há muito tempo, e não só mandou uma carta severa para o homem da loja de armas que lhe vendeu aquela pistola *mesmo depois que Wilbur deixou escapar o que planejava fazer com ela* como agora usa sua plataforma para lutar por leis mais rígidas de controle de armas sempre que pode.

Não é teoria para ele, diz. É pessoal.

Além disso, todo ano, no meu aniversário, ele me manda uma casinha de passarinho.

Me assusta o fato de ele saber onde eu moro?

Bastante.

Mas muito mais do que todo o resto.

Afinal de contas, o lema da empresa de Wilbur é: "Faça a casinha de passarinho que você deseja ver no mundo".

Ele parece ter encontrado uma vocação de cura para si mesmo. E está construindo uma vida muito boa. E, definitivamente, se tornou o herói da arte popular entre a comunidade das casinhas de passarinho.

Ele diz que se perder na escuridão o obrigou a procurar a luz.

Também menciona Jack Stapleton como seu "maior fã e melhor amigo" com bastante frequência.

E está tudo bem. Jack não viu Wilbur nem uma vez desde aquela noite em que ele atirou em mim – mas está tudo bem.

Jack chegou a mostrar algumas casinhas de passarinho em seu Instagram. E eu o sigo no TikTok. Como fãs tanto de casinhas de passarinho quanto de pessoas que mudam seu modo de pensar corajosamente, estamos felizes que ele esteja indo bem.

Na teoria.

A distância.

A questão do momento, claro, é: *Lacey voltou para Wilbur?*

Não voltou.

Ela pediu o divórcio.

Mas, por sorte, no dia em que ele recebeu os papéis do divórcio, Wilbur decidiu comer um bolo inteiro como método de autocuidado e, quando fez o pedido na confeitaria e pediu para personalizar com AZAR O SEU, LACEY! VÁ SE CATAR, a decoradora do bolo achou tão engraçado que colocou seu número de telefone na caixa, com um bilhete que dizia: "Você é hilário. Me ligue! Amor, Charlotte".

Um ano mais tarde, no Dia dos Namorados, Wilbur e Charlotte se casaram sem contar para ninguém.

Então mandei para eles um exemplar de *A teia de Charlotte*, como presente de casamento.

...

Jack acabou fazendo a continuação de *Os destruidores*?

Sim, fez.

Acontece que é mais difícil desistir de ser um astro de cinema mundialmente famoso do que você pensa.

Em especial quando você não se odeia mais todo santo dia.

Ainda que ele tenha criado a regra Um Filme Por Ano.

Nos cinco anos desde que fez *Destruidor 2: Redenção*, ele fez cinco filmes. Uma aventura espacial, um suspense político, um filme de guerra onde todo mundo – até Jack – é devorado por tubarões (nunca vou assistir esse), uma comédia romântica (de nada) e um faroeste.

E ele não precisou de dublê para o faroeste.

Mas ninguém acredita.

Parece ser o equilíbrio ideal entre trabalho e vida privada. Algumas filmagens, alguma promoção e muitas caminhadas nas margens do Brazos procurando fósseis. E agora eu faço algo similar também – uma missão por ano. E nós nos programamos tão bem que ficamos livres ao mesmo tempo.

Saímos em nossas aventuras separadas e fazemos nossos trabalhos. E depois voltamos para casa, no Texas.

Se Glenn tem uma missão para mim, e eu hesito, Jack gesticula na direção de sua caixa torácica e diz:

— Não se esqueça das suas brânquias.

Mas a verdade é que penso em escapar muito menos do que costumava fazer.

Porque Jack voltou para o rancho dos pais e construiu uma casa a alguns pastos de distância – no lugar perfeito no diagrama de Venn entre "perto demais" e "longe demais".

Ele, Hank e Doc acabaram construindo o barco de Drew – e o batizaram de *Sally*, por causa do hamster favorito de Drew na infância. Um dia desses, os três vão velejar pela costa do Texas. Assim que aprenderem a velejar.

Jack também transformou o braço morto do rio em uma reserva natural. O Centro de Vida Selvagem e Preservação da Natureza do Rio Brazos no Texas Selvagem Drew Stapleton. Mas todo mundo chama de Lugar de Drew para abreviar. Abriram trilhas de caminhada e para mountain bike. Oferecem aulas de jardinagem para atrair borboletas, observação de pássaros e conservação dos rios. E começaram acampamentos de verão para ensinar crianças a pescar, fazer fogueiras e cuidar da natureza.

Então isso – como diz Doc – o mantém longe de encrencas.

Jack ainda faz alguma coisa boa todo santo dia para honrar Drew. Seja tirar o mato do jardim para sua mãe, doar um edifício para a biblioteca em uma escola ou surpreender um grupo de enfermeiras da emergência aparecendo para fazer uma serenata para elas usando uma camiseta justa, Jack – fiel, devotada e diariamente – trabalha para honrar a lembrança de seu irmão caçula e para justificar seu tempo restante nesta Terra.

E ele marca isso toda vez, dizendo baixinho para si mesmo:

— Isso é por você, Drew. Sinto sua falta, cara.

É o suficiente, no fim das contas.

O suficiente para seguir em frente.

•••

Quem venceu a competição pelo emprego em Londres?

Robby venceu. Glenn não estava blefando quando me falou para esperar a polícia ou dar adeus a Londres.

Nenhuma surpresa nisso.

Então Robby conseguiu o trabalho em Londres e deixou o país.

Tudo bem para mim. E para Taylor também.

Mas Kelly ficou incomodada por eu não ter conseguido.

— Você salvou a vida de uma pessoa naquele dia! — ela insistiu uma noite, depois de algumas margaritas. — Por que Robby venceria?

Mas acho que depende de como você define vencer.

Quero dizer, Robby tinha que passar o resto da vida *sendo Robby*.

Isso é perder por definição.

Eu realmente aceitei a missão na Coreia e deixei Jack no Texas assim que minha licença médica terminou?

É claro. Eu tinha um trabalho a fazer.

Mas Jack me seguiu algumas semanas mais tarde, aparecendo de surpresa do lado de fora do meu hotel usando um cachecol de cashmere mais suave que veludo para uma noite mágica e nevada em Seul?

Oficialmente? Claro que não. Eu estava trabalhando.

Mais importante ainda, Jack finalmente conseguiu um comprador para aquelas férias em Toledo, no Dia dos Namorados?

Conseguiu. Embora ele tenha comprado os bilhetes baratos e não reembolsáveis de mim e, de algum modo, tenhamos acabado em um avião particular. E ele me fez deixá-lo escolher o hotel.

Tudo para dizer que nós fomos – não me pergunte o que achamos do jardim botânico. Ou do museu de arte. Ou dos cachorros-quentes com chili mundialmente famosos.

Não saímos muito do hotel.

Estou dizendo que passamos o fim de semana inteiro em um quarto de hotel chique, sem sair nenhuma vez?

Deixarei isso para sua imaginação.

Vamos apenas dizer que Toledo é agora minha cidade favorita de todos os tempos.

■■■

Acho que eu devia mencionar que Jack e eu não estamos mais namorando. Não dá para namorar um cara como Jack para sempre.

Não com Connie Stapleton atrás de você vinte e quatro por sete dizendo que deveríamos nos "apressar e nos casar" para "lhe dar alguns netos" antes que seu "cadáver esteja enterrado no jardim".

Ela continuou a nos lembrar de sua provável morte iminente muito – muito – tempo depois de se recuperar totalmente de todas as formas possíveis.

Sem dó.

— Eu mereci — dizia ela. — Agora vão se apressar.

Até o dia de hoje, Connie jura que aquela morte – ou a ameaça, a promessa, a garantia iminente, mesmo que você esteja bem – tem suas vantagens.

Ela ajuda você a se lembrar de estar vivo, no mínimo.

Ela o ajuda a parar de perder tempo.

...

Jack e eu nos casamos no rancho, claro.

Eu tinha um buquê de madressilvas e primaveras recém-cortadas. A lapela de Jack tinha uma pena salpicada que ele encontrou perto do rio. Fizemos alfinetes com miçangas e demos de lembrancinha. E Clipper, o cavalo, celebrou a cerimônia.

Brincadeirinha.

Glenn celebrou a cerimônia. Acontece que ele também é juiz de paz. Quem diria?

Nessa época, ele estava na Esposa Número Quatro, então ele declarou que aquilo basicamente o tornava um especialista. E ninguém ousou discutir.

Fizemos uma lista de convidados bem pequena. Basicamente família. E um punhado de estrelas de cinema mundialmente famosas. Claro. Mas só aqueles de quem Jack realmente gostava.

Kennedy Monroe, por exemplo, não foi convidada.

Mas adivinha quem foi.

Meryl Streep.

Ela não pôde ir, mas nos mandou um conjunto francês de facas para carne – que dali em diante seriam conhecidas como as "facas para carne da Meryl Streep" até para nossos futuros filhos. Tipo "querido, você pode pegar uma das facas para carne da Meryl Streep na gaveta?" ou "não tente abrir isso usando uma das facas para carne da Meryl Streep!" ou "como uma criança de quatro anos consegue entortar uma faca para carne da Meryl Streep, a ponto de não conseguirmos endireitá-la?".

Então ela realmente acabou sendo uma convidada de honra.

E eu deixei Taylor ser uma das madrinhas depois que ela implorou? Hum. Não exatamente.

Mas eu deixei que ela distribuísse os programas.

E Kelly? A sempre sofredora Kelly? Que tanto se esforçara para encontrar um lugar na Equipe de Jack, mas nunca conseguira uma chance?

Nós a sentamos entre Ryan Reynolds e Ryan Gosling – e colocamos Doghouse diante deles, para que ele ardesse de ciúme a noite toda. Então ela, sem querer, derrubou moonshine em um deles – não consigo me lembrar qual – e acabou tendo que ajudá-lo a tirar a camisa bem ajustada e trocar por uma das extras de Jack.

Então, no fim, ela teve uma noite bem interessante.

Às vezes o entusiasmo é sua própria recompensa.

▪▪▪

Quer saber como é viver com Jack Stapleton?

Eu imagino que é como viver com um cara de bom coração, comicamente bonito e mundialmente famoso que ri o tempo todo.

É muito bom.

A beleza de Jack ainda é exaustiva?

Completamente.

Pobre rapaz. Ele realmente não pode evitar.

E é amenizada pela realidade. Tipo quando ele sai para correr e deixa a camiseta suada amontoada no chão do banheiro. Quando seus óculos estão tortos e ele nem percebe. Quando ele espirra dentro da camisa e então faz uma mesura como se fosse o maior gênio do mundo. Quando ri tanto no jantar que espirra água por toda a mesa. Quando ele tenta jogar um pote de iogurte vencido do outro lado da cozinha, na lata de lixo, fazendo um arremesso de três pontos, erra completamente e então sai correndo pela porta antes que você o faça limpar a sujeira.

Quero dizer, ele não é perfeito.

Mas você não precisa ser perfeito para ser adorável.

Uma coisa que mudou é que agora eu tenho certeza de que posso lê-lo. Sei separar o Jack *atuando* do Jack *verdadeiro* só de olhar. Sei separar sua risada falsa da genuína. Sei separar seu sorriso irritado de seu sorriso encantado. Sei separar seus beijos apaixonados de verdade dos beijos apaixonados de mentira.

Outra coisa que mudou é que, agora, posso ler *a mim mesma*.

E, quando digo "ler", quero dizer: valorizar.

Quero dizer, claro, todos nós devíamos saber nosso valor inerente, e ver nossa própria beleza particular, e torcer por nós mesmos aonde quer que fôssemos.

Mas alguém realmente faz isso?

Não dói ter um pouco de ajuda, certo?

Não dói passar sua vida com pessoas que veem o que há de incrível em você – de um jeito que você talvez nunca pudesse fazer sozinho.

As pessoas que amamos nos ensinam quem somos.

As melhores versões de quem somos, se tivermos sorte.

Essa acabou sendo minha coisa favorita em Jack Stapleton. Não a beleza. Ou o jeito como ele usa aquela Levi's. Não o dinheiro, nem a filantropia. E certamente não a fama.

A fama é um pouco chata, na verdade.

A melhor coisa em Jack Stapleton é a habilidade particular que ele tem – e agora sei que ele herdou isso direto de sua mãe – de ver o melhor nas pessoas.

Quem quer que você seja e o que quer que tenha para oferecer, ele vê.

Ele vê, admira e então chama sua atenção para isso. Ele espelha de volta para você uma versão de si mesmo que é infundida com admiração. Uma versão que é sempre, absoluta e inegavelmente... adorável.

Tudo para dizer: Amendoim Palmer nunca mais vai me enganar.

Lembra quando eu chamei aquele beijo na tela de Jack com ela de "meu beijo favorito de todos os tempos"?

Sim. Jack Stapleton considerou aquilo um desafio pessoal.

Um desafio pessoal que ele venceu.

Bem... para ser justa: nós dois vencemos.

AGRADECIMENTOS

É SEMPRE DIFÍCIL ESCREVER OS AGRADECIMENTOS. EU SIMPLESMENTE QUERO AGRADECER A TODO MUNDO QUE já leu, amou, recomendou, resenhou ou postou sobre meus livros. Porque cada pequeno bater de asas de uma borboleta de amor por um romance o ajuda a encontrar seus leitores: as pessoas que vão amá-lo, se sentir recarregadas por ele, e vão ajudar outras pessoas a encontrá-lo também. Os escritores não podem de jeito nenhum escrever livros sem leitores que queiram lê-los. Sou mais do que grata por passar minha vida obcecada, me perdendo e escrevendo histórias. Então... para os leitores, instagrammers que falam sobre livros, blogueiros, podcasters e para todos os outros belos autores que estão aí dando força uns aos outros... *obrigada*. E um agradecimento especial para as romancistas Jodi Picoult e Christina Lauren por deixarem Jack Stapleton ser a estrela dos filmes ficcionais de seus livros da vida real.

Este livro envolveu uma boa quantidade de pesquisa, em especial sobre como é o mundo da atuação, e sou mais do que grata às amadas atrizes Sharon Lawrence e Patti Murin por graciosamente cederem seu tempo para conversar comigo sobre a fama, a arte da atuação e a vida no mundo do entretenimento. Apreciei muito seu tempo, insights e honestidade. Também aprendi bastante com o atraente livro *Fame*, de Justine Bateman, e sou grata ao professor David Nathan por compartilhar algumas percepções comigo sobre seu curso "Quase famosos". Dois livros muito detalhados sobre a vida no mundo da proteção executiva foram úteis para minha pesquisa: *Finding Work as a Close Protection Specialist*, de Robin Barratt, e *Executive Protection Specialist Handbook*, de Jerry Glazebrook e do Ph.D. Nick Nicholson. Muito do que Hannah diz para Jack sobre os detalhes de sua proteção é tirado dessas fontes. Eu também gostei de verdade de mergulhar no canal do especialista em proteção executiva no YouTube Byron Rodgers – uma fonte rica e cativante não só sobre detalhes dessa carreira, mas também pela psicologia envolvida nela. Sua entrevista com a lendária agente Jacquie Davis foi particularmente inspiradora e útil. Eu também gostaria de agradecer à dra. Natalie Colocci pela consultoria médica, assim como à minha querida amiga Sue Sim.

Os livros nunca acontecem – ou encontram seu caminho até o mundo – sem profundo encorajamento e apoio, e devo tanto às pessoas que continuam incentivando e apoiando minha escrita. Minha editora, Jennifer Enderlin, e minha agente, Helen Breitwieser, são duas das minhas pessoas favoritas e realmente tornam possível que eu, todos os dias, continue dando o melhor de mim. Sou mais do que grata ao pessoal fantástico com quem trabalho na St. Martin's Press: Sally Richardson, Olga Grlic, Katie Bassel, Erica Martirano, Brant Janeway, Lisa Senz, Sallie Lotz, Christina Lopez, Anne Marie Tallberg, Elizabeth Catalano, Sara LaCotti, Kejana Ayala, Erik Platt, Tom Thompson, Rivka Holler, Emily Dyer, Katy Robitzki, Matt DeMazza, Samantha Edelson, Meaghan Leahy, Lauren Germano e muitos outros. Também preciso agradecer à roteirista/diretora Vicky Wight por ser minha heroína e adaptar não um, mas *dois* dos meus livros favoritos em lindos filmes de Hollywood – incluindo, mais recentemente, *Happiness for Beginners* – e por me introduzir na vida real muito inspiradora do astro de cinema Josh Duhamel. Muita gratidão também a Lucy Stille Literary, por sua representação.

Grandes abraços e muitos agradecimentos, como sempre, à minha família: minhas irmãs, Shelley e Lizzie, e suas famílias; meu pai, Bill Pannill, e sua esposa; e meus dois filhos incrivelmente fantásticos, Anna e Thomas. E ao time dos sonhos: minha lendária mãe, Deborah Detering, e meu igualmente lendário marido, Gordon Center, que são, de modos diferentes, fontes absolutas de apoio, encorajamento, tolerância e inspiração. Se há uma coisa que eu sei nesta vida é que tive muita sorte.

NOTA DA AUTORA

ESTE É MEU LIVRO DA PANDEMIA.

Comecei esta história no verão de 2020 e terminei na primavera de 2021.

É uma história que escrevi quando minha vida real, como a da maioria das pessoas, estava cheia de preocupações, estresse, incertezas, medo e isolamento. Sempre tentei encontrar um equilíbrio entre a escuridão e a luz nas minhas histórias. Neste livro? O equilíbrio era *o máximo de luz possível*.

Lembro de conversar logo no início com minha editora, Jen, sobre os grandes elementos do enredo. Eu não estava gostando da carreira que tinha dado para um dos meus personagens principais, Jack. O emprego que ele tinha era muito chato, então eu não conseguia nem me concentrar quando tentava pesquisar. Foi quando Jen falou: "Por que ele não pode ser um astro de cinema?". E minha resposta foi: "Isso não é diversão demais?".

Conversamos sobre isso por um tempo, e eu decidi: *Não existe isso de diversão demais.*

Especialmente não naquele ano.

Tudo para dizer que escrever este livro me ajudou a atravessar 2020.

Era a coisa à qual eu me agarrava, a coisa pela qual eu ansiava, e a coisa que me ajudou a criar meu próprio sol durante tempos bem cinzentos.

Ele podia facilmente ter mais de mil páginas. Eu amei tanto estar com os personagens principais que teria alegremente acrescentado cena após cena deles provocando um ao outro, se aconchegando sem querer e dando carona nas costas um para o outro.

O cenário desta história é o rancho de gado dos meus amados avós no Texas. A casa dos Stapleton *é* a casa dos meus avós – uma casa de fazenda desconexa, com uma cozinha de cores vivas, portas de correr e o cheiro de couro e madressilvas por todos os lados. Meus dois avós já se foram. A casa ainda está lá, mas nós a alugamos, e eu não a visito há muitos anos. Mas escrever este livro me permitiu voltar a visitá-la, pelo menos na imaginação. Me permitiu viajar até um lugar que eu amava, do qual ainda consigo ver cada centímetro – e foi uma alegria agridoce estar ali.

Isso realmente me deixou pensando sobre para que servem as histórias.

Porque escrever este livro foi mais do que simplesmente diversão. Foi como um tônico para minha alma cansada.

Há uma citação que adoro do escritor Dwight V. Swain: "Uma história é algo que você *faz* para um leitor". Estou tão grata pelo que esta história em particular fez para mim. Ela me nutriu de modos tão profundos que nem tenho certeza se poderia ter pedido.

Eu sempre quis que minhas histórias fossem sobre o amor, a luz, sobre fazer sentido nos tempos difíceis e levantar novamente depois que a vida nos derruba. Eu sempre quis que elas nos fizessem (incluindo a mim) rir e suspirar... e que nos dessem algo sábio a que nos apegar.

Isso nunca foi tão verdade quanto é com este livro. Pensei nisso com muita frequência em 2020: como o riso importa. Como a esperança importa. Como a alegria importa.

Como a história certa no momento certo pode erguer você de modos que parecem um resgate.

Isso é tudo o que os escritores podem esperar fazer pelos leitores: inventar histórias repletas da mágica que desejamos para nós mesmos. Espero que o tempo que você passou no rancho desta história garanta todas as coisas para nutrir sua alma que garantiram para mim.

Katherine Center

Editora Planeta Brasil | 20 ANOS
Acreditamos nos livros

Este livro foi composto em Dante MT Std e impresso
pela Geográfica para a Editora Planeta do Brasil em maio de 2023.